아직 멀었다는 말

아직 멀었다는 말

권여선 소설

문학동네

차례

해설 | 백지은(문학평론가)

모르는

영역

다영은 여주에 있다고 했다.

여주라면 명덕이 공을 친 클럽에서 고속도로로 십 분 남짓 걸리는 곳이었다. 그는 새벽에 시작한 라운딩을 마치고 일행과 늦은 점심을 먹은 뒤 곧바로 집에 돌아가 쉴 생각이었지만 밥을 먹다 누군가가 가져온 보드카를 몇 잔 마시게 됐고 또 누군가에게 이상한 혐오가 일어 혼자 클럽하우스를 빠져나왔다. 근처 카페 주차장에 차를 세우고 야외 테라스에 앉아 얼음을 채운 콜라를 마시며 술이 깨기를 기다리다 아무 이유 없이 다영에게 전화를 걸었다.

"여주엔 왜?"

다영은 말이 없었다. 우리가 서로 그런 걸 일일이 묻고 답해야 하는 사이인가 회의하는 침묵 같았는데, 설사 그렇다 해도 할 수 없었다. 다영은 짧게 한숨을 쉬더니, 도자비엔날레 때문입니다, 했다. 도자……비엔날레……? 그가 담배 연기를 빨아들이는 사이, 지금 촬영중이라서요, 하는 말과 함께 전화가 끊겼다. 그는 뚝 끊긴 전화보다 때문입니다, 하는 정중한 말투가 더 신경이 쓰여 담배를 피우다 말고, 녀석하고는, 혼잣말을 했다.

담배 연기는 하늘로 올라갔고 연푸른 하늘을 배경으로 초승달 모양의 낮달이 크림 빛깔로 떠 있었다. 낮달의 바깥 호는 가늘고 선명한 데 비해 안의 호는 세상에서 가장 부드러운 톱니무늬로 하늘빛에 묽게 섞여들고 있었다. 운동 후의 식사, 낮술의 취기, 봄날의 나른함이 겹쳐 그는 선잠에 빠지면서도 이게 어쩐지 저 은은한 낮달 때문이지 싶었고, 이게 죄다 저 뜯긴 솜 같은 낮달 때문입니다…… 낮달 때문입니다…… 하다 잠이 들었다.

깨어났을 때는 한 시간쯤 지나 있었다. 그는 얼음이 녹은 밍밍한 콜라를 마시고 하늘을 보았는데 낮달의 위치가 생각보다 서쪽으로 많이 기울어 있었다. 낮달을 오래 보고 있자니 최면에 걸린 듯했고 문득 자신의 페인팅에서도 색과 기운을 조금씩 뺄 필요가 있다는 생각이 들었다. 더는 세지지 말자 그런 생각. 조금 연해도 된다고, 묽어도 된다고, 빛나지 않아도, 선연하지 않아도, 쨍하지 않아도, 지워질 듯 아슬해도 괜찮다고, 겨우 간신해도…… 그런 생각 끝에 그는 마치 그 생각의 자연스러운 결론이기라도 한 듯

여주에 가기로 마음먹었다. 가서 도자비엔날레도 보고 다영의 얼굴도 보고 저녁이나 같이 먹고 와도 괜찮겠다고.

차에 시동을 걸고 출발하기 전에 전화를 걸었다. 한참 만에 전화를 받은 다영은 대번에 부정적인 반응을 보이며 촬영이 언제 끝날지도 모르고 시간 맞추기도 힘든데 괜히 오지 마시라 했다.

"어차피 도자비엔날레도 볼 겸, 간 김에 젊은 사람들 고생하는데 고기 한번 사주고 싶어서 그러지."

다영이 놀란 듯, 우리 팀 다 사주시려고요, 네 명인데요, 했다.

"당연하지."

아, 네, 하고 다영이 말을 멈춘 동안 그는 딸이 감동에 잠긴 줄 알았다.

"그런데요…… 그렇게 하는 게 괜히 멋있어 보일 거 같고 그래서 그러시는 거죠?"

그가 어이가 없어, 넌 왜 그렇게 애가, 하는데 다영은 그의 말을 듣지도 않고 그럼요, 하더니 자기들이 묵는 농가 펜션에서 식당도 하니까 거기서 먹자고, 다섯시 반으로 예약하겠다고, 주소 입력하라고 자기 말만 다르르 쏟아놓았다. 그는 입도 뻥긋 못하고 서둘러 다영이 불러주는 펜션 주소를 내비에 입력했다.

농가 펜션 주차장 한복판에 크고 흰 개가 로드킬당한 것처럼 다리를 쭉 뻗고 옆으로 길게 누워 있었다. 죽은 것 같지는 않고 햇볕에 데워진 시멘트 바닥이 따뜻해 땅과의 접촉면을 최대한 넓히고 누워 자는 것 같았다. 명덕은 개를 피해 차를 세우고 농가를 개축한 펜션을 둘러보았다. 식당이 있는 오른편에 길쭉한 흙 마당이 있고 파라솔이 하나 펼쳐져 있었다. 그는 파라솔 아래 앉아 담배를 피웠다. 그새 구름이 끼어 낮달은 보이지 않았고 허공에 꽃씨만 분분 날렸다. 테이블 위에 놓인 재떨이의 뚜껑이 조금 열려 있어 그는 그 틈으로 꽃씨가 들어갈까봐 마음이 초조했다.

흙 마당 아래로 완만하게 경사진 밭에서 반백의 남자 둘이 일을 하고 있었다. 저리 늙어 보여도 자기 또래거나 아래일 거라고 그는 생각했다. 두 남자는 주차장에 세워둔 트럭에서 연둣빛 비료 포대를 어깨에 지고 날라 밭이랑에 적당한 간격으로 늘어놓더니, 한 남자가 포대를 커터 칼로 그어 따면 다른 남자가 포대 끝을 잡고 비료를 털어 밭에 쏟아부었다. 밭이 부채꼴로 생긴데다 누런 흙 위에 커피 빛깔 비료가 소복소복 쌓이니 이제 비만 오면 흡사 거대한 깔때기에 드립 커피를 내리는 모양이 되겠다고 그는 생각했고 그러자 갑자기 진한 커피 생각이 간절했다. 비료 포대를 다 딴 남자가 빈 포대를 착착 접어 하나의 포대 안에 집어넣었고 그렇게 불룩해진 빈 포대는 트럭 짐칸에 던져두고 삽 두 자루를 가져왔다. 두 남자가 한 자루씩 쥐고 소복이 쌓인 비료를 한 삽씩 떠 밭에 고루 뿌리자 이제 밭은 초콜릿 알갱이가 점점이 박힌 캐러멜색깔로 변해갔는데, 진한 커피를 마시고 입가심으로 먹으면 딱 좋을 성싶었다.

주차장 쪽에서 흰 개가 그를 향해 사분사분 뛰어왔다. 바닥에 쭉 뻗어 자던 개는 아니고 그보다 훨씬 작은 개였는데 아직 어린 티를 벗지 못해 낮잠에서 깬 듯 어리둥절한 표정이었다. 그를 향해 다가오던 개는 그가 의자에서 일어나자 혼비백산하여 도망쳤다. 누가 보면 해코지라도 한 줄 알겠다 싶어 그는, 내가 뭘 어쨌다고, 변명하듯 중얼거리고 재떨이 뚜껑을 열어 담배를 끄고 뚜껑을 꼭 덮었다. 도자비엔날레도 둘러보고 근처에서 진한 커피도 한 잔 사 먹을 겸 그는 다시 주차장을 향해 갔다.

주중이라 도자 행사장은 썰렁했다. 중앙에 있는 원형 판매장 외에 대부분의 야외 천막은 닫혀 있었다. 둘러보는 사람도 거의 없어 바람이 불면 원형 판매장 가장자리에 매달린 소박한 도자기 풍경들만 찰랑거렸다. 도대체 다영의 팀은 여기 와서 뭘 찍고 간 걸까. 마음이 상한 그는 바로 코앞에 있는 신륵사에 들를 계획도 접고 카페를 찾아 무작정 걷기 시작했고 오 분쯤 뒤 멀리 낯익은 커피 전문점의 로고가 보이자 곧 진한 커피를 마실 생각에 혀뿌리가 뻐근해졌다.

그는 도로로 향한 창가 자리에 앉아 커피를 마셨다. 정류장 바로 앞이라 깨끗이 닦인 유리 너머로 도착하는 버스와 타고 내리는 승객들이 손에 잡힐 듯 가깝게 보였다. 커피를 마시다 버스가 도착하면 곧장 뛰어나가 타도 될 정도였다. 그의 옆자리에는 머리를 푸릇푸릇하게 물들인 청년이 노트북에 악보를 띄워놓고 작업중이었는데 손을 내젓기도 하고 고개를 전후좌우로 흔들기도 하고 몸을 부르르 떨기도 했다. 창밖으로는 짧게 깎은 머리에 교복을 입은 덩치 큰 남자 고등학생이 정류장 근처를 어정버정 돌아다니며 한 손을 앞으로 쭉 뻗었다 넣었다 하며 혼자 열심히 떠들고 있었다. 언뜻 보면 정신질환을 앓는 듯했지만 귀에 이어폰을 꽂은 걸로 보아 누군가와 통화를 하고 있는 것 같았다. 그래도 그의 눈에 제정신으로 보이지 않기는 마찬가지였고 저런 젊은이들이 점점 늘어간다고 그는 우울하게 생각했다. 귀에 이어폰을 꽂고 몸을 움찔거리거나 한 손에 폰을 움켜쥐고 떠들어대는 사람들. 그들은 심지어 커피를 주문할 때마저 하던 일을 그만두려 하지 않았는데, 조금 전 계산대에서 그의 앞에 선 젊은 아가씨 또한, 그니까 오빠 내가 맨날 그랬잖아, 아 톨 사이즈로요, 내 말이 맞아 안 맞아, 응, 왜 대답을 안 해 오빠, 하고 쉴새없이 통화하는 바람에 그가 주문하는 소리가 묻혀 그는 직원에게 두 번이나 큰 소리로 에스프레소! 에스프레소! 외쳐야 했다.

커피를 다 마시고 나오려는데 갑자기 세찬 비가 퍼붓기 시작했다. 우산은 차 안에 있고 차는 신륵사 주차장에 있었다. 오래 내릴 비는 아닌 것 같아 그는 조금 기다려보기로 했다. 잠시 후 빗줄기가 가늘어졌는지 투명한 우산을 쓴 소녀 둘이 우산을 젖혀보고 뭐라고 종알거리더니 다시 썼다. 길 건너편에 군복을 입은 청년 둘과 사복 입은 청년 하나가 둘러서서 얘기를 나누고 있었는데 우산을 쓴 사람은 사복 입은 청년 혼자뿐이었다. 군모를 뒤로 젖혀 쓴 청년이 웃으며 발을 뗐고 잠시 뒤 군복 둘은 왼쪽 길로 가고 우산을 쓴 청년은 안쪽 길로 들어갔다. 그 자리가 텅 비고서야 그는 그들이 서 있던 곳이 길모퉁이였다는 걸 깨달았고 길모퉁이가 저런 헤어짐에 알맞은 장소라는 것도 깨달았다.

식당 출입문 왼쪽에 신발장이 있는 걸로 보아 신을 먼저 벗고 들어가야 하는 것 같았지만 명덕은 신을 벗지 않고 문만 빼꼼 열어 안을 들여다보았다. 담근 술이 든 유리병들이 벽을 빼곡하게 채우고 있는 마루 한편에 다영과 그 일행 셋이 미리 와 앉아 있었다. 남자 둘 여자 하나로 다영과 비슷한 또래 같았는데, 그의 눈엔 무언가 골똘한 생각에 잠긴 듯 고개를 옆으로 기울이고 손을 이마에 대고 있는 다영의 모습만이 오려낸 듯 선명하게 도드라져 보였다. 쏠려 올라간 앞머리가 오두막 처마처럼 비스듬히 떠 있었다. 다영은 잠시 이마를 문지르다 어느 사이에 스르르 오른뺨을 타고 흘러내리듯 손을 내렸는데 순간 그는 저애는 저런 것도 닮아버렸구나 싶어 가슴이 쿵 내려앉았다. 다영이 그를 알아보고 자리에서 일어났다.

"아빠 왔어?"

예상 못한 무람없는 인사에 그는 당황하여 어어 소리만 내뱉다 일행이 덩달아 일어서려는 걸 보고 손을 저어 만류했다.

"일어날 거 없어요, 일어날 거 없어. 요 앞에서 담배 좀 피우려고."

다영이 뭐라고 하기도 전에 일행 중에서 산뜻한 젊은 여자의 목소리가 들려왔다.

"금방 고기 나온다니까 빨리 오세요, 아버님!"

마당 한쪽에서 펜션 주인으로 보이는 남자가 흰 개를 나무라고 있었다. 시무룩하게 야단을 맞고 있는 개는 아까 명덕을 향해 뛰어오다 공연히 기겁을 하여 도망친 작은 개였다. 남자가 뭐라 뭐라 추궁하는 소리가 들렸지만 뭐라고 하는지 알아들을 수 없었다. 남자가 두리번거리며 마당을 한 바퀴 돌더니 명덕을 향해 다가왔다.

"선생님, 안녕하십니까? 어서 오십시오. 그런데 혹시 여기 어디서 빨간 신발 한 짝 못 보셨습니까?"

그는 못 봤다고 대답했다.

"이놈의 개가 빨간 신발 한 짝을 물고 가서 어디다 놔뒀는지 찾지를 못하겠네요."

"개가 신을 물어갔습니까?"

"네, 빨간 신발을 한 짝만. 큰일났네 이거."

잠깐 뿌린 세찬 비로 흙 마당은 젖어 있었다. 비료를 뿌린 부채

16

꼴 모양의 발도 짙은 갈색으로 축축이 젖어 있었는데, 그럴 리는 없지만 그에겐 왠지 그 빛이 김이 오르는 뜨거운 갈색으로 생각되었다. 어디에 숨겼건 신은 엉망이 되었을 터였다.

"신발이 한 짝밖에 없으면 그걸 어쩝니까?"

남자가 끌탕을 했다. 그의 생각에도 한 짝만 남은 신은 아무 쓸모가 없겠다 싶었다. 남자가 무척 아끼던 신인가보았다.

"비싼 건 아니어도 그래도……"

남자가 중얼거리다 말고 그의 눈치를 살폈고 그는 딱히 할말이 없어 잠자코 고개를 끄덕였다. 비싼 건 아니어도 무척 아끼던 신이면……

"물어드려야겠지요?"

"네?"

"못 찾으면 물어드리긴 해야겠지만 참 그걸 한 짝만 물어갔다고 한 짝만 물어드릴 수도 없고."

그는 갑자기 흥미를 느끼고 물었다.

"사장님 게 아니고 손님 걸 물어간 겁니까, 개가?"

"그럼요. 손님 신발을 물어갔으니까 지금 큰일났다는 거지요."

그의 입에서 아이고 소리가 절로 나왔다.

"난감하시겠습니다."

"이거 참 보통 난감한 게 아닙니다. 저놈의 개가 어디다 물어놨는지 말을 안 하니, 아니, 못하니……"

그는 웃음을 참느라 고개를 숙였다.

"찾아보시다 정 안 되면 손님께 잘 말씀드려보세요."

그가 담배를 끄고 들어가려는데 남자가 눈을 빛내며 따라왔다.

"그러니까요, 선생님이 먼저 말씀 좀 해주시면 안 되겠습니까?"

"제가요?"

"선생님 일행분이시니까."

"우리 쪽 신입니까?"

"지금 손님이 누가 있습니까? 선생님 일행뿐인데요. 여기 좀 보십시오."

남자가 출입문 옆에 놓인 신발장을 가리켰다.

"여기 다들 두 짝씩인데 이 빨간 신발만 한 짝밖에 없지 않습니까?"

"그러네요."

그와 남자가 신발장을 위아래로 내리훑고 치훑었지만 과연 빨간 운동화는 한 짝뿐이었고 다행히 낡았고 비싸 보이지는 않았다.

"그러니까 선생님이 이게 누구 신발인지 먼저 물어보셔가지고 말씀 좀 잘해주시면 고맙겠습니다. 제가 열심히는 찾아보겠습니다만 만에 하나 못 찾으면⋯⋯"

그는 알았다고 했다. 일단 남자 운동화이니 다영의 것은 아니었다. 그는 신을 벗어 개가 물어가지 못하도록 신발장 높은 칸에 얹어놓고 식당 출입문을 열었다. 다영의 일행은 누구의 신 한 짝이 없어진 줄도 모르고 열심히 삶은 돼지고기를 먹고 있었다. 호리호리한 체형에 얼굴이 해사한 남자 스태프가 그를 보고 몸을 들썩거리며, 아버님 고기 나왔습니다. 여기 다영씨 앞에 앉으십시오, 했고, 다른 남자 스태프는 너부죽한 얼굴에 거만하게 다리를 뻗은 채 고기를 잔뜩 문 불룩한 얼굴로 그를 올려다볼 뿐이었는데 영락없는 두꺼비상이었다. 그는 두꺼비와 호리호리 사이에 끼어 앉았다. 가까이에서 보니 맞은편 벽을 가득 채운 술병의 위용이 자못 대단해 그는 저게 다 무슨 술인지 나중에 주인 남자에게 물어보리라 생각했다.

"반갑습니다, 아버님."

다영의 옆에 앉은 여자 스태프가 싹싹하게 인사를 했다. 얼굴은 목소리만큼 어리지 않아 다영보다 두서너 살은 들어 보였다.

"나도 반가워요. 그런데 누구 여기 빨간 운동화 신고 온 사람 있어요?"

"저…… 전데요."

고기 때문에 발음이 뭉개진 두꺼비 청년이 말했다.

"그래요? 그쪽 신을 개가 한 짝 물어갔다는데."

"네?"

"그래서 신이 한 짝밖에 없답니다."

두꺼비가 작은 눈을 크게 뜨는가 싶더니 어후후훅 우는 듯한 소리를 내며 웃기 시작했고, 이내 다들 웃어댔는데 특히 여자 스태프는 손으로 식탁을 방정맞게 두드리며, 어머, 개가 물어갔대, 개 불쌍해, 개 억울해, 하며 깔깔거렸다. 다영이 웃다 말고 나무라듯 그를 지그시 보았지만 그는 무슨 영문인지 알 수 없었고 졸지에 늙은 어릿광대가 된 기분이었다.

삶은 돼지고기가 남았다. 두꺼비가 밤에 맥주 마시면서 안주로 먹게 포장해가면 좋겠다고 하자 다영이 재빨리 식당 여자에게 비닐봉지를 몇 장 얻어와 고기와 쌈채소 고추 마늘 새우젓 등을 야무지게 담았다. 여자 스태프는 전화를 받는다고 나간 후였고 호리호리도 잘 먹었다며 꾸벅 인사를 하고 나갔다. 두꺼비가 몸을 뒤틀며 힘겹게 자리에서 일어나 벽에 세워둔 ㅏ자 모양의 지지대를 짚고 절뚝거리며 나갔다. 그러니까 두꺼비는 애초부터 빨간 운동화를 한 짝만 신고 왔고 다른 발엔 발목을 보호하는 장화 모양의 깁스용 신발을 신었는데 깁스용 신발이 크고 높아 신발장에 들어가지 않자 그 옆에, 그것도 하필 쓰레기통 뒤라 잘 보이지 않는 데에 세워두었던 것이다. 주인 남자는 그것도 모르고 애먼 개만 나무랐던 것이고 그도 덩달아 그런 줄로만 알았다. 두꺼비가 다리에 장애가 있는 줄 그가 어찌 알았겠는가. 누명을 쓴 개도 억울하겠지만 그도 공연히 억울했다.

그가 카드를 내밀자 식당 여자가, 현금 없으세요, 물었고 없다고 하자, 우리는 현금이 좋은데, 하며 마지못해 카드를 받았다. 고

기를 챙긴 다영이 여자에게 얼마 나왔느냐고 묻자 구만 오천원이
라고 했다.

"구만 오천원?" 묻는 다영의 목소리가 높았다. "칠만 오천원 아
니고요?"

"아니 무슨…… 구만 오천원인데."

"왜요? 만 오천원씩 다섯 명이면 딱 칠만 오천원인데요?"

"다섯 명 아니고 여섯 명이라고 했잖아?"

"우리가요? 우리 다섯 명이잖아요?"

"그러니까 오기는 다섯 명" 하다 여자는 명덕을 힐끔 보더니
"다섯 분이 오셨는데, 전화로는 여섯 명이라고 했으니까 그렇게
알고 준비했지" 말했다.

"누가요? 제가요?"

"아가씬지 누군지는 모르겠고 전화 건 사람이 그랬거든 분명
히. 여섯 명이라고."

"전화 건 사람 저거든요? 저는 분명히 다섯 명이라고 했는데요.
거기 오천원은 또 왜 붙이세요?"

여자가 밥값은 별도라고 했다.

"와, 나 진짜!"

다영의 눈빛이 심상찮게 변해가는 게 그는 불안했다.

"좋아요! 밥값은 낼 테니까 다섯 명분 팔만원만 받으세요."

"그게 무슨 소리야? 고깃값이 얼마나 들었는데? 우리 아저씨가

고기만 오만원어치를 끊어왔다고. 그러니까 이렇게 남아서들, 이렇게 싸가잖아 응?"

다영이 들고 있던 고기 봉지를 식탁에 탁 내려놓았다.

"그럼 이거 안 싸가면 되잖아요?"

"그건 아니지. 삶아논 거를, 그렇게는 안 되지."

"왜 안 돼요?"

이러다간 한도 끝도 없겠다 싶어 그가 끼어들었다.

"사장님, 그냥 계산해주십시오."

"왜 그냥 계산해요? 우리가 잘못한 것도 없는데 왜 바가지를 써요?"

"아니, 바가지라니, 고기가 그게 얼마친데 바가지래?"

다영이 또 뭐라고 달려들기 전에 그는 짐짓 엄한 얼굴로 말했다.

"다영아, 그만하고 나가 있어. 아빠가 알아서 계산하고 나갈 테니까."

다영은 그와 여자를 번갈아 보다 몸을 돌려 식당을 나갔다. 그는 서명을 하고 다영이 놓고 간 고기 봉지를 들고 나오면서 혹시 여자가 밥값 오천원이라도 빼주지 않았나 영수증을 확인했지만 에누리 없이 구만 오천원이었다.

두꺼비와 여자 스태프는 파라솔 아래 앉아 있고 다영과 호리호리는 개 두 마리와 놀고 있었다. 그가 파라솔 쪽으로 가자 두꺼비가 자리에서 일어났다. 같이 피우자고 했더니 두꺼비는 막 다 피웠다며 그에게 라이터를 켜 들이댔다. 그가 라이터에 담배를 갖다대자 여자 스태프가 의자를 앉기 좋게 끌어다놓았다.

"아버님, 여기 앉으세요. 다영씨한테서 말씀 많이 들었어요."

무슨 얘기를 들었다는 건지 궁금했지만 그는 아, 그래요, 하고 말았다.

"말 놓으세요. 편하게 이름도 부르시고요."

그가 눈을 끔뻑거리며 뭐라고 얼버무리려는데 여자 스태프가 깔깔 웃었다.

"우리 이름 다 까먹으셨죠? 다영씨 말로는 그렇게 이름을 못 외우신다고. 딱 한 번만 더 가르쳐드릴게요. 여기 개가 신 물어갈 뻔한 친구가 김동수 피디, 저기 늘씬한 친구가 유선태, 저는 홍선영이에요. 아셨죠?"

그는 기억할 자신이 없었지만 알았다고 했다.

"제 이름이 선영이잖아요? 선태하고는 선영 선태 남매가 되고요, 다영씨하고는 선영 다영 자매가 돼요. 완전 양다리 이름! 제 이름만 외우면 우리 세 명 이름은 공짜로 먹고 들어가는 거거든요."

공짜로 먹고 들어가기는커녕 오히려 혼동만 가중되는 느낌이었지만 그는 기계적으로 선영 선태, 선영 다영, 그리고 뜻 없이 두꺼비 피디, 라고 속으로 되뇌었다.

"담배 좀 그만 피워."

언제 왔는지 다영이 그의 손가락에서 담배를 뽑아 재떨이에 눌러 끄는 바람에 그는 놀라 기절할 뻔했다.

"어머, 저기 달! 벌써 달이 떴네."

홍이 손을 뻗어 아직은 훤한 저녁 하늘을 가리켰다. 과연 거기에 그가 낮에 본 초승달이 한결 밝고 또렷한 빛을 내뿜으며 떠 있었다. 시선을 내리니 서서히 땅거미가 지는 마당가에서 호리호리 청년이 허리를 굽혀 개들을 쓰다듬고 있었는데 흰 셔츠를 입은 여윈 등이 초승달을 닮았다고 그는 생각했다.

다들 어딘가로 흩어지고 파라솔 아래엔 그들 부녀만 남았다. 그는 담배를 피우고 싶었지만 눈치가 보여 참았다. 하늘을 보고 있던 다영이 뜬금없이, 용두산공원 기억나세요, 물었다.

"부산 말이냐?"

"거기서 찍은 사진 있잖아요."

그가 어렴풋이 기억하기로 그들 부부가 부산에 살던 시절, 너덧 살 난 다영을 번갈아 업고 안고 걸리고 하여 용두산공원에 갔던 아주 더운 날이 있었다. 사진을 찍었는지는 기억나지 않았다.

"거기 하늘에 뭐가 희미하게 찍혔는데 엄마가 유에프오라고 했어요. 그거 낮달 맞죠?"

"모르지 그건."

그의 대답에 다영은 조금 놀란 듯했다.

"어쨌든 유에프오는 아닐 거잖아요?"

"아니야. 그건 우리가 모르는 영역이다."

다영이 아아 신음을 뱉었다.

"이럴 땐 엄마가 이해가 돼."

"그게 무슨 말이냐?"

"그냥 이해가 된다고. 왜 아빠 같은 사람을 만났는지."

"그러지 말았어야 했다는 거냐?"

그가 소심하게 물었다.

"모르죠 그건. 우리가 모르는 영역이죠 그건. 유에프오보다
더."

다영이 자리에서 일어나며, 벌써 가실 건 아니죠, 물었다.

"글쎄다."

그는 이대로 가야 할지 다영과 더 시간을 보내야 할지 알 수 없
었다.

"제가 뭐 잠깐 찍고 올 동안 산책 좀 하실래요?"

"아직도 일이 안 끝났니?"

"일은 끝났는데요. 짬나면 각자 뭐든 찍으러 다니거든요. 저도
깜깜해지기 전에 돌아다녀보려고요. 여기서 저수지 있는 데까지
별로 안 먼데 한번 다녀오세요."

"저수지는 봐서 뭐하게?"

"그냥……" 다영은 입을 삐죽 내밀더니, "아빠는 뭘 잘 보시니

까 어떤가 보시라고요. 어제 가서 몇 장 찍어봤는데 이상하게 좋더라고요. 카메라로 찍는 거하고 그림은 다르겠지만 그래도 비슷한 데도 좀 있을 거니까" 했다.

그럴까 하고 일어선 그는 손을 들어 딸의 어깨를 살짝 쓰다듬었다. 그런 충동적인 동작에 스스로도 놀란데다 다영도 흠칫하는 기색이어서 그는 얼른 손을 내렸다.

"내가 이런 걸…… 잘 못해서……"

다영은 그의 말을 못 들었는지 참, 하고 손뼉을 치더니 얼마 냈어요, 물었다.

"몰라도 된다."

"양심이 있으면 밥값이라도 빼줬겠죠?"

"알 거 없어."

"뭐야? 다 받은 거야?"

그는 긍정도 부인도 하지 않았다.

"다 받았구나!"

"여섯 명인 줄 알았다잖니? 사람이 살다보면 실수할 수도 있는 거지."

"이게 실수인지 고의인지 아빠가 어떻게 알아? 한 번 이렇게 했는데 먹히면 앞으로 또 이렇게 해도 되는 줄 안다고. 난 사람들 그런 게 싫다고."

"이 사람들 상습적으로 바가지 씌우고 그럴 사람들 아니야. 또

한 번인데 어때? 한 번은 그냥 넘어가."

"한 번이니까 괜찮다……" 다영이 팔짱을 꼈다. "한 번이니까 괜찮다, 그냥 넘어가자…… 아버지는 그렇게 생각하시는 거네요? 그렇게 넘어가면 마음이 좋으세요? 한 번은, 한 번은…… 해도 됩니까?"

명덕은 급속도로 굳어가는 다영의 얼굴이 낯설었다.

"왜 해도 됩니까, 한 번은?"

다영은 느닷없이 꽥 소리를 지르더니 흙 마당을 가로질러 뛰어 갔다. 어디서 나타났는지 큰 개가 따라 뛰었고 작은 개도 덩달아 따라 뛰었다. 흰 개들을 데리고 순식간에 사라지는 딸의 뒷모습을 보면서 그는 도무지 얼떨떨했다. 계산이 안 맞으면 기분이 안 좋을 수야 있지만 그래도 그렇지 이만한 일에 저애는 왜 저토록이나 화가 나서 꽝꽝 얼고 절절 끓고 하는가, 저런 건 참 안 닮았구나 싶었다. 전처는 감정의 오르내림이 거의 없는 사람이었다. 아니, 감정은 어땠는지 몰라도 표현은 언제나 온건했다. 화가 치밀거나 용납할 수 없는 일이 생기면 잠자코 손으로 이마를 꾹 짚는 버릇이 있었는데, 이마를 짚고 천천히 문지르던 손을 스르르 늘어뜨리기까지 그는 얼마나 가슴을 졸였던가. 그는 늘 실수하고 전처는 번번이 용서하던, 용두산보다 더 오래전의 일이었다. 그러고 보니 그가 기억도 못하는 용두산 사진이 어쩌면 그들 부부와 다영이 마지막으로 함께 찍은 사진인지도 모르겠다는 생각이 얼핏 들었다.

이대로 차를 몰고 가버릴까 하다 명덕은 마음을 바꾸었다. 지금 가면 다영과 언제 다시 보게 될지 몰랐고 또 젊은 사람들에게 꼴도 우스워질 터였고 무엇보다 그의 손에 삶은 돼지고기 봉지가 들려 있었다. 그는 펜션 남자에게 저수지 가는 길을 물었다. 일단 도로를 따라서 십 분 넘게 쭉 가시면요…… 들은 대로 걷다보니 과연 왼쪽에 좁은 흙길이 나타났고 밟기 좋을 정도로 폭신하게 젖은 흙길을 돌아들어가니 제법 큰 저수지가 나왔다.

저수지 너머 겹겹이 펼쳐진 산들 위로 해가 지고 있었다. 골짜기의 깊은 곳부터 어둠이 깃들기 시작했다. 그는 가장자리부터 어두워지는 저수지 물과 그 위에 비친 산그림자가 짙어지다 물감처럼 풀리는 모양을 오래 지켜보았다. 어디선가 새가 날아와 나뭇가지에 내려앉았다. 날갯짓의 급격한 감속, 날개를 접고 사뿐히 가지에 착지하는 모습, 가지의 흔들림과 정지…… 그런 정물적인 상태가 얼마나 지속되었을까, 새는 돌연 가지를 박차고 날아갔고 그 바람에 연한 잎을 소복하게 매단 나뭇가지는 다시 흔들리다 멈추었다. 멍하니 서서 새가 몰고 온 작은 파문과 고요의 회복을 지켜보던 그는 지금 무언가 자신의 내부에서 엄청난 것이 살짝 벌어졌다 다물렸다는 걸 깨달았다. 그는 새가 날아와 앉는 순간부터 나뭇가지가 느꼈을 흥분과 불길한 예감을 고스란히 맛보았다. 새여, 너의 작은 고리 같은 두 발이 나를 움켜잡는 착지로 이만큼 흔들렸으니 네가 나를 놓고 떠나는 순간 나는 또 그만큼 흔들려야 하리. 그 찰나의 감정이 비현실적일 정도로 생생해 그는 거의 고통스러울 지경이었다.

한참 만에 주위를 돌아보니 그저 저수지였다. 그게 무엇인지 알 수 없지만 그에게 왔던 것은 이미 사라져버렸고 다시 반복되지 않을 것이고 영영 지울 수도 없으리라고 그는 침울하게 생각했다. 단 한 번이라니…… 단 한 번이었다니…… 다영도 이곳에서 이런 무섭도록 강렬한 한 번을 경험한 것일까. 그래서 그에게 은밀한 보물이 묻힌 곳을 알려주듯 이곳으로의 산책을 권유했던 것일까. 순간 다영의 굳은 얼굴이 떠올랐고, 그게 그러니까…… 한 번은…… 한 번은 해도 됩니까, 묻던 다영의 말이 식당 여자가 아니라 자신을 향한 것이었을지 모른다는 생각이 들었다. 왜 해도 됩니까, 한 번은? 그는 숨이 막힐 듯한 통증을 느끼고 자갈 위에 주저앉았다. 과연 그렇다. 왜 해도 되나, 한 번은?

텅 빈 들판에 노파 혼자 남아 밭일을 하고 있었다. 노파는 호미를 들고 이랑의 흙을 찍어 작년에 심었던 것의 죽은 뿌리를 파내 흰 플라스틱통에 넣었다. 이랑의 흙에는 아무 표시가 없었지만 일정한 간격으로 심겼기에 노파가 툭툭 찍으면 영락없이 흙덩이를 매단 뿌리 뭉치가 뽑혀 나왔다. 동그랗게 팬 자리에 새로운 씨앗이나 모종을 심을 것이다. 툭툭 찍어 뿌리를 뽑아 통에 넣고 옆으

로 한 걸음 옮겨 툭툭 찍어 뿌리를 뽑아 통에 넣는 노파의 동작은
굼뜨면서도 능란해 기이한 리듬감을 주었다. 노파는 플라스틱통
이 죽은 뿌리로 가득차면 밭의 가장자리 둑에 가져가 쏟았다. 일
자체는 간단해 보였지만 선 채 허리를 굽히고 하는 일이라 오래
하다보면 멀쩡한 허리도 노파의 각도로 굽을 수밖에 없을 것 같았
다. 노파의 굽은 등은 호리호리 청년의 등과 달리 굴 껍데기처럼
울퉁불퉁해 보였다. 저 노파는 저녁도 먹지 않고 이때껏 일을 하
는가.

　명덕이 담배를 꺼내 물고 주머니를 뒤적거리는데 누군가 아버
님, 하고 불러 돌아보니 절뚝절뚝 다가오는 실루엣이 두꺼비 청년
이었다. 두꺼비는 그게 자신의 임무이기라도 한 듯 묵묵히 라이터
를 켜 불을 들이댔고, 그가 같이 피우자고 하자 이번에도 저기서
막 피웠다며 뒤편을 가리켰다. 두꺼비가 가리킨 곳에는 은박 돗자
리가 깔려 있고 그 위에 거무스레한 촬영 장비가 놓여 있었다.

　"저기 앉으시겠습니까?"

　"난 괜찮아요. 그쪽이야말로 다리도 불편한데 앉아요."

　"아닙니다, 아버님. 그리고 말씀 놓으세요. 저는 김동숩니다.
그냥 편하게 동수야 부르세요."

　"글쎄 그게……"

　"그렇게 부르셔야 외워집니다. 외우셔야 부를 수 있는 게 아니
고요."

"그런가." 그는 웃었다. "그런데 동수 자네는…… 이런 말 물어봐도 되는지 모르겠는데 다리는 어쩌다가……?"

"얼마 전에 발목이 아파서 병원에 가봤더니 인대가 끊어졌대요."

"원래 아픈 건 아니었고?"

"원래 아픈 건 아니었고요, 언제 끊어졌는지 모르겠는데 끊어졌다네요. 수술하기 전까지는 이러고 다녀야 한답니다."

"수술하면 낫긴 한다나?"

"네, 수술하면 낫는대요. 이번 촬영 끝나고 수술 일정 잡으려고요."

그거 다행이라고 말하면서도 그는 좀 서운했다. 동수가 선천적으로 다리에 장애가 있는 것도 아닌데 왜 다영은 개가 신 물어간 얘기에 웃다 말고 나무라듯 눈치를 주었는가 말이다.

"근데 동수 자네, 이건 어떻게 생각하나?"

"뭐가요, 아버님?"

"저 할머니가 저녁을 드셨을 거 같은가, 아닌가?"

"아직 안 드셨을걸요. 보통 저녁 드시고는 다시 나와서 일 안 하시거든요. 다 씻고 저녁 드시니까요."

"그렇겠지? 그럼 이걸 저 할머니께 드리는 거는 어떻게 생각하나? 고기에 야채하고 장하고 다 있는데."

그가 고기 봉지를 들어 보였다.

"아, 그건 좀 그런데요."

"그건 좀 그렇지?"

"요즘 시골 사람들, 독극물 그런 거에 예민하거든요."

"독극물?" 그는 예상치 못한 말에 웃음을 터뜨렸다. "하긴 생판 모르는 사람이 주는 고기를 개도 아니고……"

순간 그는 말이 잘못 나간 걸 깨닫고 입을 다물었다. 동수가 웃음을 참느라 큭 소리를 냈는데 이번에도 어째 흑 우는 소리처럼 들렸다.

"그런데 아버님, 이 고기가, 아버님이 사셨으니 아버님 소유이긴 하지만, 제가 양보를 못하겠습니다."

"이거 미안하네. 내가 임의로 처분하려고 해서."

"이제 할머니 가시려나봐요. 손 씻으시는 거 보니 이제 저녁 드시러 가시는 것 같네요."

"그거 잘됐네."

"이제 저희도 갈까요?"

"그러세."

동수가 돗자리로 돌아가 장비를 챙겼다.

"내가 잠깐 그거 들고 있을까?"

"그럼 이 숄더 리그 좀 잠깐만 들어주실래요?"

동수가 건네준 카메라가 얹힌 숄더 리그는 목마나 강아지 로봇 비슷하게 생겼다. 동수가 돗자리를 접어 가방에 넣고는 그에게서 숄더 리그를 받아 상의를 입듯 뒤집어썼다. 그는 동수의 절룩이는 걸음에 맞춰 천천히 펜션으로 향했다.

"동수 자네가 피디라니까 말인데, 도자비엔날레에 가선 대관절 뭘 찍고 왔나?"

"와, 아버님! 이름은 못 외우시면서 제가 피디라는 건 한 번 듣고 외우셨네요."

"피디는…… 고유명사하곤 다르게 의미가 들어가 있으니까."

그건 그러네요, 하더니 동수는 그들이 영동선을 쭉 따라가는 볼거리 기행 다큐를 찍고 있는데 내년 평창 올림픽 기간에 특집으로 방영될 예정이라고, 그들도 오늘 도자비엔날레에 갔다 허탕 쳤다면서 주말에 한번 더 가볼 예정이라고, 다음 행선지는 원주 횡성 순이 될 거라고 오근자근 설명을 해주었다. 그는 다영이 하는 일이 궁금해 에둘러 물었다.

"자네는 피디고, 그럼 다른 사람들 업무는 어떻게 되나?"

"다큐라는 게 그래요, 아버님. 누가 피디고 카메라고 작가고 섭외고 명목상 정해는 놓는데 그거에 별로 구애받지를 않아요. 같이 모여서 구성 잡고 넷이 같이 움직일 때도 있고 둘씩 조를 짜서 나갈 때도 있고 각자 흩어져서 찍을 때도 있고. 그리고 나중에 돌아와서 같이 편집하고. 주로 공동작업이니까요."

"그렇군." 그리고 그는 어쩔까 하다 물어보았다. "그런데 자네는 왜 재떨이 뚜껑을 조금 열어놓나?"

"네? 제가요?"

"파라솔에 있는 재떨이 뚜껑을 좀 열어놓는 것 같던데."

"아, 그게요…… 제가 그러기는 한 것 같은데, 왜 그랬는지는 잘 모르겠네요. 냄새 빠지라고 그랬나?"

그는 뭐 야외 재떨이니 그럴 수도 있겠다 싶었다. 실내 재떨이라면 절대 용서할 수 없는 일이지만.

"그런데 아버님, 급한 일 없으시면 오늘 하룻밤 묵고 가시지요."

"아니 왜?"

"가서 저희가 한두 시간 편집 작업 좀 해야 하는데요, 그동안 아버님은 다영씨랑 데이트하시고, 일 끝나면 밤에 저희랑 술 한잔 같이 하셨으면 해서요. 차 가져오셨잖아요, 아버님?"

"차 가져왔지."

"그러니까 주무시고 가세요. 내일 아침에 해장도 하시고요. 여기 해장국 잘하는 집 있어요. 이번엔 저희가 대접할게요."

"다영이가 그러자고 할지 모르겠네."

"와! 우리 다영씨, 그렇게 안 봤는데 아버님이 우우 해서 키우셨나봐요. 부녀간에 그렇게 격의 없기가 어려운데 부럽습니다, 아버님."

뭐 꼭 그렇지는 않다고 대꾸하려다 그는 입을 다물었다. 아버님, 아버님, 소리를 듣고 있자니 동수가 아들 같기도 하고 사위 같기도 했다. 떡두꺼비 같은 아들, 그런 말이 왜 생겼는지 알 것 같기도 했다. 그에게 아들이 있었다면, 이런 생각은 한 번도 해본 적이 없는데 만약 그랬다면, 아들은 그를 이해했을까. 한 번이니까 괜찮다. 그렇게 이해해줬을까.

다영은 그가 펜션에서 묵고 가는 데 대해 아무 의견도 내지 않았다. 다만 그가 묵을 방에 들어와 여기저기 둘러보더니 그럼 편히 쉬고 계시라고 했다. 그가 이거 가져가라며 거추장스러운 고기 봉지를 내주자 다영은 잠시 봉지를 들고 서 있다 말없이 가버렸다. 동수가 뭐라고 얘기를 했을 텐데 굳이 편집 일인지 뭔지 하러 가는 걸 보면 그와 단둘이 있는 게 싫은 것이 분명했다. 설사 그렇다 해도 할 수 없었다.

그는 한참 동안 창가에 서서 말벌을 지켜보고 있었다. 크고 사납게 생긴 말벌은 유리창 틀을 맴돌며 어떻게든 방으로 들어올 길을 찾는 듯했다. 밖은 도회의 밤과 달리 칠흑처럼 캄캄했다. 그는 말벌이 들어올까봐 창문도 못 열고 담배를 피웠다. 좁은 방 안을 서성거리다 침대 옆에 쭈그리고 앉았다. 몸을 틀어 팔을 침대 매트리스 위에 얹고 그 위에 고개를 파묻는 순간 그는 이런 시간을 도저히 견딜 수 없다고 생각했다. 이런 시간이 무엇인지 특정할 수 없었지만 견딜 수 없다는 느낌만은 분명했고, 아무 일도 없는데 눈물이 날 것 같은 슬픔과 피로를 느꼈다. 그는 자신이 무엇에 화가 났는지 알 수 없었다. 아니, 다영 때문이었다. 저녁에도 그렇게 모진 소리만 내뱉고 가버리더니 이젠 아주 음악조차 들을 수 없고 방충망도 허술하고 욕실에 거미줄까지 쳐진 낯선 방에 내 팽개쳐두고 가면서 어떻게 편히 쉬고 계시라 뻔뻔스레 말할 수 있는가. 그렇게 아비는 뒷전이고 쓸데없이 남만 챙기다 결국 제대로 된 대접도 못 받고 평생 궂은일이나 도맡아 하다 죽고 말겠지. 제 어미처럼. 그는 부아가 치밀어 휴대전화를 찾아 문자를 찍었다.

—자야겠다. 깨우지 마라.

그는 자신이 찍은 문자 내용을 물끄러미 보다 전송 버튼을 눌렀다. 곧 매정한 답장이 왔다.

—네. 그럼 주무세요.

그는 휴대전화 소리를 죽이고 불을 끄고 침대에 누웠다. 모든 게 거추장스러웠다. 매트리스를 누르는 자신의 몸무게도, 감은 채 파르르 떨리는 양 눈꺼풀도, 뇌의 틀을 맴도는 말벌 같은 생각들도. 요즘 그는 종종 힘이 들었고 시도 때도 없이 눈물이 났다. 생은 그를 여기까지 데려와놓고 그가 이제 어떻게든 살아보려니까 힘을 설설 빼며, 이제 그만, 그만 살 준비를 해, 그러는 것 같았다. 희망이 없어, 그는 흐느끼듯 중얼거렸다. 차라리 단칼에 끊어내고 싶다, 증발하고 싶다, 사라지고 싶다, 지금, 이 순간, 이대로……

실신하듯 그는 잠깐 잠이 들었고 꿈속에서 어디 자꾸 어두운 길로 가고 있었다. 멀리서 누군가 복잡한 기구를 들고 그를 향해 천천히 다가왔다. 그는 그게 카메라라고 확신했다. 나를 찍는 거냐고 묻자 상대방은 고개를 저어 부인하는 몸짓을 하면서도 여전히 그를 찍는 자세로 뚜벅뚜벅 다가왔다. 그는 혈관이 터지도록 주먹을 꼭 쥐었다. 적당한 거리에 들어오기만 하면 저걸 단주먹에 박살 내고 말리라 다짐했지만 검은 목마는 더이상 다가오지도 멀어지지도 않았다. 그는 주먹을 쥔 채 덜덜 떨며 서 있었는데, 어느 순간 덜덜 떨리는 주먹만 남고 그는 온데간데없이 사라졌다. 아니, 그 자신이 검은 목마의 렌즈가 되어 있었다. 그는 렌즈가 되어 어두운 허공에서 경련하는 자신의 주먹을 미동 없이 내려다보고 있었다.

짧은 잠에서 깨어난 후 그는 거의 자지 못했고 다시 새벽에 깜빡 잠이 들었다 깨어보니 창문을 통해 환한 햇빛이 사정없이 쏟아져들어오고 있었다. 커튼조차 없는 방이었다니. 그는 한참 동안 시린 눈을 뜰 수 없었다. 그래도 밤은 지나갔다.

"안녕히 주무셨어요, 아버님?"

명덕이 식당 마루에서 주인 남자에게 유리병에 담긴 술에 대한 장황한 설명을 듣고 나오는데, 마당에서 호리호리 청년이 여자 스태프와 얘기를 나누다 꾸벅 인사를 했다. 고개를 돌린 여자 스태프도 그에게 고개를 까딱해 보이더니 호리호리에게 부러 큰 소리로 말했다.

"선태야, 오늘 아침엔 조증이 캉캉 샘솟지 않니? 어제 고기를 푸지게 먹어서 그런가?"

그러면서 그를 슬쩍 보았는데 순간 그는 봐주고 있다고 생각했다. 저 양다리 아가씨가 이 늙은이를 봐주고 있어. 그렇다고 기분이 나쁜 건 아니었다. 그는 파라솔 의자에 앉아 담배를 피워 물며, 저 청년이 선태라면 양다리 이름은 선……영이로군 생각했고, 어려운 퍼즐을 깨끗이 맞춘 듯한 만족감을 느꼈다.

완연히 따뜻한 봄날 아침이었다. 공기 중에 구린 퇴비 냄새와 다디단 꽃향기가 섞여 있었다. 매화는 다 피어 꽃잎을 떨구고, 어제만 해도 봉오리를 매단 채였던 개나리와 목련이 만개했고, 벚나무도 희끄무레하니 꽃망울이 벌기 시작했다. 하룻밤 사이에 그냥…… 와장창이네, 하고 그는 중얼거렸다. 단단하던 꽃망울이 순식간에 터지는 모양이 허공의 유리를 깨뜨리는 형국이기도 하니 영 틀린 말은 아니지 싶었지만, 개화와 와장창이 어울리지 않는다는 건 그도 인정할 수밖에 없었다. 밤새 한꺼번에 폭발하듯 피어난 봄꽃들을 무어라고 해야 좋을지 잠시 말을 고르다 그만두었다. 유학을 마치고 돌아와 말을 찾지 못해 가슴이 터질 듯 답답하던 젊은 시절이 떠올랐다.

"조금 있으면 냉이도 캘 수 있겠는데."

마당가를 둘러보던 선영이 말했다.

"언제요?"

등뒤에서 들려온 다영의 목소리에 그는 얼른 담배를 껐다. 그가 열기 전에 재떨이 뚜껑은 꼭 덮여 있었는데, 어제 그가 덮어둔 그대로인지 그후에 동수가 피우고 덮어둔 것인지 알 수 없었다.

"일주일이나 열흘쯤?"

"우리 그때 여기 없잖아요?"

"냉이가 뭐 여기만 있나? 이동하면서 캐면 되지. 시기만 맞추면 돼. 꽃이 피면 못 먹으니까 꽃 피기 전에 캐는 게 중요해."

"캐서 뭐하게요?"

"엄마한테 택배로 부쳐주려고. 우리 엄마 그런 거 되게 좋아하거든. 예전에 쑥도 캐서 보내줬더니 그렇게 좋아하더라고."

그는 다영의 얼굴을 볼 수 없어 답답하면서도 한편으로는 안도감이 들었다. 엄마에게 쑥이며 냉이를 캐서 보내주는 딸의 마음 같은 걸 그는 짐작조차 할 수 없었지만, 다영은 어떨지…… 부러울까. 못 가져서 몸서리치게 부러울까. 그러니까 전처가 죽은 지…… 거의 팔 년이 다 되어가는데도 다영은 여전히……

"여기 참새가 죽었다!"

그가 돌아보니 식당 신발장 옆에 동수가 고개를 숙이고 있고 다영이 쪼그리고 앉아 있었다. 어디어디, 하며 선영과 선태가 달려갔고 그도 자리에서 일어나 그쪽으로 갔다.

"몸체가 온전하고 통통한 걸로 봐서 식당 유리에 머리를 부딪쳐 죽었나보군."

그의 말에 동수가, 그럼 사인은 뇌진탕이네요, 했다. 다들 낄낄
웃는데 다영이 깜짝 놀라 외쳤다.

"이거 여기 놔두면 안 돼요, 선배! 아롱이 다롱이 보면 난리
나."

"그러네."

동수가 얼른 손을 내밀어 죽은 참새 꽁지를 붙잡아 들어올렸다.

"저 주세요, 형."

선태가 손을 내밀었다.

"개들이 못 찾게 멀리 갖다 묻어야 돼."

"네, 형."

동수가 참새 꽁지를 건네자 선태가 건네받았다. 마치 개울가에
서 잡은 작은 물고기 꼬리를 잡아 건네주는 소년들 같다고 그는
생각했다.

주차장으로 배웅 나온 다영이 그럼 가세요, 했고 그는 알았다,
들어가라, 했다. 차문을 여는데 다영이 뭐라고 중얼거렸다.

"뭐?"

다영은 곧바로 대답하지 않았다.

"왜?"

"뭐든 그렇게 맘대로 하신다고요. 다들 해장국 드시고 가라고
붙잡는데 굳이 그냥 가실 건 뭐예요?"

"술도 안 먹었는데 무슨 해장국이냐?"

"그러니까 술도, 어젯밤에 김선배한테 술 먹자고 약속해놓고 오지도 않고, 맨날 자기 혼자 이랬다저랬다 하니까."

자기 혼자 이랬다저랬다 한다니, 어떻게 아비에게 저런 얄잡는 표현을 하는지 그는 어이가 없어 차문을 도로 쾅 닫고 돌아섰다.

"그러는 너는 다른 사람한텐 그렇게 싹싹하면서 나한테는 왜 그리 박하냐? 개가 신 한 짝 물어갔을 때, 아니 물어간 줄 알았을 때도 그렇고⋯⋯"

다영이 짧게 웃었지만 그는 웃지 않았다.

"여기 주인 사장도 그 신 한 짝 찾아다닌 거 보면 동수 다리 저는 거 모르던데 처음 온 내가 뭘 안다고?"

"어, 김선배 이름도 아시네?"

"그럼! 동수! 선영! 선태! 다 안다, 내가. 동수 그 친구 수술만 하면 낫는다는데 나만 아주 뭘 모르는 사람처럼 이상하게 노려보고⋯⋯"

"그건 김선배 때문이 아니라 아빠가 잘 알지도 못하면서 다롱이한테 누명을 씌우니까."

"다롱이가 작은 개냐?"

"네."

"그게 다롱이⋯⋯ 아니, 다롱이 누명을 내가 씌웠냐?"

"알았어요."

"알긴 네가 뭘 아니? 어제 술 약속도 나보고 안 지켰다고 뭐라 하는데, 밥값 많이 냈다고 그렇게 화를 내고 가버리고, 내 방에 들 렀다가도 그렇게 쌩 가버리고, 가서는 연락도 없고, 그런데 내가 뭘 어떻게 하냐? 날 싫어해서 피하는가 싶어 안 간 건데 넌 왜 자 꾸 나만 가지고……"

순간 그는 묘한 기시감을 느끼고 말을 멈췄다. 어제 점심을 먹 으며 반주를 하다 윤화백이 자신에게, 진짜 남교수는 왜 자꾸 나 만 가지고 그래요, 하고 징징거렸을 때 느꼈던 지독한 염증이 절 절히 떠올랐다. 기운이 쭉 빠지면서 그는 여주엔 도대체 왜 왔는 지, 어제 저녁만 사주고 뜨지 않고 뭘 더 찾아먹겠다고 하룻밤까 지 묵고 아직껏 미적거리는지 후회가 되었다.

"그게 아니라요."

"됐다, 가봐라."

그는 도발하듯 주머니에서 담뱃갑을 꺼냈고 다영이 뭐라고 한 마디만 하면 있는 대로 퍼부어줄 생각이었다.

"옛날에 엄마가……"

그는 울컥 감정이 복받쳤다.

"넌, 지금, 여기서…… 네 엄마 얘길, 왜 꺼내는 거냐?"

"엄마가 아빠는 먹다 남긴 건 절대 다시 안 먹는댔어요."

"그게 뭐를?"

"안주가 남은 고기밖에 없으니까, 밤에 제가 버스 타고 나가서 과일이랑 치즈 사왔다고요."

"뭘 어쨌다고?"

생각과 달리 말이 퉁명스럽게 나왔다.

"여기서 버스 타고 나가서 뭐 사오려면 얼마나 오래 걸리는지 알아요? 기껏 안주 사가지고 오는데 아빠 잔다고 문자 딱 오고 진짜."

"그러게 아빠 차 있는데 왜 버스로 가? 위험하게?"

그는 버럭 소리를 질렀다. 둘은 잠시 말없이 서 있었다. 그는 만지작거리던 담뱃갑을 주머니에 집어넣었다.

"그래도 나는 가련다."

"가세요. 건강하시고요."

"다영이 너도, 촬영 일정도 긴데 에너지 비축하고 파이팅해라!"

그는 손을 내밀어 딸에게 악수를 청하려다 그만두었다. 다영이 픽 웃었다.

"왜 웃어?"

"그냥, 비축 그런 말도 웃기고…… 아빠 만나서 그거 하나는 좋았어요."

"뭐? 고기?"

다영은 들은 척도 않고 식당 쪽 마당을 가리켰다.

"어제 저기서 아빠가 잘 못한다고 말한 거, 그거 좋았다고."

그는 단박에 알아듣고 기분이 좋아졌다.

"그러는 너는, 너도 스킨십 잘 못하면서 뭐가 좋았다고 그래?"

"네? 아니, 스킨십 말고 아빠가 내가 이런 거 잘 못한다 그런 거."

"그러니까 친밀하게 대하는, 그런 걸 내가 잘 못한다."

"아, 답답해. 그게 아니라, 아빠가, 무엇무엇을, 잘 못한다, 그렇게 인정하는 말, 태도 말이에요."

"아, 그거……"

순간 그는 눈앞이 자욱해지면서 다영의 모습이 흐릿하게 멀어지는 걸 느꼈다. 고개를 들어 하늘을 보았지만 연윳빛으로 부예진 허공에 동글동글한 그물무늬만 아른거렸다. 비문증 때문이겠지만 그는 요즘 유독 눈이 갑갑하고 흐려져 백내장이나 녹내장이 아닌지 의심하고 있었다.

"근데 아빠 물귀신이에요? 왜 맨날, 그러는 너는, 그러는 너는, 그래?" 하고 툴툴대던 다영이 걱정스레 묻는 소리가 들려왔다. "아빠, 왜 그래요?"

"음…… 내가 요즘 당최 눈이……"

눈에 탁한 눈물이 고여 그는 눈을 깜빡거렸다.

"눈이 잘 안 보여요? 그럼 저기, 달 뜬 거 보여 안 보여? 되게 예쁜 달인데."

"달? 낮달이 또 떴어?"

아무것도 보이지 않았고 아무것도 잡을 수 없었다.

"안 보인다, 다영아."

그는 조금 무서워졌다.

"안 보여, 아빠? 병원에선 뭐래요?"

"응, 이제 가봐야……"

"아버지! 제정신이세요?" 다영의 목소리가 높아졌다. "왜 제때 제때 병원을 안 가세요? 어린애세요? 혼자 못 가세요? 안 보여도 음악은 하고 글은 써도 눈멀면 절대 사진 못 찍고 그림 못 그리는 거 모르십니까? 내 참, 기가 막혀서! 생각이 있는 거야 없는……"

다영이 타닥타닥 뛰어가는 소리가 들렸다.

명덕은 심봉사가 된 기분으로 더듬더듬 차문을 열고 차에 타서 글로브 박스를 열어 휴지를 꺼내 눈물을 닦았다. 한참 동안 눈을 감았다 뜨기를 반복했다. 뭉글뭉글 뭉개져 보이던 세상이 차츰 제 모습을 되찾았다. 다영이 돌아올까 싶어 한참을 차문을 열어놓고 담배도 피우지 않고 기다렸지만 다영은 오지 않았다. 간다면 간다고 말을 해야지 저애는 대체 왜 저렇게 제멋대로 생겨먹었는지.

그는 차문을 닫고 시동을 걸어 출발하려다 차창 너머로 초승달을 보았다. 어제보다 살이 더 오른 걸로 보아 바야흐로 차는 중인 것 같았다. 그러고 보니 어제부터 오늘까지 그는 누군가의 인생을 일별하듯 아침, 오후, 저녁의 낮달을 모두 보았다. 왜 아침달 낮달 저녁달이 아니고 모두 낮달인가 생각하다, 해 뜨고 뜬 달은 죄다 낮달인 게지, 생각했다. 해는 늘 낮달만 만나고, 그러니 해 입장에서 밤에 뜨는 달은 영영 모르는 거지, 그런 생각을 하며 그는 차를 몰아 농가 펜션의 주차장을 빠져나왔다.

손톱

엄마 전화 좀 받아 무슨 일 있어 나랑 얘기 좀 해 얘기를 해야 무슨 일 있는지 내가 알지 돈은 괜찮아 누구 꼬득임에 빠져서 날렸으면 어때 엄마가 다 써버렸으면 어때 부득기한 사정이 있었다고 생각하께 그게 나도 돈 벌고 엄마도 돈 벌고 둘이 벌으니까 금방 갚으면 되고 나는 괜찮은데 엄마 소희는 아직 어리잖아 애처럽잖아 인제 중학교에도 가야 되는데 엄마 소희가 기다려 이 문자 보면 꼭 연락해

소희는 일어나서 눈도 못 뜬 채 보일러를 온수로 바꾸었다. 좁은 욕실에서 머리를 감고 나와 수건으로 털어 말리고 데운 우유에 시리얼을 부어 죽처럼 떠먹었다. 어젯밤에 통근버스를 타고 올 때 들

은 라디오 일기예보에서 내일은 올겨울 들어 처음으로 낮에도 영하권에 머무는 추운 날씨가 될 거라고 했다. 휴대전화를 보니 '오전 7시 10분 영하 5도 대체로 흐림'이라고 떴다. 머리를 다 말리고 나가면 늦는다. 출근에 늦는 게 아니라 첫 통근버스에. 소희는 버스가 좋다. 통근버스는 소희의 가장 큰 기쁨, 가장 큰 사치다.

파카 안에 긴 머리칼을 집어넣고 비니를 눌러쓴 뒤 그 위에 파카에 달린 모자를 덧썼다. 장갑을 끼기 전에 잠시 오른손 엄지손톱을 들여다보았다. 흉하다…… 약을 먹고 약을 발라도 낫질 않는다. 목도리를 친친 감고 문을 열고 옥상으로 나서자 바람이 매섭게 몰아쳤다. 장갑 낀 손으로 철제 난간을 잡고 실외 계단을 타닥타닥 내려갔다. 목도리를 누르고 빠른 걸음으로 전철역을 향해 걸었다. 옮긴 게 잘한 건가, 잘한 거야. 잘한 건가, 잘한 거지.

소희는 삼 주 전에 서울 외곽 너머에 있는 S쇼핑테마파크 매장으로 자리를 옮겼다. 이전에 근무하던 매장에서는 한 달에 백육십만원을 받았지만 지금 매장에서는 백칠십만원을 받기로 했다. 십만원이 올랐다고 마냥 좋지만은 않은 게, 이전 매장은 출근에 오십 분밖에 안 걸렸지만 지금은 한 시간 삼십 분이나 걸린다. 출퇴근 합치면 하루에 한 시간 이십 분이 더 걸린다. 시급으로 따지면 팔천원이 넘는다. 팔천원으로만 잡아도 한 달에 이십사만원, 쉬는 날 나흘 빼면 이십만 팔천원이다. 세상에 어느 직장도 출퇴근 시간을 시급으로 쳐주는 덴 없지만 그래도 출퇴근이 너무 오래 걸리니 따져보지 않을 수 없고 따져보면 그렇다는 얘기다. 이십만 팔천원이라는. 식대는 여기가 한 끼 이천원으로 이전 매장보다 천원이 싸다. 일주일에 화수목 사흘은 한 끼를 먹고 금토일 사흘은 두 끼를 먹으니 하루 평균 천오백원이 이득이지만 그래도 팔천원보다야. 하루에 팔천원의 시간을 길거리에 흘려버리는 거보다야. 지금 매장으로 옮길 때는 출퇴근이 얼마나 걸리든 돈을 더 받는 게 무조건 낫다고 생각했다. 막상 다녀보니 꼭 그렇지만은 않았다. 특히 이른 아침에 눈을 뜰 때. 전철을 오래 탈 때. 그래도 여긴 전철역에서 S쇼핑테마파크까지 운행하는 통근버스가 있다. 물론 통근버스비를 내지만 소희는 그 돈이 아깝지 않다. 첫 통근버스를 타면 앉아서 갈 수 있고, 운이 좋으면 창가 자리에 앉을 수도 있다. 그러면 아침햇살 강물이 반짝반짝 따뜻하다. 어디 소풍 가는 것 같다.

지하철 입구 근처에서 누군가 뛰기 시작하자 사람들 걸음이 덩달아 빨라졌다. 소희도 뛰었다. 소희는 초등학교 때 달리기 선수였다. 백 미터 달리기에서 웬만한 남자애들보다 빨랐다. 개찰구를 통과할 때 열차가 도착한다는 방송이 들렸다. 두 계단씩 뛰어내려가 5-6 차량번호 앞에 줄을 섰다. 초등학교 5학년 때 체육 선생이 소희에게 육상을 해보면 어떻겠냐고 물었다. 그 말을 전하자 엄마는 안 된다고 했다. 왜? 아니 그거 하려면 돈이 얼마나 많이 드는데? 어디 훈련 가고, 신발 사 신고, 그게 다 돈이다, 돈. 스크린 도어와 열차 문이 열리고 사람들이 내렸다. 등뒤에서 누군가 마구 밀어대는 느낌을 받으며 소희는 열차에 올랐다. 체육 선생은 여러 번 소희를 불러 같은 얘기를 했다. 열심히 훈련해서 대회 나가서 상 받고 그러면 다 지원해주는 데가 있다고, 학교나 체육회 같은 데서 책임져준다고. 그런 말을 전하자 엄마는 코웃음을 쳤다. 왜 또? 아니 그때까진 어쩌고? 그때라니…… 언제? 언젠 언제야, 상 받을 때까지지. 또 상 못 받으면 그때 가선 어쩌고? 그땐 딱히 아쉽거나 서운하지 않았는데 요즘엔 가끔 육상을 했더라면 어땠을까 소희는 생각한다. 아무 생각 없이 죽자고 빨리 달리기만 하면 되는 일이었는데, 그렇게 해서 큰 대회에서 상을 받게 되었다면 어땠을까. 엄마는 몰라도 언니는 내 곁을 안 떠나지 않았을까.

열차가 역에 정차할 때마다 내리는 사람은 없고 타는 사람만 많았다. 역과 역 사이, 꾸역꾸역, 누군가의 손아귀에 꾹 쥐어진 모양으로 서서 열다섯 개 역을 가야 한다. 앉아서 가본 게 언제였나. 소희는 갑자기 오른손 엄지손톱에 찌르는 듯한 통증을 느끼고 장갑 낀 검지로 장갑 낀 엄지를 살살 비볐다. 그런다고 통증이 없어지는 건 아닌데 그저 버릇이 그렇게 들었다. 언제인지 몰라도 대낮에 전철을 타고 앉아서 갔던 기억이 났다. 그러다 기습적으로 차창 안으로 쏟아져들어온 눈부시게 화사한 햇빛을 보았던 기억도. 열차는 한강을 건너고 있었나보다. 강의 물결과 건물 유리가 찬란하게 빛나고 있었는데, 빛나는 건물 안에 하루종일 갇혀 지내는 소희가 그 시간에 전철에 앉아 그런 햇빛을 본 적이 있을 리 없었다. 꿈이었나.

아니었다. 첫 통근버스로 갈아타고 S쇼핑테마파크로 향할 때 차창으로 쏟아져들어오는 아침햇살을 보고서야 소희는 생각났다. 그날이었네, 그날이었어. 그게 벌써 넉 달도 더 전이다. 대학병원 응급실에서 처치를 받고 집으로 돌아가던 길이었다. 그날 소희는 찌르는 듯 따스한 빛, 강물이며 건물이며 만물이 스스로 빛나게 하는 빛, 무자비하면서 공평하고 무심하면서 전능한 빛을 보았다. 눈이 부셔 눈물이 고였지. 열차가 다시 어두운 터널 속으로 들어갔을 때에야 눈에서 눈물이 떨어졌다. 엄지손톱 절반 가까이를 부러뜨리고서야 맛볼 수 있었던 한낮의 햇빛은 그토록 짧고 강렬했다. 소희는 강변을 달리는 통근버스 차창에 바짝 붙어앉아 아침햇살에 반짝이는 강물을 본다. 버스가 좋은데, 소희는 버스가 슬프다. 그러니까 슬픈 건 버스가 아니라 햇빛인데, 슬프면서 좋은 거, 그런 게 왜 있는지 소희는 알지 못한다.

그러니까 올여름 8월 초쯤, 이전 매장에 근무할 때였다. 반품 체크를 하는 날이라 아침부터 바빴다. 같이 박스 정리를 하던 민경 언니가 말했다. 학교랑 알바, 둘 다는 아무래도 무리인 것 같

아. 민경 언니는 경기도 어디 대학에 다닌다고 했다. 둘 다는 무리
죠, 라고 소희는 대꾸했다. 너무 힘들어서 둘 중 하나는 그만둬야
할 거 같아. 너무 힘들면 하나는 그만두세요. 소희 말에 민경 언니
가 피식 웃었다.

으응, 안 그래도 엄마랑 그 문제로 상의했거든.

순간 소희는 박스를 들어올리려다 말고 동작을 멈췄다. 방금 민
경 언니가 뭐라고 그랬지? 낯선 기척을 느낀 토끼처럼 귀가 쫑긋
섰다.

힘들어도 엄마가 다음 학기까지만 마치고 휴학하래. 그래
야……

소희는 더이상 민경 언니의 말을 듣고 있지 않았다. 아니, 스펙
이니 취업이니 하는 말은 들렸지만 아무 뜻도 없는 주문처럼 들렸
다. 딱딱한 껍데기 속에 갇힌 느낌, 바삭하게 구워지는 과자처럼
겉은 점점 검고 단단해지는데 속은 끓는 시럽처럼 뜨거운 핏물이
휘도는 느낌, 겉과 속이 분리된 느낌이었다. 소희는 온몸의 기운
을 모아 스포츠화 상자가 가득 든 박스 밑으로 손을 획 밀어넣었
다. 그리고 박스를 들어올리는 대신 아하하 소리를 내며 주저앉았
다. 입에서 용처럼 뿜어져나오는 가스의 열기를 느낄 수 있었다.
박스 밑에서 천천히 손을 뺄 때 길고 가느다란 비명이 민경 언
니의 입에서 터져나왔다. 박스 아래에 튀어나와 있던 굵은 고정쇠
가 소희의 오른손 엄지손톱을 푹 뚫고 나와 손톱 절반이 뒤로 꺾

이고 살이 찢겼다. 아하하…… 끔찍한 통증과 함께 기괴하게 발딱 뒤집혀 있던 손톱의 모양을 소희는 잊지 못한다. 잊을 수 없다. 아하하…… 아하하……

그날 왜 그랬냐 하면 그때 소희는 달아오르다 달아오르다 끝내 픽 금이 가야만 했던 상태였으니까. 뿜어낼 구멍이 절실할 때, 그러니 손톱이든 어디든 와삭 깨지고 퍽퍽 터졌어야 할 때였다. 아하하…… 웃겨 죽을 뻔했지. 엄마랑 뭘 했다고? 상의? 엄마랑 상의를 해? 아하하…… 민경 언니가 소희를 그렇게 웃겼으므로 소희는 박스 밑으로 급하게, 온 힘을 다해 손을 집어넣었던 거고, 터졌던 거고, 아직도 아물지 않는 거고.

첫 통근버스는 여덟시 사십오분에 S쇼핑테마파크 4A주차장에 도착했다. 드넓은 주차장은 아직 텅 비어 있다. 소희는 혼란스럽다. 그러니까 그때 그게, 설마 그게…… 그거였나? 상……의…… 상……의…… 읊조려볼수록 이상한 말이었다. 상……의…… 그런 것도 상의라고 할 수 있나. 엄마에게 육상에 대해 물어본 거, 그게 소희가 엄마와 뭔가를 상의한 거였나. 진로라든가 미래라든가 그런 걸 상의……한 거였나. 그런 것도 상의라고 할 수 있나. 텅 빈 주차장, 텅 빈 방, 그것도 주차장이고 방이고 하다면, 텅 비어도, 내용도 없고 주고받는 것도 없고 아무것도 없어도, 그것도 상의긴 상의였나. 소희랑 엄마랑 상의한 거……

그딴 게 무슨, 하고 장갑을 끼려다 소희는 다시 오른손 엄지손톱을 들여다본다. 염증으로 부어올랐던 살덩이가 딱딱하게 굳으면서 표면에 잿빛 각질이 비늘처럼 결결이 덮였다. 손톱 절반이 떨어져나간 자리에 징그러운 벌레처럼 거무죽죽한 혹이 남았다. 흉하다…… 민경 언니도 그랬다. 여자애 손톱이 그게 뭐니. 병원 좀 다시 가보든가. 여자는 얼굴 다음이 손인데. 그래서 병원에 다시 가긴 갔다. 상처에 세균이 침투한 걸 방치해서 이렇게 된 거라고, 두어 달은 약을 먹고 약을 바르며 상태를 지켜보자고 의사는 말했다. 손톱 주변에 신경이 몰려 있어 외과수술은 가급적 안 하는 편이 좋다고도 했다. 두 달 넘게 약을 먹고 바르는데도 전혀 나아지지 않는다. 다음주에 병원 진료가 잡혀 있다. 그전에 기적처럼 혹이 떨어지고 새살이 돋을지, 소희는 알 수 없다.

오늘도 매니저는 소희에게 아쉬운 소리를 했다. 진수씨가 또 못 나온다고 했다. 또요? 그래, 또! 그래서 소희에게 오늘 야간근무를 혼자 보고 다음주 화요일 오전근무를 빼주면 어떻겠냐고 물었다. 소희는 그러겠다고, 오늘 야간근무를 혼자 보고 다음주 화요일엔 오후에 출근하겠다고 했다. 매니저는 고맙다면서, 남자가 돼서 진짜 맨날 왜 그러나 몰라, 하고 툴툴댔다. 남자가 돼서 진짜…… 소희는 중얼거리다 만다.

진수씨는 이 스포츠용품 매장에 하나뿐인 남자 직원이다. 점장 부부는 번갈아 나오고, 매니저와 여직원 수연 성은 소희, 그리고 진수씨, 이렇게 일한다. 제일 어린 소희가, 온 지 한 달도 안 된 소희가 판매실적이 제일 높다. 고객을 응대하는 특별한 노하우가 있는 것도 아니고 말솜씨가 뛰어나거나 상품 설명을 잘하는 편도 아니었으므로 같이 일하는 직원들은 왜 그런 결과가 나오는지 이해할 수 없었다. 처음 며칠은 우연이려니, 운이 좋아 그러려니 하다, 계속 그런 결과가 나오자 잠시 의아해하다. 나중에는 말솜씨가 뛰어나거나 상품 설명을 잘하는 편이 아니라서, 아, 그래서 잘 파는 애, 라는 걸 알게 되었다. 그러니까 소희는 고객들이 대하기에 어리고 편하고 만만하기도 했지만, 무엇보다 고객이 뭐라고 하면 어쩜 그렇게 앵무새처럼 그 말을 그대로 따라 하는지, 그래서 잘 파는 애였다. 자기주장이란 게 없고 애가 아주 '무나아안하다'고, 무색무취하다고, 그것도 재주라면 재주라고 매니저는 말했다. 그렇게 무의미하고 무가치하고 무존재하다는 것도 재주라면 재주라는 식으로 직원들은 이해했다.

소희와 달리 진수씨는 판매실적도 꼴찌, 출근율도 꼴찌, 월급도 꼴찌였지만 인기는 좋았다. 성격이 싹싹하기도 하고 여직원들이 많은 매장이어서도 그랬다. 다들 그가 오래 다니지 못할까봐 근심했다. 하지만 소희는 진수씨 별로다. 하루종일 종알종알, 남자가 돼서 진짜……

소희는 아빠를 기억하지 못하지만 언니 얘기로 아빠는 착한 사람, 말이 없는 사람이었다고 했다. 착한 건 몰라도 말이 없었다는 건 소희 마음에 들었다. 아빠는 소희가 세 살 때 낙지를 잡으러 갔다 사고를 당했다고 했다. 갯벌에 물이 들어오는데 아빠 혼자만 뒤처져 빠져나오지 못했다고, 같이 간 사람들이 도와주려고 했지만 못 도와줬다고 했다. 갯벌이란 그런 곳, 아무리 구해주고 싶어도, 바로 저만치에서, 사람이 가슴까지, 목까지, 코와 이마까지 꼬록꼬록 빨려들어가는 걸 빤히 보면서도 전혀 손을 쓸 수 없는 곳이라고 했다. 다 언니가 해준 얘기였다. 그러면서 언니는 정작 자기 아빠에 대해서는 아무것도 기억하지 못했다. 그건 엄마가 얘기해줘야 하는데 엄마는 본희 아빠에 대해서도 소희 아빠에 대해서도 입을 다물었다.

엄마는 늘 일을 다녔지만 자주 다치거나 사고를 당하거나 아프거나 해서 쉬는 날이 많았다. 팔이 부러지고 뜨거운 물에 허벅지를 데고 귓속이 곪고 발목이 삐고 아픈 허리가 도졌다. 언니는 엄마가 못된 사람, 말이 없는 사람이 되어간다고 했다. 말이 없는데 착한지 못된지 언니가 어떻게 알 수 있나. 생각해보니 실은 언니도 몰랐던 거다. 엄마가 얼마나 못된 사람이 되어갔는지를. 그러니 당했던 거고.

엄마가 사라진 건 소희가 초등학교 6학년 겨울방학을 맞던 날이었다. 집에 왔는데 엄마가 없었다. 당시에 엄마는 식당 일을 하고 있었고 소희가 오기 전에 식당으로 출근하는 일이 잦았다. 감자탕집인지 보쌈집인지 둘 다 하는 집인지 이미 다른 집으로 옮겼는지 말을 안 해서 잘 모르지만, 어쨌든 옷에 밴 냄새로 봐서 식당은 식당이었다. 밤에 퇴근한 언니가 엄마는, 하고 물었을 때 소희는 아직, 했던가 몰라, 했던가. 다음날 아침에 언니가 어젯밤에 엄마가 안 들어왔다고 했을 때도 놀라는 대신, 그럼 오늘은 일찍 들어오겠네, 했다. 갑자기 후다닥 옷장 문과 화장대 서랍을 열어본 언니가 소리를 꽥 지르고 주저앉았다. 이 여자가 진짜!

그때 소희네는 이사를 앞두고 있었는데 엄마는 그렇게 집을 나가 돌아오지 않았다. 작별인사는커녕 아무 신호도 낌새도 없이 획 사라졌다. 엄마가 새로 이사갈 집 보증금에 보탠다고 언니가 열 달 동안 저금한 칠백만원과 언니 이름으로 대출받은 천만원을 들고 내뺐다는 건 나중에 알았다. 그리고 더 나중에야 소희는 곰곰이 생각하다, 아주 없지는 않았다고, 그러니까 그게 낌새라면 낌새였다는 걸 알았다. 이사라든가 보증금이라든가 대출이라든가 그런 얘기를 하는 거. 그러니까 올 6월에 언니가 이사라든가 보증금이라든가 대출이라든가 그런 얘기를 했을 때 소희는 낌새를 챘어야 했다. 언니도 내빼려는구나.

그러니까 팔 년 전, 지금 소희 나이였던 스물한 살의 언니도 소희처럼 들떴던 거다. 아무 생각 없이 대출도 받고 저금한 돈도 선뜻 내주고 한 거 보면. 엄마가 새로 이사갈 집은 반지하도 아니고 방도 두 개라 안방은 엄마와 소희가 쓰고 언니 방은 따로 내주겠다고 했다니까. 또 본희 니가 정 그렇게 자신만만하다니까 말인데 고양이도 한 마리 키우든가, 했다니까. 언니도 소희에게 똑같이 새로 이사갈 집은 반지하도 옥탑도 아니고 방도 두 개고 욕실도 크니까 이번에는 꼭 고양이를 키우자고 했으니까. 소희가 쉬는 날 같이 이사갈 집을 보러 가기로 해놓고는 휙 사라졌으니까. 언니가 며칠째 돌아오지 않던 방, 그것도 방이라고 할 수 있나. 그 무서운 바닥과 벽과 천장과 텅 빈 공간도 방……이라고 할 수 있나. 상의 한마디 없이…… 그럴 수 있나.

야근과 뒷정리를 마친 소희는 4A주차장에서 마지막 통근버스를 기다린다. 밤이라 춥다. 휴대전화를 켜니 '오후 10시 6분 영하 10도 대체로 흐림'이라고 뜬다. 첫 통근버스는 앉아서 오지만 끝 통근버스는 앉아서 못 간다. 그래도 따뜻하다. 전철도 이 시간에는 덜 붐비니, 나쁜 점 하나, 좋은 점 하나다. 전철이나 통근버스에서 서서 갈 때 소희는 종종 돈 계산을 한다. 오늘 얼마를 썼는지, 이번달에 얼마를 쓰게 될지. 그러면 시간이 빨리 간다. 돈 계산을 하고 가계부를 쓸 때에만 소희는 살아 있는 것 같다. 뭔가 벅차오르다 금세 풀이 죽고 갑자기 조급증이 났다 울렁거렸다 종잡을 수 없는 흥분 상태에 사로잡힌다. 이번달 월급 백칠십만원을 받으면, 받으면……

갚을 것 갚고 낼 것 내고 뺄 것 빼면 소희 손에 남는 돈은 오십만원 정도다. 본희가 들고 튄 대출금 천만원과 지금 사는 옥탑방 보증금으로 대출받은 오백만원, 합계 천오백만원이 앞으로 소희가 갚아야 할 빚이다. 대출 상환금이 매달 사십칠만원 나가고, 옥탑방 월세가 사십만원 나간다. 교통비와 회사 식대를 합치면 이십만원, 통신료와 공과금과 건강보험료 합이 십삼만원. 백칠십만원에서 이걸 다 빼면 딱 오십만원 남는다. 이전 매장에서 백육십만원 받을 때도 매달 이십만원씩 저금했으니까 이번달부터는 삼십만원씩 저금해야 한다. 그러면 이십만원 남는데…… 아니, 소희는 당황해서 눈을 깜박거린다. 겨울이라 난방을 하니까 이만원 더 든다. 그러면 십팔만원 남는다. 십팔만원으로 한 달을 먹고살려면…… 소희는 주먹을 꼭 쥔다. 아무리 빡빡해도 저금은 절대 줄일 수 없다. 저금은 소희의 목숨줄이다. 빨리빨리 저금해서 대출 원금을 갚지 않으면 소희는 오 년 동안 꼼짝없이 매달 사십칠만원씩 저축은행에 갖다 바쳐야 한다. 소희는 수없이 계산하고 또 계산해봤다.

결과는 두 배, 두 배라는 거다. 천오백만원을 빌렸는데 최종적으로 갚는 돈은 이천팔백만원이 넘는다. 그것도 오 년 뒤에 한꺼번에 갚는 게 아니라 매달 꼬박꼬박 갚는 식으로 그렇다. 매달 그만큼씩 꼬박꼬박 오 년 동안 적금을 부으면 삼천만원 정도 된다. 그러니 두 배, 두 배라는 거다. 저금을 하지 않고 다 써버리면 빌린 돈의 딱 두 배를 갚아야 한다는 거. 그래서 소희에겐 계획이 다 있다. 마지막으로 대출받은 옥탑방 보증금, 이자가 제일 센 그 오백만원부터 갚아야 한다. 7월부터 11월까지 소희는 매달 이십만원씩 모아 백만원을 만들어놓았다. 이번달에 삼십만원을 보태면 백삼십만원, 내년에도 꾸준히 매달 삼십만원씩 모으면 연말까지 사백구십만원. 어떻게든 십만원을 보태 오백만원을 갚으면, 내후년부터는 매달 사십칠만원이 아니라 삼십만원씩만 상환하면 된다. 남는 십칠만원을 저금에 보태 매달 사십칠만원씩 모으면 일년 안에 또 오백만원을 갚을 수 있고, 그러면 상환액이 십오만원 줄어드니까 그걸 보태서 또 매달 육십이만원씩 저금하면 칠 개월 만에 마지막 오백만원까지 깨끗이 다 갚을 수 있다.

그러면 소희는 빚 없는 사람이 된다. 그때부터는 매달 칠십칠만 원씩 모을 수 있는데 월급이 올라서 팔십만원씩 적금을 든다 치면 일 년에 거의 천만원…… 갑자기 소희는 풀썩 몸을 뒤친다. 그 생각을 못했다. 소희는 관자놀이를 톡톡 친다. 빚 갚는 데만 정신이 팔려 자꾸 그 생각을 까먹는다. 방…… 방이 있다. 그사이에 옥탑방 계약기간이 끝난다. 보증금이 오르거나 월세가 오르면 빚 갚는 건 그만큼 늦어진다. 보증금이나 월세를 올려주면서 빚을 다 갚으려면 얼마나 걸릴까. 마음이 바쁘다. 집에 가서 찬찬히 계산해봐야겠다. 그러나 계약기간이 끝날 때마다 그때그때 주인이 월세나 보증금을 얼마나 올릴지, 소희는 알 수 없다. 그러니 계산할 수 없다. 언제 빚을 다 갚을 수 있을지.

　전철역 근처 '24시간 짜장 짬뽕'이라고 적힌 2층 간판을 올려다 보며 소희는 잠시 망설인다. 추우니까 집에 가기 전에 짬뽕 한 그 릇을 사 먹고 싶다. 기왕이면 곱빼기로 먹고 싶다. 어느새 소희는 좁은 계단을 올라간다. 계단에서부터 풍겨오던 기름진 중국 음식 냄새가 2층 문을 열고 들어서는 순간 진하게 몰려왔다. 조그만 가 게인 줄 알았는데 넓은 홀이 탕수육이나 쟁반짜장을 시켜놓고 술 을 먹는 손님들로 떠들썩했다. 앞치마를 입은 여자가 다가왔다.

　몇 분이세……?

　소희는 얼른 집게손가락을 세웠다.

　혼자?

　네, 혼자요.

　그럼 여기.

　소희는 여자가 가리킨 1인용 자리에 앉았다.

　주문은 뭘로다?

　주문은요, 짬뽕 곱빼기, 맵게요. 아주 맵게요.

　육천원이고 선불이에요.

　선불이에요? 근데…… 곱빼기면 오천오백원 아니에요?

　소희가 메뉴판을 가리키며 묻자 여자가 역시 메뉴판을 가리키 며 맵게 하면 오백원 추가라고 말했다. 모든 메뉴 아래에 빨간 고

추가 그려져 있고 그 옆에 조그맣게 오백 냥이라고 적혀 있다.

오백원이나요?

여자가 앞치마 주머니에서 계산지를 꺼내 표시를 하고는 큰 인심 쓰듯이 말했다.

여기는 매운맛 소스를 안 쓰고 유기농 청양고추로 맛을 내거든.

유기농 청양고추요?

그러니까 다문 오백원이라도 더 안 받으면 장사가 안 된다고.

장사가 될지 안 될지는 알 수 없지만 육천원이면 찌개용 돼지고기를 한 근 살 수 있다. 곱빼기도 말고 맵게도 말고 그냥 사천오백원짜리 짬뽕을 먹을까 하다 소희는 자리에서 일어난다.

다음에 올게요.

그럼, 그러든지, 하더니 여자는 아니, 그럴 거면 빨리빨리 결정을 져야지, 젊은 사람이 어째 매가리가 없이, 하고는 계산지를 구겨 쓰레기통에 던져 넣었다. 계단을 내려오면서 소희는, 매가리가 없이, 매가리가 없이, 하고 중얼거려보지만 그게 무슨 말인지 모른다. 말귀를 못 알아듣는다는 뜻인가. 민경 언니는 언젠가 소희에게 대화는 서로 주고받는 건데 너랑은 대화가 안 돼, 대화가, 그랬다. 아니, 소희는 언니랑 살 때는 대화가 잘됐다. 언니 말귀도 잘 알아듣고 언니가 시키면 시키는 대로 했다. 근데 그게…… 대화가 아니었나. 주고받는 게 아니었나. 상의도 아니고 대화도 아니고 아무것도 아니었나.

지난 6월에 본희는 소희가 저금한 돈 천오백만원과 소희 이름으로 대출받은 천만원을 가지고 사라졌다. 엄마랑 수법이 똑같았지만, 그래도 소희는, 아직도 소희는, 엄마랑 언니는 다르다고 생각한다. 언니는 그럴 만한 사정이 있었을 거라고, 다시 돌아올 거라고 믿는다.

엄마가 집 나가고 열흘쯤 지났을 때였나, 소희가 텔레비전을 보고 있는데 본희가 현관에서 신을 신으며 잠깐 어디 나갔다 오겠다고 했다.

잠깐 어디?

친구네.

친구 누구?

소희가 눈을 맞추려 했지만 본희는 돌아보지 않았다.

늦으면 친구네서 자고 올지도 몰라. 기다리지 말고 자.

문을 열고 나가는 본희의 가방이 이상하게 커 보여 소희는 자리에서 벌떡 일어났다. 가만히 서 있다가 갑자기 현관문을 열고 맨발로 뛰어나가 계단을 올라가는 본희 뒷모습에 대고 외쳤다.

언니야, 올 거지?

본희는 멈춰 섰지만 돌아보지 않았다. 소희는 묻고 또 물었다.

언니야, 한 밤 자고 올 거지? 내일 올 거지? 다시 올 거지? 꼭 올 거지?

본희는 말없이 계단을 올라갔다.

한참 있다가, 몇 년은 지난 거 같은데 몇 시간쯤밖에 안 지난 한밤중에 언니가 문자를 했다. 소희는 언니가 올 때까지 휴대전화를 손에 꼭 쥐고 문자를 보고 또 보았다. 그러지 않으면 문자가 감쪽같이 날아갈 것 같았다.

삼겹살 사가지고 가께 라면 먹지 말고 기다려

그날 언니가 돌아왔으니까, 엄마가 보증금 삼백만원도 다 까먹고 월세까지 밀려놓은 깡통 반지하방에 언니가 와줬으니까, 아빠도 다른데 소희랑 팔 년을 같이 살아줬으니까, 그러니까 그깟 돈 이천오백만원은 언니가 다 가져도 된다. 다 써버려도 된다. 언니는 올 거니까. 그때처럼 한참 있다가, 몇 년은 지난 거 같은데 몇 달쯤밖에 안 지나서 삼겹살이든 뭐든 사가지고 올 거니까, 언니는 엄마랑 다르니까, 언니는 한 번 와줬으니까, 이번에도 꼭 다시 와줄 거니까, 소희는 믿고 기다린다.

엄마 소희 인제 중학생 됐어 소희가 밥하고 국도 잘 끓여 나도 열심히 돈 벌고 있으니까 엄마 그냥 전화만 받아 통화만 하는 건 괜찮잖아 엄마가 어디 있는지 뭐하는지 그거라도 알자 내가 뭐라 안 하께 나 중

학교 때 집 나간 거 기억나 엄마 그게 내가 어려서 속이 좁아서 가출하고 엄마 힘들게 했는데 소희도 아파가지고 번가라가며 속썩여서 미안해 인제 우리가 철 좀 들었으니까 앞으로 그런 일 없도록 하게 엄마 말대로 인간적 수양도 발전시키고 노력하게 그니까 엄마가 인제 오기만 하면 돼 제발 전화 좀 받아

갑자기 매니저가 소희에게 그거 왜 안 신어, 하고 물었다.

그거……요?

소희는 눈을 깜박였다.

저번에 회사에서 준 거. 그거 왜 안 신냐고?

아, 그거요?

매니저가 말하는 건 일주일 전에 본사에서 오십 퍼센트 할인가에 직원들에게 지급한 신상품 스포츠화였다. 소희는 그걸 받자마자 중고 매매 사이트에 올렸다. 박스도 뜯지 않은 신상이라 좋은 가격에 팔 수 있었다. 그래서 어제 짬뽕도 사 먹을 생각이 들었던 건데…… 그거…… 이제 없는데……

그거…… 꼭 신어야 돼요?

그럼 신어야지. 신고 일하라고 준 건데. 내일부턴 꼭 신어.

소희는 엉겁결에 언니, 언니 줬는데, 했다.

뭐? 언니? 매니저가 인상을 썼다. 그 비싼 걸 왜 언닐 줘? 기껏

본사에서 신고 일하라고, 광고도 되고 하니까 특별히 특별가에 준 건데. 근데 자기 언니가 다 있었어?

언니 있어요.

소희는 언니가 지방에 있다고, 지방에서 직장 다닌다고 했다.

달란다고 그걸 주냐? 도로 달라고 해봐.

소희가 아무 말도 하지 않자 매니저가 혀를 찼다.

넌 애가 진짜 생각이 없나보다.

아니, 그렇지 않다. 소희는 생각 있다. 언니를 팔아서 거짓말을 한 건 좀 그렇지만, 그래도 잘했다고 생각한다. 잘했다는 생각이 있다. 언니도 잘했다고 생각할 거라는 생각도 있다. 언니는 늘 돈 얘기를 할 때면 작은 눈을 크게 뜨고 말했다. 뭐든 한 방에 되는 건 없어, 소희야. 한 푼 두 푼 차근차근, 응? 그렇게 한 푼 두 푼 모으는 거라고 돈은. 인제 언니 말 명심해. 한 푼 두 푼 차근차근, 응? 스포츠화는 한 푼 두 푼도 아니고 무려 십육만원이나 받고 팔아 칠만원을 남겼다. 어젯밤 곱빼기 아니고 맵게 아니고 그냥 짬뽕으로 먹으려던 건 한 푼 두 푼, 아예 안 먹고 집에 가서 라면 끓여먹은 건 아홉 푼 열 푼. 그렇게 차근차근 모으는 거라고 돈은, 언니가 말했다. 소희는 생각도 있고 말귀도 잘 알아듣고 매가리, 그것도 있다. 매가리는 힘이라는 뜻이다. 소희는 힘이 세다. 매가리 있다.

한가한 시간에 진수씨가 종알종알 떠들기 시작한다. 내가 창고에서 손님 물건 받아왔는데 다른 손님이 계속 컴플레인을 제기하는 거예요. 자기 물건 안 가져왔다고. 그래서 내가 정중하게 얘기했지. 손님, 이분이 먼저 오셨으니까 잠시만 기다려주세요. 가끔 그렇게 성질 급하고 남의 말 안 듣고 그런 손님이 있다는 걸 아니까, 이해하니까, 함부로 말하지도 않고 정중하게, 불쾌하지 않게, 잠시만 기다려달라고 했다고. 그런데 자기가 먼저 왔다고 말도 안 되는 소리를 하는 거예요. 그러니까 먼저 온 손님이 어이가 없어서 이렇게 쳐다보더라고. 내가 또 이런 상황을 알잖아. 잘못하면 싸움 난다고. 그래서 정중하게, 아닙니다 손님, 이분이 먼저 오셨어요, 교통정리를 했지. 잠시만 기다려달라고, 몇 번이나 정중하게, 목소리 하나도 안 높이고, 냉정하게. 누님들, 동생분들, 음, 요게 중요한 거거든요. 냉정하게. 괜히 쩔쩔매고 벌벌 기고 그러면 부작용으로 돌아오는 경우가 많다는 걸 경험으로 아니까. 역효과 난다는 걸 아니까. 우리도 사람이기 때문에 그러면 또 마음이 상하잖아요. 그런데 이 손님이 무조건으로 빡빡 우기는 거야. 자기가 먼저 왔다고. 그니까 먼저 온 손님이 열받아서 제가 먼저 왔거든요, 이렇게 딱 한마디 하더라고. 이러니까 또 상황이 재밌어졌잖아. 이럴 땐 무조건 가만히 있어야 한다고. 그럴 수밖에 없어. 왜 그러냐 하면 만약에 내가 그때 끼어들면……

진수씨는 왜 맨날 여직원들을 모아놓고 이런 쓸데없는 얘기를 하는지, 여직원 언니들은 또 왜 맨날 저런 진수씨 얘기를 재미있게 듣는 척하는지 소희는 모른다. 그러면서 소희도 낫지 않는 엄지손톱을 만지작거리면서, 거칠고 기분 나쁜 이물감을 참으면서, 내일 병원에 가봐야 할지 말지 생각하면서 진수씨 얘기를 듣고 있다. 넌 애가 진짜 생각이 없나…… 그런가……

소희가 일주일에 하루 쉬는 날은 월요일이다. 화수목 사흘은 아침 아홉시부터 저녁 일곱시까지 일하고, 금토일 사흘은 아침 아홉시부터 밤 열시까지 일한다. 일찍 끝나는 화수목에는 길이 막혀 퇴근하는 데 두 시간 가까이 걸린다. 아홉시쯤 집에 와서 저녁을 지어 먹고 씻는다. 소희는 텔레비전을 보지 않는다. 시청료를 내지 않으려면 텔레비전 자체가 없어야 한다고 해서 이사오자마자 낡은 텔레비전을 없앴다. 소희는 자기 전까지 인터넷만 한다. 매일 출석 체크를 하면 포인트를 적립해주는 사이트만도 열한 군데 가입해 있다. 할인 정보가 실시간으로 올라오는 카페와 중고 매매 사이트들을 돌아다니다보면 시간이 훌쩍 간다. 반값 쿠폰의 유효 기간을 확인하고, 장바구니에 휴지와 세제를 가격 맞춰 넣어놓고, 주말쯤에 화장품 사이트에서 적립한 포인트로 겨울 로션을 살 것을 잊지 않도록 메모하고, 자정이 넘어 오 분 동안만 가능한 휴대전화 로또 앱을 찍고 잔다. 밤 열시까지 일하는 주말 사흘 동안엔 밤 열한시 반에 집에 들어와 호빵 하나 먹고 급하게 출석 체크와 포인트 적립만 하고 잠자리에 들어 아침 일곱시에 일어나 씻고 나가는 것 말고는 아무것도 할 수가 없다. 그러니 쉬는 날에 빨래도 하고 청소도 하고 장도 봐놓고, 은행 일도 보고, 예약해놓은 병원에도 가고, 무엇보다 부동산과 휴대전화 매장에 가야 한다. 새로 보러 다닐 집과 휴대전화 매장 건물을 생각하면 소희는 가슴이 뛴다. 햇빛과 따뜻함, 통근버스만큼 좋다.

여자는 얼굴 다음이 손이라니까, 소희는 아침에 시리얼을 먹고 예약해놓은 병원에 갔다. 약 먹고 약 바른 지 두 달이 넘었는데 왜 낫지 않느냐고 소희는 조심조심 묻는다. 의사는 이게 덧나면 그렇게 빨리 잘 안 낫는다고, 그러게 왜 바로바로 치료를 안 받고 응, 이렇게 만들었냐고, 소희를 보더니 택배 일 하신다고 했나, 하고 물었다. 소희는 S쇼핑테마파크에서 일한다고 대답했다. 의사는 코를 훌쩍거리더니, 그럼 일단 오늘은 냉동치료를 좀 해보자고 했다.
냉동치료요?
의사는 뭘 적으면서 응응 하더니 좀 아플 거라고 했다.
냉동치료가 아파요?
치료받을 때도 좀 아프지만, 의사는 다 적었는지 고개를 들고 또 코를 훌쩍거리더니, 사나흘은 아플 거니까, 진물도 날 거니까, 진통제를 처방해주겠다고 했다. 그때 하지 않겠다고 했어야 했다. 스포츠화 판 돈 중에 이만원은 난방비에 보태고 오만원은 저금에 보태려고 했는데, 그래서 이번달엔 삼십오만원을 저금하려고 했는데 얼어죽을 냉동치료로 칠만원이 순식간에 날아갔다. 접수처에서 돈을 내는데 직원이 삼 주 후 오늘로 예약 잡을게요, 했다. 소희가 멀뚱멀뚱 쳐다보자, 삼 주 간격을 두고 적어도 대여섯 번은 꾸준히 냉동치료를 받아야 한다고 했다.

병원을 나오는 내내 소희는 조금씩 불안해지고 신경이 곤두선다. 얼굴이 붉어지고 눈가가 이글이글 달아오른다. 뭔가 또 퍽 터질 것만 같다. 언니가 사라졌을 때도, 손톱이 깨졌을 때도, 소희는 이렇게 뭔가로 가득차서 터질 것 같았다. 무섭다. 소희를 이렇게 두면 안 되는데, 이렇게 혼자 놔두면 안 되는데. 도대체. 나보고 어쩌라고? 내가 어쨌다고? 내가 뭐? 내가 뭘? 뭘? 뭘?

소희는 작은 소리로 외치며 걷는다.

내가 뭘? 뭘? 뭘?

소리가 점점 커지면서 말끝이 날카롭게 솟구친다.

내가 뭘? 뭘? 뭘?

새해가 되면 소희는 스물두 살이 된다. 옥탑방 계약은 소희가 스물셋 스물다섯 스물일곱 되는 6월마다 돌아온다. 이 년마다 보증금을 오백만원씩만 올려도 대출금 갚는 건 두 배로 늦어지고 월세를 올려도 마찬가지다. 처음 계획대로 갚는다 해도 스물네 살 여름에나 다 갚을 수 있는데, 그 두 배가 걸리면 스물일곱, 스물여덟 살이나 되어야 한다. 그때까지 이렇게 살아야 하나…… 이십만원으로 한 달을…… 치약도 휴지도 생리대도 아껴 쓰고, 아침엔 우유와 시리얼, 밤엔 호빵이나 식빵, 계란 한 판 사서 한 달을 먹고, 일주일에 한 번 제일 싼 찌개용 돼지고기를 사고, 늘 두부와 콩나물, 김치를 아껴 먹고 깍두기를 담가 먹으며, 친구도 못 만나고 친구도 못 만들고, 십원 백원 포인트를 쌓으며, 스물일곱, 스물여덟 살까지, 병원비 칠만원 가지고 이렇게, 아니 대여섯 번이면 삼십오만원에서 사십이만원…… 다신 안 온다, 다시는……

소희는 어느새 빌딩 쇼윈도 앞에 바짝 붙어서 있다. 티끌 하나 없이 깨끗이 닦인 유리 너머로 외제 자동차들이 손에 잡힐 듯 반짝거린다.

내가 어쨌다고? 내가 뭘, 뭘, 뭘? 뭘? 뭘? 뭘?

소희는 다친 개처럼 유리에 대고 짖었다. 뭘, 뭘, 뭘, 외칠 때마다 유리에 김이 서렸다. 매장 안에서 남자 직원이 소희를 유심히 지켜보고 있다. 진수씨를 닮았다. 온몸이 엄지손톱의 혹처럼 얼었다 녹으면서 뜨겁고 흐물흐물한 살덩어리가 된 것 같았다. 갯벌에 쑤욱 빠진 것도 같았다. 이대로 유리에 철썩 들러붙어버릴까. 직원이 이쪽으로 천천히 걸어오는 걸 보면서 소희는 엄지손톱에서 거즈를 떼어냈다. 손톱 없어도 된다. 엄마 없이도 살았고 언니 없이도 사는데 그깟 손톱 없어도 된다. 됐다 뭘, 됐다고, 안 와도 된다고, 도와줄 것도 아니면서 오지 말라고. 소희는 혹에 끈끈하게 고인 약과 피와 진물을 유리에 꾹 눌러 비비고 쏜살같이 달아

났다. 달리면서 소희 마음속에도 흉한 혹이 돋아났다. 다신 안 와. 다신 안 온다고. 언니…… 안 온다고. 언니 그년…… 안 와도 된다고. 영영 오지 말라고.

엄마 니가 사람이냐 혼자만 잘 먹고 잘 살려고 얼마나 준비를 했냐 그게 언제부터 했냐 얼마 동안 했냐 인제 내가 가만히 있을 줄 아나 무슨 수를 써서라도 내 피 같은 돈 돌려받고 만다 엄마 니가 대출 그거만 사기친 게 아니고 집도 보증금 그렇게 빼먹고 폰도 싹 다 바꾸고 그러고도 니가 엄마냐 내가 어떻게 사는지 아냐 이 나쁜 년아 내가 미치겠다 소희년 땜에 이러지도 저러지도 못하고 내가 아직도 빚 갚고 있다고 쌍년아 인제 나도 막 나갈 거라고 막 막살 거라고

소희는 124-15번지 101호 내부를 샅샅이 살펴보았다. 가전제품과 옷장이 완벽하게 빌트인된 신축 빌라는 보고만 있어도 저절로 웃음이 났다. 손톱의 통증도 못 느낄 만큼 좋은 집. 그래서 자꾸 이 동네 저 동네 다니며 찾아보고 싶게 만드는 집. 이 집은 보증금 일억에 월세 삼십만원이라고 했다. 꼼꼼히 살피는 소희를 흡족하게 지켜보던 중개사 남자가 물었다.

학생 혼자 살 거예요?

소희는 언니랑 둘이 살 거라고 했다.

아, 언니랑 자매분 두 분이 사시려고? 그럼 이 집이 딱이네 딱이야.

참, 소희가 물었다. 고양이 있는데 키워도 되죠?

아 뭐 되지. 될 거야.

휴대전화를 꺼내 전화를 건 중개사 남자는 마침 주인 할머니가 집에 계신다며, 2층에 사시는데 잠깐 내려오신다네, 일이 잘될래니까 말야, 하며 활짝 웃었다. 붉은 털모자를 쓴 작은 할머니가 계단을 내려왔다.

여기 이 학생이 언니랑 둘이 살 거라는데, 젊은 아가씨 둘이니 얼마나 좋아. 새집인데 집도 깨끗이 쓸 거고 아가씨들이라 말썽도 안 피울 거고. 근데 강아지 키워도 되냐고 하는데요?

아니, 고양이요, 하고 소희가 정정했다.

응, 고양이, 고양이 키워도 되죠? 1층이니까 뭐.

주차하고 애완은 안 돼!

주인 할머니가 말했다.

주차는 됐고요, 에이, 아가씨들 고양이 쪼끄만 거, 새끼 고양이 하나 키우는 거까지 안 된다고 하는 건 좀 그렇다. 1층인데.

주인 할머니가 고개를 빠르게 젓고 손가락을 치켜세워 흔들며 안 돼, 안 돼, 했다.

내가 세를 한두 번 쥐본 사람이야? 지난번에 저쪽 빌라 일삼구 다시 공팔, 이백삼호. 그 집에 개 키우던 애들 이사 나가고 보니까 온 집안 천지가 개털이야. 거기 설치해논 냉장고 안에서까지 개털이 나왔다고.

중개사가 요즘 젊은 사람들은 다 개나 고양이 키운다고, 안 키우는 세입자 찾기가 더 힘들다고, 현관 앞 1층 집이니 괜찮지 않으냐고 중언부언하자 주인 할머니가 딱 잘랐다.

이봐, 집주인이 안 된다는데! 집주인이 안 된다는데 무슨 딴소리야?

주인 할머니는 2층으로 올라가고 중개사와 소희는 빌라 밖으로 나왔다. 중개사는 아이고, 집주인이 안 된다네, 집주인이, 하고 킬킬 웃더니, 사실 이 집이 거품이 좀 꼈어, 누가 이런 델 일억에 삼십이나 내고 들어와 사냐며 다른 집을 보러 가자고 했다. 거긴 주인이 같이 안 살아서 고양이를 키워도 될 거라고 했다. 소희는 오늘은 너무 추워서 나중에 언니랑 같이 오겠다고 했다. 중개사가 아쉬워하며 그럼 휴대폰 번호 좀, 해서 소희는 언니의 예전 휴대전화 번호를 불러주고 혹시라도 중개사가 당장 그 번호로 확인이라도 할까봐 급히 돌아섰다. 이제 다시 이 동네 근처로는 셋집을 보러 못 온다.

휴대전화 매장까지 걸어가는 동안 소희는 너무 춥다. 배도 고프다. 그래서 뛴다. 계획대로 스물일곱, 스물여덟에 대출금을 갚고,

보증금 천만원 정도, 깔고 앉는다면, 그래서 그때부터, 매년 천만원씩, 모을 수 있다면, 서른여섯, 서른일곱쯤에, 일억을, 모은다면, 그렇게 내년부터, 십오 년 넘게, 죽을힘을 다해 달려, 헉헉, 일억을 움켜쥐고, 백이십사 다시, 십오번지, 백일호에 도착하면, 저 대추 같은 할머니가, 만약 살아 있다면, 또 고개를 저으면서, 손가락을 치켜세워 흔들면서, 안 돼, 안 돼, 하겠지, 그땐 얼마를, 일억 오천, 헉, 이억, 그땐 도대체 얼마를, 헉, 얼마를, 부를까……

소희는 가로수 아래 멈춰 서서 숨을 몰아쉰다. 소희는 정말 진수씨 싫은데, 뭐든 자기는 다 아니까 이해하니까 그러는 진수씨 싫은데, 가끔 그가 떠들어댄 말 중에 어떤 말이 생각나기도 한다. 우리도 사람이기 때문에, 같은 말…… 우리도 사람이기 때문에 그러면 또 마음이 상하잖아요…… 소희도 사람이기 때문에…… 스물일곱, 스물여덟까지…… 서른다섯, 서른여섯까지…… 그러면…… 또…… 마음이……

3층 건물 전체가 휴대전화 매장인 이곳은 1층은 주차장, 2층은 판매 센터, 3층은 AS 센터다. 2층에는 인터넷을 할 수 있는 컴퓨터가 창가에 일렬로 있고 중앙에는 사각의 탁자와 의자가 질서정연하게 놓여 있다. 3층에는 중앙 벽면에 대형 텔레비전이 있고 주위에 색색의 길쭉한 젤리 모양의 의자들, 창가에는 소파와 원탁이 있다. 2층은 사무실 같고 3층은 카페 같다. 어느 곳이나 넓고 환하고 따뜻하고, 차와 커피를 공짜로 먹을 수 있고, 작은 대바구니에 사탕이 가득하다.

소희는 2층에서 사탕을 한줌 주머니에 넣고 까먹으며 인터넷을 하다 3층으로 올라가 믹스커피를 마시며 텔레비전을 본다. 장난삼아 대기표를 뽑아들고 앉아 자기 차례가 되기를 기다리기도 한다. 번호가 불리면 무엇에라도 당첨된 듯 작은 기쁨이 찾아온다. 이백칠번 손님 육번 창구로 오십시오. 소희는 긴장된 얼굴로 육번 창구 직원이 자기를 얼마나 기다려주는지 마음을 졸이며 지켜본다. 이백팔번 손님……으로 너무 빨리 넘어가면 작은 실망이 찾아온다. 다시 대기표를 뽑아들고 사탕을 먹으며 작은 기쁨, 작은 실망을 맛본다.

소희는 나지막한 원탁이 놓인 창가 소파에 앉아 여행 잡지를 펼친다. 어떤 잡지든 요리나 음식에 관련된 내용을 제일 먼저 찾아 읽는다. 한 번도 들어본 적 없고 먹어본 적 없는 음식이라도, 언젠가 먹어보게 될 때 그 맛을 잘 느끼려면 이름과 재료와 요리법을 미리 알아두는 게 좋다고 소희는 생각한다.

누군가 맞은편 소파에 앉았다. 원탁 위에 뭔가를 내려놓는 소리, 가볍게 씨근거리며 숨을 쉬는 소리가 들렸다. 예순, 일흔, 어쩌면 그보다 더 나이가 들었을지도 모를 할머니다. 소희는 할머니들 나이를 도무지 짐작할 수가 없다. 손질되지 않은 머리, 갈색 털

목도리에 낡은 베이지색 오버코트. 나이는 몰라도 고객의 등급은 잘 알아보는 소희 눈에 딱 봐도 가난하고 갈 곳 없는 할머니다. 할머니도 소희에게서 그런 눈치를 채고 우리는 닮은꼴 뭐 그런 생각으로 스스럼없이 맞은편 자리에 앉은 게 아닐까 소희는 생각한다. 원탁 위에 놓인 핑크빛 가방은 때가 타고 가죽 결이 일어나 거의 잿빛으로 보이는데, 그것마저 원래는 예쁜 분홍 손톱이 있어야 할 자리에 돋아 있는 소희의 거무죽죽한 혹을 닮았다. 할머니는 그 흉측한 가방에서 부채 모양으로 접힌 작고 빨간 경전을 꺼내 한 쪽씩 펼쳐가며 읽었다. 소희는 오른손 엄지손톱이 안 보이도록 감춘다.

소희는 잡지에 실린 주상절리 사진을 뚫어져라 보다 휴대전화를 꺼내 사진을 찍고 메모 창을 열었다. 언니가 돌아오면 같이 놀러갈 곳, 놀러가서 사 먹을 음식 등을 빼곡히 기록해둔 메모 창에 새로운 문서를 만들고 제목을 '주상절리'라고 찍는다. 사진을 첨부하고 내용을 적는다. '언니야 소희가 오늘 잡지에서 본 건데 이걸 주상절리라고 한대. 멋있고 신기하지? 언제 우리 같이 이거 보러 가자. 바닷가에 있는데 갯벌이 없어서 안 위험할 거야. 우리 꼭 기차 타고 배 타고 주상절리 보러 가자.' 아까 병원에서 나와서는 왜 언니가 다신 안 올 거라고 생각했는지, 욕까지 하며 왜 오지 말라고 했는지, 소희는 의아하고 미안하다.

할머니가 코트 주머니에서 뭔가를 꺼내 부스럭거리더니 쪽쪽

소리를 내며 먹는다. 소희는 자기 주머니 속에 들어 있는 것과 똑같은, 낱개 포장된 사탕일 거라고 짐작한다. 할머니는 으으으 아으응 하는 신음이 섞인 혼잣말을 중얼거리기도 한다. 소리도 작고 사탕을 물어 무슨 말인지 알아들을 수 없다. 어느 순간 바람이 휘익 일더니 할머니가 불현듯 일어나 가버린다. 그 속도가 어찌나 빠른지 소희가 고개를 들어보니 베이지색 코트 자락이 기둥 너머로 사라지는 중이다. 육상을 하셨나. 소희는 히죽 웃는다. 빠른 것도 닮았네.

기침소리에 고개를 들어보니 어느새 맞은편 자리에 할머니가 돌아와 있다. 소희의 시선을 느낀 할머니는 보란듯이 손에 들고 있던 껌의 껍질을 벗겨 입에 넣고 씹었다. 소희는 잡지를 뒤적이면서 흘끔흘끔 할머니를 보았다. 할머니는 목을 한 번 긁고 주변을 휘 돌아보더니 갑자기 주머니에서 껌을 꺼내 소희 코앞에 내밀었다. 소희가 고개를 흔들자, 저기 많아, 했다.

어디요?

저기. 달라면 줘.

할머니가 턱으로 안내 데스크에 서 있는 제복 입은 안내원을 가리켰다. 소희는 자기가 졌다는 걸, 할머니가 더 전문가라는 걸 인정한다.

고맙습니다.

소희는 공손히 껌을 받아 껍질을 벗겨 입에 넣었다.

손이 왜 그래?

다쳤어요.

조심해야지.

네.

껌을 씹으며 소희는 여행 잡지를 보고 할머니는 부채 모양의 경전을 본다. 소희가 고개를 들자 할머니도 고개를 들었다. 소희가 희미하게 웃자 할머니의 얼굴 주름도 조금 옆으로 움직였다. 저건 할머니가 웃는 거다. 대화가 안 된다 매가리가 없다 무나아안하다 생각이 없다, 그런 말 대신 조심해야지, 하고 말해준 사람이 웃는 거. 또 고개를 들자 이번에는 할머니가 껌 씹는 박자에 맞춰 고개를 까딱거리고 있다. 소희는 할머니가 없는데, 꼭 없는 할머니와 마주앉아 기차를 타고 가는 것 같다. 이백칠십오번 손님 삼번 창구로 오십시오, 이백칠십육번 손님 칠번 창구로 오십시오, 하는 소리도 도착할 역 이름을 알려주는 다정한 방송 같다. 문득 소희는 새처럼 목을 빼고 어디까지 왔나 확인하듯 창밖의 거리를 내려다본다. 할머니가 아흐 어하 소리를 내며 하품을 한다. 그건 아직 멀었다 소희야, 하는 말 같다.

진통제 기운이 떨어졌는지 손톱이 쿡쿡 쑤신다. 약을 먹고 장을 보고 집에 돌아가 밥도 짓고 국도 끓여야 하는데 소희는 가만히 앉아 있다. 어디서 내릴지 어느 역에서 헤어질지 소희는 알지 못한다. 슬프면서 좋은 거, 그런 게 왜 있는지 소희는 모른다. 밖은 어두워지고 휴일이 지나가는데 소희는 조금만, 조금만, 하며 울 듯이 앉아 있다.

희박한

마음

간헐적으로 숨이 막히는 듯한 컥 소리와 끼이이아 하는 높은 비명 같은 소리가 들리는 밤이면 데런은 위층에 혼자 살던 여자를 생각하곤 했다. 데런이 한 번도 본 적 없는 그 여자는 이제 위층에 살지 않고 그 집엔 매우 활동적인 젊은 부부가 이사 들어와 힘찬 발소리를 내고 걸핏하면 짐을 옮기고 욕실에서 노래를 부르고 베란다에서 큰 소리로 통화를 하며 살고 있다.

몇 년 전이었는지 정확히 기억나지 않지만 데런이 디엔과 함께 살던 시절, 한밤중에 어디선가 섬뜩한 의문의 소리들이 들려와 아파트 관리실에 신고를 한 적이 있었다. 수리기사가 와서 며칠 동안 이것저것 점검한 끝에 그 소리는 오른쪽 옆집 수도계량기에서 나는 소리로 밝혀졌다. 데런과 디엔은 그 소리가 사람이 내는 소리가 아니라는 걸 믿을 수 없었다. 옆집에는 오후 늦게 일을 나가서 밤늦게 들어오는 사람들이 살고 있는데 그들이 한밤중에 들어와 물을 틀면 압력 조절이 잘못되었는지 계량기에서 그런 소리가 난다는 것이었다. 욕실 쪽 수도는 괜찮은데 부엌 쪽 수도만 틀면 그렇다고 하면서 수리기사가 혼잣말하듯, 밤마다 귀신 소리가 난다더니 그 소리가 이 소리였네, 했다. 디엔이 누가 또 신고한 사람이 있었느냐고 묻자 수리기사는 손가락으로 위를 가리키며 바로 윗집에서 몇 번이나 관리실에 전화를 했는지 모른다고 했다. 위층을 돌아다니며 이 집 저 집 검사를 다 했지만 아무 문제가 없어서 여자 혼자 사니 신경이 예민해 그런가보다 했는데 그게 바로 여기 아래층 옆집에서 나는 소리였다고, 여자 혼자 사는데 그동안 얼마나 무서웠겠냐고 말했다. 수리기사가 옆집 계량기를 손보고 돌아간 후에 디엔이 현관에 서서 낮게 읊조리던 말을 데런은 기억한다. 저 말이 더 무서워. 여자 혼자 사는데, 하는 말.

옆집 계량기는 몇 년 잠잠하다 다시 소리를 내기 시작했고 이제 위층이 아니라 아래층에 데런 혼자 살고 있다. 수리기사가 와서 계량기를 손보고 가도 며칠 못 가 또 소리가 났다. 몇 번이나 전화를 해도 관리실에서는 수도관이 노후되어 자기들로서도 어쩔 수 없다고 했다. 한밤중에 컥 끼이이아 흐룹 히이이아 하는 소리가 날 때마다 데런은 저건 귀신 소리나 비명소리가 아니라 옆집 계량기에서 나는 소리라고, 수도관이나 성대나 그 구조가 비슷하니 내는 소리도 비슷한 거라고 생각하려 했다. 하지만 자꾸 위층에 혼자 살았다던 여자에게 이 소리가 어떻게 들렸을지 상상하게 되었고 그러다보면 그 여자의 감각과 감정이 고스란히 전이되는 듯했고 그 여자의 불면의 밤을 몇 년이 지나 데런 자신이 한 층 아래에서 반복하고 있다는 느낌이 들었다. 심지어 한 층 아래에는 얼굴 한 번 본 적 없는 낯선 자신과 디엔이 살고 있을지 모른다는 착각마저 들었다.

계량기 소리 때문만은 아닌데 언제부터인지 데런은 잠들지 못하고 몇 시간씩 어둠 속에서 눈을 감고 누워 잠이 오기를 기다리곤 했다. 심신이 나른해지고 불면의 두께가 조금씩 얇아지면서 투명한 비눗방울 같은 잠이 자신을 감싸는 느낌이 들면 이제 곧 맥을 놓고 눈먼 누에처럼 잠에 빠져들 수 있으리라 여기지만, 어느 순간 갑자기 미간 안쪽 깊은 곳에서 기괴한 눈이 반짝 떠지고 흉부가 고장난 승강기처럼 난폭하게 덜컹거리면서 잠의 비눗방울은 감쪽같이 터져버리고 말았다. 그런 일이 몇 번 반복되면 데런은 잠 속으로 들어가는 일이 마치 드릴로 단단한 강화유리를 뚫기라도 하듯 엄청난 노력을 요하는 파괴적인 중노동처럼 생각되었고 차라리 잠을 자지 않기로 결심하고 자리에서 일어나 벽에 기대앉았다.

요즘 데런은 오래전에 디엔이 했던 꿈 얘기에 사로잡혀 있었다.

디엔이 불쑥 어젯밤에 학교 때 선후배와 친구들이 나오는 꿈을 꾸었다고 말한 적이 있었다. 데런이 선후배와 친구 누구냐고 묻자 디엔은 모른다고, 자신이 아는 선후배와 친구들이 아니었다고, 자신이 그들을 모르는 만큼 그들도 자신을 모르는 듯했는데 그럼에도 그들이 선후배이며 동기라는 것은 의심의 여지 없이 받아들여졌다고 했다. 그러면서 디엔은 왜 꿈에서는 그런 일들이 있지 않으냐고, 아무 근거도 없이 분명하게 받아들여지는 일들이, 라고 말했는데 데런은 그렇지, 하고 대꾸하면서도 그래도 뭔가 희미한 실마리라도 있으니 그렇게 받아들여지지 않았을까, 꿈이라고 그렇게 마구잡이일 수만은 없지 않을까 생각했다.

디엔은 꿈에서 여러 가지 일들이 있었지만 깨고 나니까 한 가지 일만 기억난다고 했다. 그들 중 한 선배가, 누군지 모르지만 선배인 건 분명한 어떤 사람이 자리에서 일어나 다른 사람들에게 말하기를, 디엔의 이력 중에 부도덕한 점을 발견했다면서 작은 천조각을 꺼내 내밀었다고 했다. 그건 기계로 정교하게 스티치된 천조각으로 군인이나 경찰 등이 모자나 가슴에 다는 표식이나 계급장처럼 보였는데, 그 선배는 그것을 내보이며 이것이 바로 디엔이 공장에 다니면서 작업한 것이라고, 따라서 이것은 디엔이 젊었을 때 공장에서 일했다는 증거라고 말했다는 것이다. 그러나 디엔으로서는 처음 보는 천조각이었고, 데런 너도 알다시피 나는 그런 걸 기계로 스티치하는 공장에 다닌 적이 없잖아, 그래서 꿈에서도 아니라고 부인했는데 그 순간 갑자기 네 생각이 난 거야, 했다.

왜 갑자기 자신의 생각이 났다고 했는지 기억을 더듬다 데런은 디엔이 그 꿈 얘기를 했던 날이 아마 그들이 오래된 극장에서 영화를 보기 위해 마지막으로 시내 나들이를 했던 날이 아닐까 생각했다. 개관한 지 사십 년이 되었는지 오십 년이 되었는지 알 수 없는 그 극장은 한때 개봉관이었지만 언제부턴가 다른 시내 개봉관들과 함께 영락을 거듭하여 이름조차 잊힌 지 오래더니, 그즈음 개조 공사에 들어가 현대식 멀티플렉스 건물로 재건축하면서 대대적인 홍보를 하고 있었다. 데런은 그 홍보 이벤트에 응모해 예매권 두 장을 얻었다. 디엔에게 시내에 영화를 보러 가지 않겠느냐고 물었을 때 뜻밖에도 디엔이 좋다고 해서 데런은 곧바로 예매를 했다. 날짜가 정해졌으니 그때 가서 딴소리하면 안 된다고 데런이 경고하자 디엔은 선선히 알았다고 했다. 그래서 영화를 보러 시내에 갔던 날 디엔이 그 꿈 얘기를 해준 것 같았다.

그때 데런은 디엔이 퇴직한 후 집에서만 지내는 게 걱정이었다. 그해 2월에 디엔은 삼십 년 넘게 다니던 직장에서 퇴직했는데, 퇴직 직후엔 외출도 하고 약속도 잡고 계획도 세우는 것 같더니 점점 활동 반경을 줄여나가 근 한 달 동안 집에서 한 발짝도 나가지 않는 지경에 이르렀다. 마트에 갈 때 데런이 같이 가자고 해도 디엔은 번번이 속이 거북하다거나 뭘 좀 보고 있는 중이라거나 세탁기를 돌리려고 했다든가 하는 핑계를 댔다. 한번은 아무 핑계도 생각나지 않는지 손으로 눈을 꾹꾹 누르다 말고 살 게 그렇게 많으냐고 물었다. 데런은 아니라고 대답하고 혼자 마트에 갔다.

데런은 디엔이 평생 직장생활을 해왔으니 한동안 집에서 쉬고 싶어하는 것도 무리는 아니라고 생각했다. 데런도 평생 놀고먹지는 않았지만 정식으로 취직해 어딘가에 꼬박꼬박 출근한 적은 없었고 아르바이트나 프리랜서 같은 일만 해왔다. 그래서 데런은 자신이 디엔의 마음을 모를 수도 있다고 생각했는데, 그런 생각이 들 때면 디엔이 지극히 정상적이어서 낯선, 머나먼 타인처럼 여겨졌다.

둘이 함께 살아오는 동안 그들 사이에 큰 갈등은 없었다고 데런은 회상했다. 언젠가 그런 말을 디엔에게도 한 적이 있는데 그때 디엔은 눈을 크게 뜨더니 갈등은 무슨 갈등이냐고, 자신에게 데런만큼 잘 맞는 사람은 있을 수 없다고 잘라 말했다. 이런 기억은 데런을 기쁘게도 슬프게도 했다. 어쩌면 그때 디엔은, 그것 단 한 가지만 빼고, 라는 말을 생략한 것일 수도 있었다.

함께 사는 동안 그들은 집안일을 분담해 맡았고 조정이 필요하면 의논해서 조정했다. 주로 청소와 빨래, 설거지 등은 디엔이 맡았고, 장보기나 요리 등 식생활에 관련된 일은 아무래도 집에서 지내는 시간이 많은 데런이 전담했다. 식생활은 무엇보다 꼼꼼하고 지속적인 관리가 필요했다. 청소나 빨래는 하루 정도 미룬다고 큰 문제가 발생하지 않지만, 쉬기 직전의 두부나 시들어가는 시금치, 맛이 가려는 바지락 등은 시급하고 적절하게 처리하지 않으면 안 되었다. 각각의 식재료들은 자기 수명을 가지고 있고 더 오래 기다려주지도 않고 이제 그만 맛이 가겠다고 알려주는 법도 없으므로 각기 다른 노선의 버스를 각기 다른 배차간격에 맞게 내보내듯 제때에 알아서 순환시켜주어야 했다.

마트에 갈 때마다 데런은 사야 할 품목들을 작은 메모장에 적어 갔는데, 가끔 매대에 놓인 제철 과일이나 채소, 해산물 들을 구매하는 경우를 제외하면 대부분 적어 간 것만을 충실히 사오는 편이었다. 그렇게 무엇을 적어 가면서까지 장을 볼 필요가 있느냐고 디엔이 물었을 때 데런은 그래야 지출이 일정하고 식생활의 연속성을 유지하기가 용이하다고 대답했다. 그때 디엔은 감탄인지 조롱인지 모를 장난스런 고갯짓을 했다.

한 달 가까이 집에서만 지내던 디엔이 군말 없이 시내에 영화를 보러 가겠다고 했을 때 데런은 놀라는 한편 안심이 되어 오랜만의 데이트라 기대가 된다고 말했는데, 그때에도 디엔이 감탄인지 조롱인지 모를 애매한 고갯짓을 했던 걸 데런은 기억한다. 디엔이 떠난 후 데런은 몇 번이나 거울 앞에서 고개를 조금씩 움직이며 그 흉내를 내보려 했지만 잘 되지 않았다. 그런 미묘한 고갯짓은 오로지 디엔만이 할 수 있었고 그런 모습으로 사진에 찍힌 적도 없으니 그것은 디엔과 더불어 영영 사라져버렸다.

그날 시내로 향하는 전철에 빈자리가 하나 나서 디엔이 앉았는데 한 달 만의 외출이라 어색한지 디엔은 고개를 조금 숙인 채 꼼짝 않고 있다가 가끔 데런을 흘낏 올려다보곤 했다. 데런은 내릴 때까지 디엔 앞에 서서 디엔을 내려다보며 갔다. 시내 전철역에 내려 역사 에스컬레이터를 타고 올라가는데 한 계단 아래 서 있던 디엔이 머리로 등을 쿡 박는 게 느껴졌다. 돌아보니 디엔이 시치미를 떼고 데런을 올려다보았다. 데런이 돌아서서 앞을 보자 또 디엔이 쿡 박았다. 데런은 돌아보는 대신 등뒤로 손을 내밀었다. 디엔이 그 손을 잡았다. 언제나 그렇듯 디엔의 손은 서늘했는데 아직도 데런은 그 온도와 감촉을 기억하고 있다. 그 온도를 잊지 않기 위해 가끔 한 손을 일부러 담요 밖에 놓아 서늘하게 만든 다음 따뜻한 다른 손으로 맞잡아보고 이게 디엔의 온도인지 아닌지 가늠하는 버릇이 들었다.

역사 밖으로 나오자 눈이 되려다 만 비가 내리고 있었다. 디엔이 겉옷에 달린 모자를 덮어쓰며 거북이가 되자고 했다. 데런도 겉옷에 달린 모자를 덮어썼다. 모자를 쓰면 이상하게 마음이 편해지지 않느냐고 디엔이 물었고 데런은 그렇다고, 거북이처럼 숨을 곳이 생긴 느낌이라고 대답했다. 잠시 뒤에 디엔이 좋은 건 아니네, 라고 했는데 데런은 얼른 그 의미를 알아듣지 못했다. 그게 좋은 게 아닌 게 평소에 늘 겁이 나 있다는 반증 아니냐고 디엔이 말했고, 데런은 그런가, 겁이 나서 거북인 것인가 했다. 디엔이 웃으며 설마 거북이가 겁우기에서 왔다고 말하는 거냐고 물었고, 데런은 진지하게 그렇다고, 겁우기의 우기는 이무기 할 때 그 우기 아니겠느냐고 대답했다. 그때 디엔이 설마 하며 웃던 모습을 떠올릴 때마다 데런은 기억의 타래가 엉망으로 뒤엉키는 느낌이었는데, 그건 그 모습 뒤에 항상 따라붙는 또다른 디엔의 모습 때문이었다. 디엔은 울 듯 말 듯 찡그린 얼굴로 어깨를 늘어뜨린 채 조용히 데런을 응시하고 있었다. 또 그것이 시작되었구나 하고 말하듯.

기억의 조각을 이리저리 맞춰보던 데런은 그날은 그날이 아니었다고 결론지었다. 그들이 영화를 보기 위해 시내에 간 날은 미세먼지가 심한 봄날이었다. 그래서 역사 밖으로 나왔을 때 눈이 되려다 만 비가 내리기는커녕 미세먼지로 하늘이 온통 뿌옜고 그 때문에 데런의 코는 점점 예민해졌다. 처음엔 콧물이 흐르고 재채기가 나다 눈이 가렵고 쓰리더니 나중엔 얼굴 중심부에서 퍼져나간 열기와 통증에 정신을 차릴 수가 없었다. 그들은 영화를 보기 전에 밥부터 먹기로 하고 디엔이 예전부터 가보고 싶었다던 식당을 찾아가는 중이었는데, 복잡한 길과 좁은 골목을 뱅뱅 도는 동안 데런은 알레르기 증상이 점점 심해졌고 왜 이렇게 먼 곳에 있는 식당까지 가야 하는지 디엔에게 따져 묻고 싶은 마음을 억누르느라 안간힘을 썼다.

식당에 도착해보니 브레이크 타임 팻말이 걸려 있었다. 디엔이 데런의 눈치를 살피며 허름한 식당이라 이런 게 있는 줄 몰랐다며 이십 분 정도 기다려야 하는데 어떻게 할까 물었다. 데런은 그것이 시작되고 있다고 느꼈고 디엔도 그걸 예감하고 있다고 느꼈다. 그건 공기 중에 퍼져 있는 미세먼지처럼 어찌해볼 수 없는 재앙이었다. 데런은 코를 감싸고 있던 손수건을 땅바닥에 내팽개치면서 오늘 영화는 보지 말자고 낮게 으르렁거렸다. 디엔은 잠시 멍한 얼굴이었다가 고개를 끄덕이고는 사실 그다지 보고 싶은 영화도 아니었다고 중얼거리면서 허리를 굽혀 데런이 땅바닥에 던진 손수건을 집어들었다.

그때 식당 문이 열리고 안에서 한 여인이 채소를 다듬고 난 찌꺼기 같은 걸 들고 나왔는데, 돌이켜 생각해도 데런은 그 순간 그 여인이 출현한 것이 기적만 같았다. 여인은 그들을 보고 일찍 오셨네요, 하더니 들어오시라며 문을 활짝 열었다. 아직 시간이 안됐는데 들어가도 되느냐고 디엔이 묻자 여인은 그럼 오신 손님을 밖에서 기다리게 하겠느냐고 되물었다. 디엔이 여인에게 고맙다는 인사를 하고 데런을 보았을 때 데런은 그 여인에게 무한히 감사해야 할 사람은 디엔이 아니라 바로 자신이라는 걸 깨달았다. 그 여인이 아니었다면 데런은 어떤 또다른 참혹한 짓을 저질렀을지 몰랐다.

지금 데런은 어둠 속에 웅크리고 앉아 식당 문 앞에서 어깨를 늘어뜨린 채 자신을 조용히 바라보던 디엔의 불안하고 겁에 질린 표정을 떠올리고 지독한 슬픔과 함께 코가 찌릿해지는 통증을 느낀다. 설마 거북이가 겁우기에서 왔다는 거냐고 말하며 디엔이 웃던 날과 식당에 갔던 날은 전혀 다른 날인데도 디엔의 두 표정, 전혀 닮지 않은 두 표정은 데런의 머릿속에서 바짝 붙어 있어 그날이 그날인 것으로 혼동이 되었다.

데런은 그날 그들이 식당에서 무엇을 먹었는지는 기억나지 않았다. 그들이 첫손님인 줄 알고 식당에 들어갔을 때 이미 식당 안에는 두 여자가 앉아 있었다. 나이가 아주 많은 비만한 여인과 중년의 예쁘장한 여자였는데 그들의 식탁은 수저와 그릇만 세팅된 채 비어 있었다. 데런은 디엔이 가리키는 메뉴판을 보지 않고 식탁 위에 놓인 냅킨을 뽑아 코부터 풀었다. 디엔이 알아서 주문을 하고 오겠다며 자리에서 일어났다. 심하게 코를 풀고 나자 머리가 띵했다. 데런은 마치 술에 취한 듯한 느낌으로 디엔이 앉아 있다 일어선 텅 빈 공간과 맞은편 벽의 낡은 벽지를 바라보았다.

밑반찬이 깔리고 난 후에도 디엔은 오지 않았다. 한 남자가 들어왔고 미리 와 있던 두 여자가 자리에서 일어났다. 남자는 두 여자 나이의 중간쯤 되어 보였는데 두 여자와 인사를 나누고도 자리에 앉지 않고 부드러운 저음으로 이 식당의 역사에 대해 이야기하기 시작했다. 자리에 앉은 두 여자는 고개를 바짝 들고 남자가 식탁 옆에 서서 이 식당이 처음에 어느 동네에 있다 어디로 옮겼고 예전 주인과 지금 주인이 어떤 관계이고 하면서 쉴새없이 떠드는 걸 듣고 있다가 남자가 손을 들어 갈매기처럼 까닥거리면 참새처럼 빠르게 고개를 끄덕였다.

디엔은 좀처럼 돌아오지 않았다. 화장실에라도 갔나 생각했지만 그럴 만큼의 시간도 훌쩍 지나버렸다. 만약 디엔이 이대로 돌아오지 않는다면, 디엔이 혼자 집으로 가버렸다면, 하는 생각이 불현듯 데런의 머릿속에 떠올랐고, 자신이 한 행동을 돌아보면 충분히 그럴 법하다고 여기면서도 그렇게 디엔이 자신으로부터 점점 멀어져 어디론가 가고 있다는 상상만으로도 가슴이 답답해져 데런은 숨이 잘 쉬어지지 않았다. 데런은 평생 처음으로 디엔이 자신을 떠날지도 모르며 디엔 없이 자신이 혼자 남겨질지 모른다는 생각을 했고 끔찍한 공포와 고통스러운 자책에 빠져 맞은편 벽의 낡은 벽지만 하염없이 노려보았다. 어느덧 세상은 사라지고 아득히 멀어지는 디엔과 자신 사이에 놓인 측량할 수 없는 거리만이 절박한 실재로 남았다.

한참 동안 움직이지 않고 웅크리고 앉아 있으니 술을 마신 것처럼 머릿속 어딘가가 천천히 마비되는 느낌이었다. 데런의 눈은 앞을 보고 있으면서도 보고 있지 않은 상태가 되었고 다른 감각들도

조금씩 둔해지면서 온몸이 잠을 잘 때와는 다른 기묘한 무력과 둔
감 상태에 잠겼다. 아주 오래전 언젠가도 이런 상태로 무언가를
하염없이 기다리며 앉아 있었던 적이 있는 것 같았다. 정확한 디
테일은 하나도 떠오르지 않고 마치 전생처럼 자신이 한때 이런 상
태를 경험한 것만 같은 느낌이 들었다. 어쩌면 그런 일은 전혀 일
어나지 않았을 수도 있고 아니면 망각 저편으로 넘어가버렸지만
어느 시절엔가 자신이 종종 이런 상태에 빠져 있어 몸이 기억하고
있는 흔적인지도 몰랐다. 하지만 데런은 생각했다. 자신은 끝내
아무것도 알아낼 수 없으리라는 것을. 이토록 희박한 유사성만으
로는.

　데런이 현실감을 되찾은 것은 지속적으로 들려오는 소음 때문
이었는데, 무거운 것을 바닥에 끌고 딱딱한 물건을 딱딱한 바닥
에 내려놓는 소리였다. 위층에서 들려오는 소리 같았지만 확인할
수 없었고, 다만 그 소리가 그날 그 식당에서 자신의 의식을 일깨
웠다는 기억이 났다. 정신을 차리고 주위를 둘러보니 남자 직원
이 단체 손님을 맞기 위해 탁자들을 연결해 긴 자리를 만들고 의
자를 새로 놓고 수저와 개인 그릇을 세팅하고 있었다. 데런은 남
자 직원에게 혹시 디엔이 술을 시켰는지 물었고 시키지 않았다는
대답을 듣고 곧바로 술을 한 병 시켰다. 남자가 술병과 술잔 두 개
를 가지고 왔을 때에야 그걸 기다리고나 있었다는 듯 디엔이 돌아
와 맞은편 자리에 앉았다. 디엔은 약국을 찾느라 빙빙 도는 바람

에 약을 사가지고 돌아오는 길에 골목을 잘못 접어들어 한참 길을 잃었다고, 얼른 일 회분을 먹으라며 데런에게 흰 사각의 약봉지를 내밀었다.

정확하진 않지만 디엔이 꿈 얘기를 한 것은 아무래도 그 식당에서 술을 마시면서였던 것 같았다. 그런데 꿈속에서 디엔은 기계로 스티치하는 공장에 다닌 적이 없다고 부인하다가 왜 갑자기 자신을 떠올렸던 것일까, 꿈속의 디엔이 떠올린 자신은 어떤 모습이었을까, 생각하다 데런은 깜짝 놀라 어리둥절해졌다. 꿈속에서 디엔은 기계로 스티치 작업을 했다는 사실을 완강히 부인하기 위해, 예전에 자신의 친구가 공장에 취업할 때 자기 주민등록을 갖다 쓴 적이 있는데 아마도 이 스티치는 그 친구가 작업한 것일 거라고, 그리고 당신들도 알지 모르지만 그 친구는 자신과 학교 동기인 데런으로 이미 죽은 지 오래라고 사람들에게 말했다고 했다.

맙소사, 그러니까 자신은 디엔의 꿈속에서 죽은 지 오래였던 것이다. 왜 그걸 여태껏 까맣게 잊고 있었는지 알 수 없지만, 디엔의 꿈은 거기서도 끝나지 않고 뭔가 더 이어졌던 것 같았다. 어둠 속에서 멍하니 입을 벌리고 디엔의 꿈을 복기하는 데 골몰하느라 데런은 고인 침이 흘러내리는 것도 몰랐다. 막 침이 흘러내리려는 순간 데런은 다급히 입술을 모아 침을 들이삼켰는데 희한하게도 그 흡입하는 소리가 낯설게 들리지 않았다. 데런의 생각은 어느덧 디엔의 꿈에서 빠져나와 침을 흡입하는 소리가 촉발시킨 청각의 기억 쪽으로 옮겨갔고, 한참 동안 방심 상태에 빠져 있다가 어느 순간 옆집 계량기에서 울리는 소리에 퍼뜩 정신을 차린 후에야 자신이 침을 들이마시는 소리를 크게 증폭하면 수도관이 내는 기괴한 소리의 어느 부분과 매우 흡사하리라는 걸 깨달았다.

그때 말이야 데런, 하고 다시 디엔은 꿈 얘기를 이어나갔다. 죽은 데런이 그 스티치 작업을 했을 거라는 디엔의 말을 듣고 선배 하나가, 스티치한 천조각을 내밀었던 그 사람은 아니고 누군지 모르지만 선배인 건 분명한 다른 사람이 디엔에게 다가오더니 죽은 데런에 관한 증언이 필요하다고, 오 분이면 충분하다고 말했다고 했다. 이 대목에서 디엔은 잠시 말을 끊고 침묵을 지키다 마치 그게 자신의 꿈에서 가장 중요한 포인트이기라도 한 듯, 그 선배가 오 분이라고 말한 게 정확히 생각난다고 했는데, 그 말을 하던 디엔의 코끝이 천천히 붉어지던 것을 데런은 기억한다. 디엔은 그 선배에게 알았다고 대답하는 순간 눈물이 막 쏟아질 것 같았다고, 꿈에서처럼 눈물이 막 쏟아질 것 같은 얼굴로 데런을 바라보았다. 디엔은 떨리는 목소리로, 그 선배 앞에서 죽은 너에 관한 증언을 하게 되면 걷잡을 수 없이 울게 될까봐 두려웠다고, 그런데도 자신이 왜 증언하겠다고 약속했는지 모르겠다고. 그리고 어느 좁은 방에서 그 선배를 기다리던 중에 잠에서 깼다고 말했다.

깼다고 했으니 그게 디엔이 꾼 꿈 얘기의 끝인 건 분명했다. 그런데 생각할수록 디엔이 꿈 얘기를 한 게 그날 그 식당에서였는지 데런은 최종적으로 확신할 수 없었다. 꿈 얘기를 하면서 코끝이 붉어지던 디엔의 얼굴 뒤로 처음에는 그 허름한 식당의 낡은 벽지가 펼쳐졌지만 다시 기억을 이어가려고 하자 이번에는 전혀 다른 배경, 이를테면 작은 액자가 걸려 있는 카페라든가 육중한 대사관 건물이 버티고 있는 공원이 나타났다. 기억을 더듬을수록 데런은 점점 더 혼란에 빠져들었는데, 처음 기억 속의 벽지는 어쩌면 약을 사러 간 줄 모르고 디엔을 기다리며 디엔이 영영 돌아오지 않을지도 모른다는 두려움 속에서 데런이 노려보았던 그 벽지가 디엔의 꿈 얘기에 덧씌워진 것일지도 몰랐다. 집중하기 위해 눈을 감은 데런의 눈꺼풀 안쪽으로 셔터를 내린 보석가게의 노란 불빛이라든가, 오래된 우체국이라든가, 칵테일 바에서 돌아가는 미러볼이 반사되어 흐릿한 색색의 원들이 춤추는 어두운 잿빛 도로라든가, 천변을 따라 산수유가 핀 청계천 풍경 등이 흘러갔다.

그날, 청계천에서 엄청나게 살찐 까치를 가리키며 디엔이 『천변풍경』에 나오는 포목점 주인 이야기를 했던 그날이 그들이 마지막으로 시내 나들이를 갔던 날과 같은 날인지 아닌지 데런은 분간할 수 없었다. 디엔은 왜 포목점 주인이 그렇게 아슬아슬한 방식으로 모자를 써서 이발소 소년 재봉이의 애를 태웠는지 모르겠다고 했고, 또 박태원이 왜 이발소 소년의 이름을 재봉이라고 지었는지 궁금하다고 했고, 어쩌면 재봉이가 아침저녁으로 포목점 주인의 모자가 바람에 날아가길 축수하는 건 한낱 핑계일 뿐이고 포목점 주인에 대한 재봉이의 과도한 관심은 포목점의 포목으로 마음껏 재봉을 하고 싶다는 재봉이의 무의식이 발현된 것인지 모른다고도 했다. 그 무의식 얘기 끝에 꿈 얘기가 나온 것일까 생각하다 데런은 고개를 저었다. 그때는 다른 걸 보았고 다른 얘기를 했다는 걸 데런은 포도알처럼 선명히 기억한다.

그날 복원된 천변에는 『천변풍경』 시대의 여인들로도 보이지 않고 지금 시대의 여인들로도 보이지 않는, 한복 체험 가게에서 한복을 빌려 입은 화려한 빛깔의 두꺼비떼처럼 부한 차림의 여자들이 마치 물이 불어 개천에 떠내려온 유용한 무엇을 건지기라도 하려는 듯 긴 막대기에 폰이나 캠코더를 매달고 우르르 떼 지어 지나갔다. 그 광경을 보고 디엔은 자신이 도저히 적응할 수 없는 두 가지가 있는데 하나는 식당이나 전철에서 사람들이 모두 스마트폰을 들여다보고 있는 장면이고 다른 하나는 대부분의 관광지에서 대부분의 사람들이 긴 막대 끝에 스마트폰이나 캠코더를 매달고 다니는 광경이라고 말하면서, 그 놀라운 일률성이 주는 불쾌감 때문에 집밖으로 나오는 것이 두려울 정도라고 했다. 그리고 디엔이 이런 혐오는 잘못된 것일까 데런, 하고 힘없이 물었던 것까지 알알이 떠오르는데 다만 그게 아주 오래전 자신이 알레르기

비염에 걸리기 전의 어느 날이었는지 아니면 디엔이 사온 약을 먹고 증상이 나아진 그날이었는지 데런은 도무지 알 수 없었다.

　디엔과 마지막으로 시내 나들이를 했던 그날, 그들이 오래되었으나 새로 개축한 그 극장에서 영화를 보지 않았다는 것만은 분명했다. 허름한 식당에서 나와 그들은 청계천에 들렀거나 들르지 않았고 그뒤엔 곧바로 전철을 타고 귀가했다. 돌아오면서 디엔이 예전에 어느 공원에 갔다가 데런이 새로 산 단화가 맞지 않아 발을 절다가 갑자기 폭발했던 일을 환기시켜줬다. 데런도 당연히 그 사건을 기억하고 있었다. 먼저 어디론가 나가자고 해놓고 나가서는 늘 그런 꼴이 되곤 했지, 하고 데런이 사과하자 디엔은 늘 이유가 있었잖아, 늘, 하고 말하며 또 그 야릇한 고갯짓을 했다.

　가끔 예고 없이 출현하는 그것은 데런의 고질병이었다. 데런은 늘 그것을 어떻게든 저지하려 했지만 그 의지가 생겨났을 때는 이미 모든 것이 튀어나온 후였다. 언젠가 디엔은 데런이 화가 나서 이성을 잃기 직전의 표정에 대해 얼음이 타는 것 같다고 말한 적이 있었다. 폭발하기 직전의 데런은 거의 움직이지 않고 약간은 허탈한 표정으로 어딘가를, 실은 아무것도 없는 허공을 가만히 바라본다고 했다. 모르는 사람이 보면 기도라도 하는 것처럼 매우 평온해 보이는데, 그때 아마도 데런 너는 곧 진행될 폭발에 대해 섬광처럼 짧게 숙고하는 것 같다고, 폭발 이후의 미래를 일별하고 그 혹독한 대가를 예감하면서도 그 무서운 미래가 실현되고 말리라는 것을 아는 얼굴이라고, 몸에 기름을 붓고 불을 붙이려는 분신자가 마치 먼 행성의 폭발을 기다리는 천문학자처럼 냉철한 눈을 하고 있는 형국이라고, 내부의 심연이 균열되는 걸 최후로 관조하는 눈이라고 디엔은 말했다.

그런데 얼음에 불이 붙기 시작하는 찰나엔 말이지, 하고 디엔은 말했다. 그때의 데런은 더이상 자신이 알던 데런이 아니고 절대적인 무엇을 담지한 순수 존재처럼 느껴진다고, 그에 비하면 자신은 아무것도 아닌 존재, 저 산불처럼 무섭게 번지는 파괴 앞에서 타죽어도 마땅한 작은 벌레나 마른 풀포기 같은 존재로 여겨진다고 했다. 그것은 확실히 디엔에게 어마어마한 공포였으리라고 데런은 말했다. 디엔은 정말 그렇다고, 그런 일은 아무리 겪어도 너무나 두렵다고 하면서, 데런 네가 그렇게 드라이아이스처럼 하얗게 타버려 아무것도 남기지 않고 사라질 것 같아서, 라고 말했다. 그런 폭발이 일어났던 날들에 대한 기억, 웃던 디엔을 순식간에 겁에 질리게 했던 지워질 수 없는 날들의 기억 때문에 데런은 때로 눈알이 드라이아이스처럼 타는 것 같았고 앞이 잘 보이지 않았다.

아무튼 그게 그날이었든 아니었든 그것으로 디엔의 꿈 얘기는 완전히 끝났다고 데런은 생각했지만, 그런데 깨고 나서 말이야, 하고 디엔이 말을 이어갔다. 깨고 나서 생각해도 그 선배는 자신이 아는 얼굴이 아니었다고, 얼굴이 거무스레하고 안경을 썼는지 안 썼는지 모르겠는데 어느 쪽이라고 해도 그렇다고 생각될 만한 얼굴이었다고, 그 선배 안경 썼잖아 하면 아 그렇지 하게 되고 아니라고 해도 아 그렇지 하게 되는 그런 얼굴이 있지 않으냐고 했다. 데런은 달리 대꾸할 말이 없어 고개를 끄덕였지만, 그 선배라면 어느 선배를 말하는 것인지, 디엔에게 천조각을 내보인 선배인지 죽은 자신에 대해 오 분 정도 증언을 해달라고 한 선배인지 알 수 없었다.

디엔은 고개를 갸웃거리며, 그런데 이상한 게 데런, 2학년 겨울 방학 때였나, 그때 네가 공활을 할 때 내가 주민등록을 빌려준 적이 없지 않아, 물었고 데런은 그렇다고, 없다고 대답했다. 디엔은 생각해보니 그때 공활을 준비할 때 정작 자신이 어느 친구의 주민등록을 빌려 쓴 적이 있는데, 그 당시 자신의 집주소가 강남의 아파트로 되어 있어 공장에 취업하기가 어려웠기 때문이라고 말했다. 그것은 꿈속의 이야기가 아니니 어느 친구인지 분명히 기억하고 있을 텐데도 디엔은 그 친구가 누구인지, 데런이 아는 친구인지 아닌지 말해주지 않았다. 대신 입술을 자근자근 씹다가, 이런 꿈들은 어디서 오는 것일까 데런, 하고 물었다. 도대체 이런 꿈들은 어떤 사고, 어떤 심리에서 발아해서 어떤 경로로 뻗어나온 것일까, 그래서 결국 어쨌다는 것일까, 디엔이 중얼거렸고 데런은 뭐라고 말하려다 입을 다물었다.

갑자기 어둠을 깨는 벨소리가 울려 데런은 머리끝이 쭈뼛할 만큼 놀랐다. 이 새벽에 자신을 찾아올 사람은 세상 어디에도 없으므로 데런은 다른 집으로 착각한 게 분명하다고 여기고 문을 열어주지 않기로 했다. 그런 생각을 알아차리기라도 한 듯 잠시 뒤에 다시 벨이 울리고 현관문 밖에서 저기요, 계세요, 하는 남자의 목소리가 들려왔다. 무슨 일일까 생각하며 데런은 자리에서 일어나 현관으로 가서 불도 켜지 않고 문도 열지 않은 채 문 앞에 서서 누구시냐고 물었다. 아래층입니다, 라는 대답이 들려왔다. 데런은 조심스레 걸쇠를 채운 문을 조금 열었다.

문이 열린 좁은 틈으로 남자가 얼굴을 들이미는 바람에 데런은 놀라 물러섰다. 남자가 문틈으로 데런의 얼굴을 뚫어져라 보았다. 데런도 눈길을 피하지 않고 잠자코 남자를 마주보았다. 너무 시끄러워서 누가 살고 있나 알아보러 왔습니다, 라고 남자가 말했다. 아내가 잠을 못 잔다고요, 애 키우세요, 애가 있습니까, 애요, 애, 라고 남자는 격한 어조로 물었다. 데런은 반걸음쯤 문 쪽으로 다가가 그렇지 않다고, 이 집엔 자신과 친구 둘이 살고 있을 뿐이라고 말했다. 남자는 처음엔 놀란 듯하더니 이내 의심쩍은 표정으로, 애가 없다고요. 그런데 왜 쿵쿵 뛰고 문을 열었다 닫았다 하는 소리가 들립니까, 했다. 데런은 우리는 애도 없고 쿵쿵 뛰는 일도 없다고, 그게 우리집에서 나는 소리라고 어떻게 단정하느냐고 남자에게 물었다. 남자는 천장이 울리니까 윗집이라고 생각하고 올라온 건데, 그럼 대체 어느 집에서 그러는 거냐고, 혹시 할머니는 새벽에 쿵쿵 뛰는 소리 못 들었느냐고 물었다. 데런은 고개를 끄덕이고, 새벽에만 그런 게 아니라 낮에도 쿵쿵 뛰는 소리가 들린다고, 짐을 옮기는지 바닥을 득득 끄는 소리도 들린다고 했다. 남자가 맞는다고, 득득 끄는 소리도 난다고, 그럼 그 집 맞는데 그 집이 어느 집 같으냐고 물었다. 데런은 그건 모르겠다고 대답했다. 남자는 왜 할머니는 항의를 안 하느냐고 했다. 어느 집인지 모르는데 어디다 항의를 하느냐고 데런이 말하자 남자는 문에서 물러나 어느 집인지 기필코 알아내기라도 하려는 듯 주위를 두리번거렸다. 복도에는 희미한 어둠만 고여 있었다. 남자는 화를 억누르지 못하고 아, 어떡해야 되나, 이 집 아니면 그럼 어디지, 어디로 가야 돼, 어느 집이야 이거, 하면서 머리를 마구 긁었다. 그런데, 하고 데런이 말을 꺼내자 남자가 네, 네, 할머니, 하고 문 쪽으로 다가와 얼굴을 들이밀었다. 이 시간에 올라와서 벨을 누르고 항의하는 게 정상적이라고 생각하느냐고, 지금 새벽 몇시인지 아느냐고 묻자 남자는 주춤 문에서 물러나며 죄송하다고, 그건 참 죄송하게 됐다며, 아내가 잠을 못 자고 쿵쿵 소리가 너무 크게 들리고 해서 딱 이 집인 줄 알고 올라왔다고 했다.

그때 컥, 하고 목이 졸리는 듯한 소리가 났다. 놀란 남자가 눈에 보일 만큼 몸을 펄떡였다. 곧이어 끼이이아 하는 소리가 복도에 울려퍼지자 남자는 미친듯이 현관문으로 달려들어 문을 열려고 손잡이를 당기며, 뭐야, 이게 무슨 소리야, 안에 뭐가 있는 거야 도대체, 하고 외쳤다. 데런은 남자의 흥분을 가라앉히기 위해 같이 소리를 지르며, 안에서 나는 소리가 아니라고, 복도에서, 복도에 있는 옆집 계량기에서 나는 소리라고 말했다. 남자가 손잡이를 잡은 손을 놓고 두리번거리다 드디어 소리의 방향을 잡았는지 옆집 계량기 쪽으로 다가가 귀를 기울이는 순간 끼이이아 소리가 뚝 그치더니 이내 졸린 목으로 피가 넘어가는 듯한 흐릅 소리가 났다. 남자는 주춤주춤 뒷걸음질을 치다 고주파의 히이이아 하는 소리가 나자 몸을 홱 돌려 달리듯이 빠르게 걸어갔다. 남자가 계단 쪽으로 사라지는 것을 확인하고 데런은 현관문을 닫았다. 집안은 복도보다 어두웠다. 어둠 속에서, 화났구나 데런, 하는 속삭임이 들려왔다. 그래도 여자 혼자 산다고 말하지 않은 건 잘했어. 우린 겁우기니까, 데런.

스물몇 살 때였는지 데런은 굳이 기억을 더듬어 헤아리지 않았다. 디엔도 데런도 까마득히 젊었던 시절, 하지만 돌이켜 생각해봐도 활기보다는 깊은 우울에 사로잡혀 있던 시절이었다. 점심시간이 막 지난 한낮이었고 데런과 디엔은 학생식당 뒤편 벤치에 앉아 무슨 이야기인가를 나누며 담배를 피우고 있었다. 검은 구름이 지나가듯 어두운 그림자가 드리우는 걸 느끼고 둘이 동시에 고개를 들었을 때 낯모르는 남학생이 그들 앞에 버티고 서 있었다. 복학생처럼 짧은 머리였던 것은 기억나는데 안경을 썼는지 안 썼는지는 기억나지 않았고 어느 쪽이라고 해도 좋을 얼굴이었다. 남학생이 그들에게 끄라고 했다. 데런과 디엔 둘 중 누군가가 왜 그러냐고 물었던 것 같고 둘 중 누군가가 묵묵히 담배를 빨았던 것 같다. 남학생이 다시 끄라고 했다. 못 끄겠다는 디엔의 말이 끝나기도 전에 남학생은 끄라고! 끄라고! 끄라고! 소리치며 팔을 들어올려 디엔의 뺨을 내려쳤다. 손바닥으로 쥐어박듯이 후려치는 바람에 디엔이 균형을 잃고 옆으로 쓰러졌다. 그리고 그 대목에서 믿기 힘들 정도로 깨끗이 데런의 기억은 끊겼다. 그때 자신이 남학생에게 뭐라고 항의했는지 그 남학생은 뭐라고 대꾸했는지 주변에 사람들이 있었는지 그들은 어떤 반응을 보였는지 데런은 아무것도 기억나지 않았다. 한참이 지나 전혀 다른 장소에서 디엔이 울고 있었고 우는 디엔을 달래며 자신도 울었던 것만 어렴풋이 기억에 남아 있다. 그후로 그들 중 누구도 그 일에 관해 한 번도 언급한 적이 없으므로 데런은 자신의 기억이 끊긴 부분에서 디엔의 기억도 끊겼는지, 아니면 그뒤의 일을 디엔은 모두 기억하고 있었는지 이제는 알 수 없게 되었다.

데런은 찬물을 뒤집어쓴 듯 오싹하면서도 불구덩이에 들어앉은 듯 후끈한 기운을 느꼈다. 끄라고! 데런은 그때였다고 생각한다. 디엔의 꿈속에서 오래전에 죽은 걸로 등장한 자신이 오래전에 죽은 순간은 바로 그때였을 거라고. *끄라고!* 디엔이 얻어맞은 직후에 자신의 기억이 모조리 사라진 건 그때 자신이 아무 말도, 아무 행동도 하지 못했다는 걸, 완전무결하게 무력했다는 걸 의미한다고. *끄라고!* 그 주문은 담뱃불을 향한 것이 아니라 그들의 영혼, 그들의 사랑을 향한 것이었다고. *끄라고!* 그때 아무것도 하지 않고 가만히 앉아 있던 자신의 내부에서 고요히 작열하던 무력감이 정신의 어떤 연결 퓨즈를 태워버렸을 거라고. *끄라고!* 그 분노와 절망과 공포가 그들의 삶을 돌이킬 수 없이 응결시켰으리라고. *끄라고!* 못 *끄겠다*고 말한 건 디엔이었지만 아직도 꺼지지 않는 잉걸이 자신의 내부에 남아 있다고. *끄라고! 끄라고! 끄라고!* 꺼지지 않는 그것이 어둠 속에서 발을 구르고 소리를 지르고 팔을 휘두르는 거라고!

실내가 어슴푸레 밝아오기 시작할 무렵 데런은 기진맥진하여 자리에 누웠다. 잠의 투명한 비눗방울에 감싸여 어렴풋한 꿈속으로 한 발 한 발 들여놓던 데런은 어느 순간 팔다리를 경련하며 깨어났다. 새벽에 올라온 아래층 남자가 안경을 끼었는지 안 끼었는지 기억나지 않았다. 스티치한 천조각을 내밀며 디엔의 부도덕한 이력을 추궁하던 선배, 죽은 자신에 관해 오 분 동안 증언을 해달라고 요구했던 선배 그리고 고함을 지르며 디엔을 후려쳤던 남학생처럼, 아래층 남자도 안경을 썼는지 안 썼는지 모르겠는데 어느 쪽이라고 해도 그렇다고 생각될 만한 얼굴, 안경 썼잖아 하면 아 그렇지 하게 되고 아니라고 해도 아 그렇지 하게 되는 그런 얼굴이었다.

그때 만약 디엔이 꿈에서 깨지 않았다면 디엔은 그자들에게 죽은 자신에 대해 어떤 증언을 하도록 요구받았을까. 디엔이 꿈에서 깨지 않고 기필코 그것을 알아냈더라면 좋았겠지만, 디엔이 떠난 지금 그것은 데런 자신이 알아내야 할 문제가 되었다. 디엔이 꿈속 좁은 방에서 울면서 증언해야 할 내용이 무엇이었는지, 감춰진 이력처럼, 기필코 벗어야 할 누명처럼, 추궁되어야 할 비밀처럼, 부인해야 할 죄처럼 간주된 그 부도덕한 스티치 작업이 무엇이었는지. 그건 그렇고 디엔, 데런은 흐느끼듯 속삭였다. 바로 아래층에 살고 있는 건 우리가 아니었어. 그들이었어, 디엔.

안개가 내리듯 잠이 몰려오면서 데런은 서서히 디엔이 꾸었던 꿈속으로 들어갔다. 그들이 모여 있다. 데런이 그들을 모르는 만큼 그들도 데런을 모르는 듯한데, 그들 중 한 사람이 자리에서 일어나 데런의 이력 중에 부도덕한 점을 발견했다고 하면서 작은 천 조각을 내민다. 데런은 아니라고 부인하고 그건 오래전에 죽은 디엔의 것이라고 말한다. 그들 중 한 사람이 데런에게 다가와 죽은 디엔에 관한 증언이 필요한데 오 분이면 충분하다고 말한다. 그들은 아는 얼굴이 아니고, 안경을 썼는지 안 썼는지 모르겠는데 어느 쪽이라고 해도 그렇다고 생각될 만한 얼굴이다. 그들 앞에서 죽은 디엔에 관한 증언을 하게 되면 걷잡을 수 없이 울게 될까봐 두렵지만 데런은 알았다고 하고 어느 좁은 방에서 그들을 기다리다 잠에서 깬다. 그리고 디엔에게 꿈 얘기를 한다. 이런 꿈들은 어디서 오는 것일까, 디엔. 디엔은 대답이 없고 데런은 도대체 이런 꿈들은 어떤 사고, 어떤 심리에서 발아해서 어떤 경로로 뻗어나온 것일까, 그래서 결국 어쨌다는 것일까, 이것 역시 꿈일까 디엔, 묻고 또 묻는다.

너머

1

학교는 큰길에서 보면 높은 건물들에 가려 보이지 않았지만 첫 번째 이면도로에만 접어들면 완만한 언덕을 끼고 형성된 주택촌이 타원형으로 넓게 펼쳐진 것과 언덕 중턱의 축대 위에 횡으로 세 동의 교사가 서 있는 게 보였다. 9월 넷째 주부터 N이 근무하게 된 학교였다.

교문에 들어서면 축대가 있는 오른편에 운동장이 있고 왼편에 세 동의 교사가 하나의 긴 건물처럼 서 있었다. 출근한 지 사흘째 되는 날 N은 중앙 본관 건물 뒤쪽에 증축하다 만 가건물이 붙어 있는 걸 보았는데, 어떤 용도로 짓던 건물인지 왜 공사가 중단되었는지는 알 수 없었다.

N이 맡은 2학년 4반의 담임교사는 추석연휴가 끝난 직후 두 달의 병가에 들어갔다. 교장 말로는 그 교사의 몸 상태가 좋지 않아 병가가 끝나는 대로 장기 휴직에 들어갈 거라고 했다. 그건 N의 근무 계약이 최소한 한 학기, 운이 좋으면 일 년까지 연장될 수 있으리라는 의미였다. 그렇게만 된다면 N으로서는 당분간 어머니 병원비 걱정을 덜 수 있었다.

N의 반 아이들은 큰 문제를 일으키진 않았지만 N이 담임이라 그런지 아니면 진짜 담임이 아니라 그런지 수업시간마다 다른 반 아이들보다 훨씬 더 크고 과감하게 떠들어댔다. 교장이 복도를 지나다 이토록 소란스러운 교실을 들여다본다면 아이들을 제대로 다룰 줄 모르는 교사라고 생각하고 N의 계약기간 연장을 재고할 수도 있을 터였다. N은 때로 초조해졌다.

수업을 마치고 나오는데 반장이 부르는 소리가 들렸다. 반장은 작고 마르고 순종적인 얼굴에 목소리만은 쩡하게 또렷했다.

"큰일났어요! 우리 반 뒷문이 또 고장이 났어요."

언제 고장났던 게 또 고장났다는 것인지, 그게 왜 큰일인지 몰랐지만 N은 그럼 고쳐달라고 하면 되지 않느냐고, 어디 가서, 까지 말하고 머뭇거렸다. 어디든 고치는 데가 있겠지만 그곳이 어디인지 알 수 없었다.

"아저씨한테 고쳐달라고 해야 해요."

N은 그렇게 하라고 했다.

"그게요, 우리가 가서 고쳐달라고 하면 아저씨가 안 고쳐줘요. 자꾸 우리가 일부러 고장낸 거라 그러고요. 내일 3교시에 우리 체육 들었는데 운동장 나갈 때 문 잠그고 나가야 되는데 안 그러면 도둑 드는데 큰일났어요."

"그럼 선생님이," N은 스스로를 선생님이라고 칭하는 데서 기쁨을 느꼈다. "말씀드려볼까?"

"네, 이번에는 진짜 선생님이 말씀드려야 할 것 같아요."

"그런데 아저씨가…… 어디 계시지?"

반장은 고개를 갸웃하더니 그건 자기도 잘 모른다고, 지난번에는 저 뒤쪽 건물에 있었다고, 그 왜 기분 나쁜 건물 있잖아요, 했다. 아, 거기. N은 금세 알아들었다.

본관 뒤편의 그늘진 땅엔 이끼가 드문드문 깔려 있었다. 짓다 만 건물 주변에는 가림막이 둘러져 있고 입구에는 거무스레한 보랏빛 그물 천이 드리워져 있었다. N이 천을 들치고 들어서자 공사 잔해들이 쌓여 있는 텅 빈 공간이 나타났고 어디선가 웅성거리는 소리와 웃음소리가 들려왔다. 소리가 나는 쪽에 흰 옷을 입은 사람들이 둥글게 모여 앉아 채소를 까거나 다듬는 중이었는데 조리 종사원들 같았다. N은 그들 중 한 사람과 눈이 마주쳤다.

무슨 일이시죠, 라고 누가 물었는데 N과 눈이 마주친 사람은 아니었다. N은 누가 물었는지 알 수 없어 눈이 마주친 사람을 향해 교실 뒷문이 고장나서 수리기사 아저씨를 찾아왔다고 말했다. 그 아저씨 여기 없는데, 라는 대답이 역시 다른 곳에서 들려왔다. N이 고개를 두리번거리며 그럼 어디 계시냐고 묻자 갑자기 와자지껄해지며, 그걸 우리가 어떻게 아나, 체육실에 있으려나, 그 아저씨 아직 출근 안 했을지도 몰라, 하는 말들과 아저씨라고 하면 안 돼, 하는 말에 이어 주 무엇 님이라고 불러야 한다는 말 등이 들려왔다. N과 눈이 마주친 사람이 자리에서 일어나 선생님께서 찾으시는 분은, 하고 말했을 때 또 누군가 주 무엇 님, 주 무엇 님, 노래하듯 말했고 모두들 웃음을 터뜨렸다.

"그분은 여기 안 계시고 우리도 어디 계시는지 모릅니다. 아마 행정실에 물어보시면 알 수 있을 텐데요."

N은 고맙다고 하고 돌아서려다 물었다.

"그런데 행정실이 어디 있습니까?"

네? 하고 상대방이 믿지 못하겠다는 얼굴로 되묻더니, 행정실은 본관 1층, 선생님이 계신 교무실 바로 옆에 있지 않습니까, 하고 지나칠 정도로 정중하게 말했다. N은 얼굴을 붉히고 허둥지둥 그곳을 빠져나왔다.

행정실의 위치가 1층 교무실 바로 옆인 것은 맞았다. 그러나 행정실 문 앞에는 아무 팻말도 걸려 있지 않고 문도 잠겨 있었다. 그러니까 복도 쪽으로 통하는 행정실 문은 벽이나 다름없었다. 행정실에 가려면 교무실 앞문으로 들어가 곧바로 오른쪽에 있는 문을 열고 들어가야 했는데 그 위에는 고작 '교무행정'이라는 작은 팻말이 붙어 있을 따름이었다. 교무실 뒤편에 자리잡고 있어 앞문으로 드나들 일이 거의 없는 N이 그 팻말을 알아보지 못한 건 당연했다.

앞쪽에 앉아 있던 행정실 직원은 N의 요구를 듣자 느릿느릿 의자를 뒤쪽으로 밀고 몸을 뒤로 젖히더니 칸막이 너머 누군가에게 뭐라고 했다. 칸막이 뒤에서 다른 직원이 벌떡 일어났다. 그 직원은 이곳저곳에 인터폰을 하고 휴대전화로 누군가와 통화를 하더니 거의 헐떡이듯이 지금 즉시 예체능부실에 가면 될 거라고 말했다. N은 재빨리 감사하다고 말하고 행정실에서 뛰어나왔는데 그렇게 하는 것이 이 문제의 해결에 목숨이 달린 듯 신속히 업무를 처리해준 직원에 대한 예의일 것 같았다. 빠른 걸음으로 복도를 내달리던 N은 어느 순간 자신이 예체능부실의 위치를 알지 못한다는 걸 깨닫고 곧바로 뒤로 돌아 다시 빠른 걸음으로 행정실을 향해 내달렸다.

예체능부실의 문을 열고 들어서자 소파에 앉아 있던 남자가 기다렸다는 듯 뒤를 돌아보았다. 실내에는 그 남자뿐이었는데 추운

지방에서 온 사람처럼 윗볼이 붉고 입술이 터 있었다.

"아저씨, 2학년 4반 교실 뒷문이 고장나서 왔습니다."

남자가 소파에서 천천히 일어났다.

"지금 저보고 뭐라고 하셨어요?"

아저씨……라고 하다 N은 얼른 기사님이라고 정정했다.

"기사님?"

N은 이번에도 뭔가 일이 잘못되었다고 느꼈다.

"죄송합니다, 선생님. 저는 기사님을 찾고 있는데 선생님이 기사님이신 줄 알고."

"도대체가 교사들은 교육청에서 내려온 공문을 읽어보는 겁니까, 마는 겁니까?"

"네, 선생님?"

"저 교사 아니고요. 그런데 제가 운전기삽니까?"

"그 기사님과 이 기사님은 다른데……" 하다 N은 가건물의 조리사들이 주 무엇 님이라고 불러야 한다던 말이 떠올라 "제가 기사님 성함을 몰라서요"라고 변명했다.

"내 이름을 알고 모르고 간에 공문에 나와 있잖아요? 주무관이라고 부르라고 공문에 안 나와 있어요?"

주무관이 이름이 아닌 것은 분명했고 N은 그런 공문을 읽어본 적이 없었다.

"제가 새로 온 기간제교사라……"

"뭐, 기간제?" 하고 남자는 깜짝 놀라더니 "기간제면 그럴 수 있지, 기간제면" 하고 고개를 끄덕이다 말고 "그런데 기간제치고는 나이가 좀 돼 보이시는데?" 했다. 거기에 대해서는 뭐라 할 말이 없었다. 남자가 스프링이 끼워진 종이 뭉치를 내밀었고 N은 필요한 내용을 적으며 오늘 안에 고쳐줄 수 있는지 물었다.

"오늘은 말이 안 되고, 다 일정이 있어서 순차적으로 공사를 진행하는데…… 아니 또 2학년 4반이야? 이 반은 이거 아주 상습적이야. 벌써 세번째라고. 이게 다 교사들이 애들 지도를 똑바로 안 하니까," 하다 그는 N을 향해 손을 내저으며 "선생님한테 하는 얘기가 아니라, 선생님은 기간제니까 뭐," 했다. 기간제니까 뭐 어떻다는 뜻일까, 생각하며 N은 내일 체육이 들어서 교실 문을 잠가야 한다고 말했다.

"내가 그런 것까지 일일이 맞춰줄 수는 없고요, 정 안 되면 당번이 남아서 도둑을 지켜야지, 수가 있나?"

N은 돌아서려다 말고 물었다.

"그런데 주무관…… 그게 무슨 뜻이에요?"

남자가 헛웃음을 웃었다.

"모르면 다른 교사들한테 물어봐요. 기간제가 뭐 묻는 걸 두려워하면 안 돼. 자꾸 물어서 알아야지. 그래야 빨리 적응을 하지."

그래서 지금 물어본 게 아니냐고 대꾸하려다, 말았다.

2

요양병원은 시의 경계에 위치한 전철역 근처 상가건물에 있었다. 최근에 리모델링한 건물이라 외관은 깨끗했지만 주차장이나 비상계단처럼 손이 안 간 내부 곳곳에는 여전히 낡고 오래된 흔적이 남아 있었다. 8, 9, 10층이 요양병원이었는데 바로 위층인 11층에 피트니스 클럽이 있어 N은 종종 운동복 차림의 젊은 남녀들과 함께 승강기를 타곤 했다. 지난여름 내내 그들은 탄탄한 근육을 노출하기 위해 지나치게 간소한 차림을 하고 있어 N은 승강기를 타면 거의 벌거벗다시피 한 몸들로 가득한 사방 거울을 보지 않으려 내릴 때까지 고개를 숙이고 눈을 내리떴다.

처음에 8층에 내리면서 N은 눈앞에 펼쳐진 광경에 흠칫 놀라 뒤로 물러설 뻔했다. 승강기 문이 열리자마자 휠체어를 탄 노인들의 무리가 코앞에 밀어닥치는 듯했다. 물론 그들이 실제로 휠체어를 밀고 다가온 것은 아니었지만 숙이고 있던 고개를 막 들고 내리려던 N에게는 그렇게 느껴졌다. 때로는 대여섯 명, 많게는 열 명 가까이 되는 노인들이 휠체어를 타고 승강기 앞에 포진해 있다가 승강기가 멈추는 딩동 소리가 울리면 일제히 문 쪽을 응시했다. 가족이나 방문객을 기다리는 것도 아니었고 그들끼리 담소를 나누는 것도 아니었다. 그들은 그저 귓가에 딩동 소리가 들리고 또 볼 수 있는 눈이 있어 보는 것뿐이겠지만, 무표정하고 쪼글쪼

글한 얼굴에서 뿜어져나오는 흐릿한 시선이 한꺼번에 쏠릴 때면 N은 무슨 잘못이라도 저지른 듯 움츠러들었다. 병문안을 마치고 승강기에 올라 운동을 끝내고 내려가는 사람들의 향긋한 샴푸 냄새에 둘러싸여서야 비로소 N은 8층에서 내내 자신을 사로잡았던, 사지 육신이 멀쩡한 데 대한 송구함과 가급적 활발한 움직임을 자제해야 할 것 같은 위축감에서 해방되는 대신, 다시금 낯선 젊은 이들이 벌이는 혼탕의 축제 한복판에 던져진 듯한 이질감과 소외감을 느꼈다.

N의 어머니는 8층 103호 오른쪽 두번째 침상에 누워 있었다. 어머니는 넉 달 전에 뇌출혈로 수술을 받았지만 이미 수술 전에 신체의 절반 이상이 마비된 상태였다. 수술 후에도 목을 가누지 못했고 앉거나 설 수 없었다. 정신도 온전치 않았고 소리는 냈지만 말은 하지 못했다. 회복할 가망이 없는 상태에서 요양병원으로 옮겨진 탓에 어머니는 조금씩 나빠지고 있었다. 그렇게 조금씩 나빠진 탓에 이제 어머니를 생각할 때면 자연히 예전의 건강하던 모습이 아니라 지금의 병든 모습을 떠올리게 되었는데도, N은 막상 병문안을 와서 어머니를 처음 보는 순간엔 예상했던 모습인데도 왠지 그 예상의 적중이 지독한 배신이기라도 한 듯 기이한 충격을 받았다.

어머니는 수술 때문에 밀어버린 짧은 백발에 이마뼈를 훤히 드러내고 코와 입에 약과 영양액을 주입하는 관을 끼우고 있었다. 때로 어머니는 N을 첫눈에 알아보기도 하고 가끔은 병문안을 마치고 돌아갈 때까지 못 알아보기도 했다. 오늘은 얼마 지나지 않아 N을 알아보고 울기 시작했다.

"보호자분 오셨습니까?"

간병인이 들어와 인사를 했다. 얼마 전에 바뀐 간병인이었는데 붙임성이 좋고 활기찼다. 옆 침상의 가족 말로는 8층에는 8인실, 9층에는 6인실과 4인실, 10층에는 2인실과 1인 특실이 있는데, 위층은 다 경력이 있는 간병인들을 쓰는 데 비해 8층에만 일용잡급직으로 채용한 초짜 간병인들을 배치해서 문제라고 했다. 일은 서툰데 감당할 인원이 많으니 업무 강도가 높아 견디지 못하고 자주 그만두는 거라고, 위층 병실들은 안 그렇다면서, 우리가 가난뱅이니까 우리 부모도 가난뱅이 병실에 있는 거라고 말했다. 당사자는 자조라고 한 말이겠지만 N에겐 저주로 들렸고, 자조를 자주하면 저주가 되는 거지, 라고 N은 복수하듯 생각했다.

"어머니, 울면 안 돼요. 울면 밉다고 했지요? 울면 미워 보입니다." 간병인이 거즈로 어머니의 눈가를 닦으며 말했다. "오늘 아침에는 노래도 해놓고 지금은 왜 웁니까?"

"네? 어머니가 노래를요?"

"우리 어머니, 노래 잘해요. 기분좋으면 이쪽 손을," 하며 간병인은 마비가 오지 않은 어머니의 오른팔목을 잡고 허공을 저었다.

"이렇게, 이렇게, 흔들면서 노래합니다. 그럴 땐 아기 같습니다."

"무슨 노래를 하는데요?"

"그것까지는 내가 몰라요. 어르신들 중에는 어렸을 때 부르던 노래 부르는 경우가 많다고 들었습니다."

N은 어머니가 어렸을 때 부르던 노래를 모를뿐더러 평소에도 어머니가 노래를 흥얼거리는 걸 들은 적이 없어 그 모습이나 목소리를 상상할 수 없었다. N은 노래를 불렀다는 어머니의 입을 바라보았다. 관 때문에 벌어진 입술 틈으로 잇몸과 혀끝이 보였는데 하얗게 백태가 끼어 있었다.

"제가 어머니 입 좀 닦아드려도 될까요?"

N의 말에 간병인이 어머니 입을 들여다보더니 혀를 찼다.

"내가 하루에 몇 번을 닦는지 모릅니다. 지금도 닦은 지 얼마 안 됐는데 이렇습니다. 그래도 자주 닦아야 도리 없습니다."

간병인이 눈물을 닦던 거즈를 손에 말아 어머니 입속에 넣고 휘저었다. 어머니가 억억 소리를 냈다. 한동안 N은 설움이 폭발하면 아무데나 주저앉아 억억 터져나오는 울음을 울며 눈앞이 보이지 않을 정도로 눈물을 쏟아내곤 했다. 태어나면서부터 N에게는 어머니뿐이었고, 어머니에게도 N뿐이었다. 이제 N은 울지 않았다. 눈가가 뜨거워도 눈물을 흘리지 않았고 숨이 가빠도 밖으로 소리를 내지 않았다. 간병인이 간 후 N은 어머니에게 읽어주려고 가져온 시집을 꺼냈다.

3

교실 뒷문은 보름이 넘도록 수리되지 않았다. 체육 시간에 교실에 당번이 남는 문제는 생리중인 여학생들이 다투어 자원했으므로 쉽게 해결되었다. N은 다시 주무관을 찾아가지 않았고 반장을 불러서도 다시 찾아갈 필요가 없다고 말했다. 대신 뒷문이 고장난 동안에는 체육수업이나 이동수업을 할 때 반드시 당번을 둘 것과, 수업을 담당하는 교사에게 당번이 빠진 사정을 잘 보고할 것과, 마지막으로 가장 중요한 사항으로 수리하시는 분을 절대 아저씨나 기사님이라고 부르면 안 되고 주무관님이라고 불러야 한다는 것 등을 일러두었다. 반장은 쨍한 목소리로 네, 잘 알겠습니다, 하고 대답하더니 다음날 반 아이들끼리 토론해서 결정한 내용이라며 일주일 치 당번 목록을 작성해 왔다. 문이 고쳐질 때까지 매주 당번을 새로 정할 거라고 했다. N이 어떻게 이런 생각을 다 했냐고 칭찬하자 반장이 말했다.

"제가 혼자 한 게 아니고 자치한 거예요."

"자치?"

"우리 스스로 민주적으로 하는 거요. 담임선생님이 자치하는 거 가르쳐주셨거든요."

오, 훌륭하구나, N은 진심으로 감탄했다.

N은 3층 식당으로 올라가 식판에 식사를 담고 창가 자리로 가서 앉았다. 밥과 감자볶음부터 먹었다. 밥은 흑미밥이었고 감자채는 두꺼워 덜 익었다. 맞은편 자리에 와 앉은 늙은 교사가 N을 보더니 콩나물국을 휘젓고 다시 N을 보았다. 교무실에서도 복도에서도 마주친 적 없는 얼굴이었다. N은 입안에 든 것 때문에 입을 벌릴 수 없어 고개만 숙여 인사했다. 늙은 교사가 중얼거리듯 물었다.

"2학년 4반에 새로 온……?"

N은 입속의 것을 삼키고 그렇다고 대답했다.

"그럼 두 달 근무하시겠구만."

"그건 그분 건강상태에 따라 연장될 수도 있다고 들었습니다."

"연장 안 될 건데. 그 양반이 딱 두 달만 유급으로 병가 낼 거라고 했거든."

N은 말없이 밥을 먹었다. 늙은 교사의 말과 교장의 말이 왜 다른지, 어느 쪽이 맞는지 알 수 없었다. 이 개월 기간제와 한 학기 기간제는 조건이 달라도 너무 달랐다. 어쩌면 병가를 낸 교사는 애초부터 두 달만 쉬고 나올 생각이었는데, 교장이 그걸 뻔히 알면서도 교사 임용고사가 가까워진 2학기 중반에 이 개월짜리 기간제를 구하기가 까다로우니 N에게 거짓 미끼를 놓은 것일 수 있었다. 어머니 병원비만 아니었다면, 아니 그런 부담이 있더라도 병가를 낸 교사가 장기 휴직을 할 거라는 보장이 없었다면 N이 올

해 시험을 포기하면서까지 이 개월 계약직으로 오지는 않았을 것이다.

"추석연휴까지 알뜰히 챙겨먹고 병가 낸 양반인데, 또 병가 마치고 어영부영 한 달만 버티면 겨울방학인데 휴직을 왜 해? 그 양반, 그럴 형편도 안 되고."

누가 봐도 그게 교사로서는 이득일 터였다. N의 머릿속에서 담임선생님이 자치하는 거 가르쳐주셨다던 반장의 말과 추석연휴까지 알뜰히 챙겨먹었다는 늙은 교사의 말이 어지럽게 교차했다.

"쳇! 식판 바꾼 것도 모자라 투표까지 하자니, 점입가경이구만."

늙은 교사의 툴툴거림에 N이 네? 하고 물었다.

"그쪽은 잘 모르겠지만 이 식판이 얼마 전까지만 해도 쇠, 그니까 스뎅이었거든. 내가 처음 왔을 때 이런 플라스틱 식판이었는데 우리가 이걸 스뎅으로 바꾸려고 얼마나 건의를 했는지 몰라요. 스뎅은 칸도 우묵하니 깊어서 이렇게 반찬이 뒤섞이고 국물이 흐르고 그러질 않는다고. 게다 플라스틱이 몸에 얼마나 안 좋은데 뜨거운 국 담고 밥 담고 하는 걸 이런 걸로 하냐고? 우리는 그렇다 치고 자라나는 애들한테 얼마나 안 좋겠소? 그래서 기껏 바꿔놨더니 또 자기들 맘대로 바꿔버렸네."

자기들이 누구인지 물으려다 N은 말을 바꾸어 물었다.

"그런데 왜 다시 바꿨을까요?"

"왜 바꾸긴 왜 바꿔요. 무기로 바뀌니까 바꿨지."

처음에 N은 무슨 말인지 알아듣지 못했지만 곧 늙은 교사가 말한 사람들이 무기계약직으로 전환되면서 식판을 바꾸었다는 얘기라는 걸 알았다. 무기계약이라는 말은 늘 N에게 모순적인 느낌을 불러일으켰는데, 무기라는 말, 기한이 없다는 그 말이 무기정학이나 무기징역처럼 주로 고통스런 기다림이나 희망의 부재와 연결되어 쓰이기 때문에 그런 것 같았다.

"스뎅 식판이 무거워서 디스크 걸리고 어깨 빠지고 그랬다는데, 그전엔 멀쩡하다 무기 되고 나니까 그러는 건 뭐냐고? 그럴 몸이면 애당초 이런 일 그만두고 다른 일 해야 옳지 않소? 막말로 우리 교사들이 애들 가르치다 목이 아프고 기침이 난다고. 그래서 말 안 하고 자습만 시키면 말이 되는가 말이야. 교사 관두는 게 맞지. 한마디로 직업정신이 없어요, 직업정신이. 원래 이 사람들이 어떻게 학교에 들어왔느냐 하면 무상급식 의무화다 뭐다 해서 학교마다 일손이 달리니까 경력도 뭐도 안 보고 동네 식당에서 일하던 아줌마들을 급하게 파트타임으로 갖다 쓴 거거든. 그런 사람들을 떡하니 교육공무직으로 무기 전환을 해놓으니 뭐라도 된 줄 알고 자기들 마음대로 식판도 바꾸고 투표도 하자고 하고."

밥을 먹느라 그런지 얘기를 많이 해 그런지 늙은 교사의 입꼬리에 희멀건 거품이 끼어 있었다. N은 불현듯 솟구치는 화를 참을 수 없었다. 그게 장기계약에 대한 기대가 무너져서인지, 식판이 바뀌어서인지, 늙은 교사에 대한 혐오 때문인지는 알 수 없었다.

"아까 투표 얘기하셨는데. 그래서 식판에 대해 투표하자는 거 아닙니까? 자기들, 아니 그분들 맘대로 정하는 게 아니고."

"거 잘 알지도 못하면서 나서지 좀 말아요." 늙은 교사가 발끈 했다. "식판 놓고 무슨 투표를 해? 투표는 더 웃긴 걸로 하자는 거 고, 이건 끝난 문제라고."

"끝난 문제라니요? 다른 건 몰라도 식판은 애들 건강이 달린 문 제인데 우리가 다시 건의해서 바꿔야죠."

N의 말에 늙은 교사가 눈을 살짝 치떴다. 우리라니? 묻는 것 같 았다. 늙은 교사는 분명 N을 우리보다 저들에 가깝게 생각할 것이 었다.

"이봐요, 이 식판 건은 말이오. 저들이 꿍꿍이를 꾸민 건 맞지 만 어쨌든 식판이든 뭐든 바꾸려면 결재가 필요하다고. 이미 교장 결재 다 떨어진 사안에 힘없는 평교사들이 뭘 왈가왈부할 수 있겠 나?"

"교장선생님이 왜 이런 결재를……?"

"모르니까 했지, 모르니까. 아흐, 내가 왜 이런 쓸데없는 얘길 자꾸 하고 있나? 나도 몰라 이제. 여기 뜰 날도 얼마 안 남았고 신 경 끄고 살아야지."

말을 마친 늙은 교사가 식판을 들고 일어섰다.

"그러니까 교장선생님께서 왜 식판 바꾸는 결재를 하셨느냐,

그런 얘기지요?"

2학년 부장의 말에 N은 그렇다고 대답했다.

"교장선생님은 일단 식판 자체에 관심이 없으십니다. 왜냐? 교직원 식당에서 점심을 안 드시고 교장실에서 혼자 식사하시거든요. 영양사가 쟁반에 담아서 따로 가져다줍니다."

교장이 당뇨가 있어서 영양사가 식단을 특별 관리해 단 음식이나 튀긴 냉동식품 같은 것은 빼고 잡곡밥에 콩과 채소, 생선이나 해물 위주로 만들어다준다고 했다.

"본인이 식당에서 안 드시니 식판 같은 문제는 잘 모르시고, 그러니 영양사가 알아서 하도록 결재하신 거지요."

그럼 투표 얘기는 뭐냐고 N이 물었다.

"그 얘긴 좀 깁니다. 본관 뒤에 건물을 왜 짓다 말았는지 아십니까?"

N은 모른다고 했다.

"이게 지금 교장선생님이 오기 전, 그러니까 예전 교장선생님 때로 거슬러올라가는 얘깁니다. 우리 교직원 식당이 본관 3층 아닙니까? 그러다보니 식자재를 올리고 내리는 일이 힘이 드는 겁니다. 거기다 학생식당이 없으니까 담임들이 매일 점심때마다 배식 감독하느라 정신없고. 선생님도 배식해봐서 아시겠지만 그게 반마다 음식 실어나르고 정리하고 다시 실어나르고 좀 번거로운 일이 아니지 않습니까? 그래서 본관 뒤에 학생과 교직원이 모두 모여서 먹는 큰 식당을 짓자 그런 얘기가 나온 거지요. 그땐 반대하는 사람이 아무도 없었습니다."

부장은 그 시절을 회상하듯 살짝 미소를 지었다. 교장은 사업을 일으켜 예산을 따오는 것이 좋아서, 교사들은 배식 감독을 하지 않는 게 좋아서, 조리종사원들은 1층에 식당을 짓는 게 좋아서 다들 의기가 투합됐다고 했다. 그런데 기껏 건물이 다 지어져가는 시점에 돌연 조리종사원들이 반대를 하고 나섰다고 했다.

"왜요?"

"거기가 어둡고 해가 안 들어 식당 환경으로 좋지 않다는 겁니다. 거기까진 그렇다 치고, 그분들이 싫다는데 어쩝니까. 그럼 3층에 그대로 있을 수밖에 없지요. 그런데 그분들이 본관 1층하고 그 건물하고 바꾸자고 나온 겁니다. 식당을 본관 1층에 만들고 본관 1층 교무실은 그 건물로 옮기고. 거기가 그렇게 환경이 안 좋아서 자기들은 있기 싫다면서 우리보고 가서 있으라니 이게 말이 되냐 하면서 교사들이 펄펄 뛰었지요. 그때만 해도 영양사가 근무 기간이 모자라서 무기계약직이 안 됐을 때거든요. 그래서 그 얘기는 흐지부지 없던 일로 되고 예전 교장선생님도 전근 가시고 신축 예산도 거의 다 쓰고 식당도 짓다 말아서 저렇게 흉하게 방치된 건데, 지난 여름방학 끝나고 영양사하고 조리사들 대부분이 무기계약직으로 전환됐다고 합니다. 그건 뭐 나쁠 게 없지요. 교사들 중에 그분들 편든 분들도 많았고 교사노조 하시는 분들은 같이 싸우기도 하고 그랬으니까. 그런데 무기계약직이 되고 나서 사람들이 뭐랄까 좀 변한 겁니다. 식판도 소리소문 없이 결재받아 바꿔버리고, 다시 식당 건물 놓고 전 직원 투표를 하자 이렇게 나온 거지요. 지금 교장선생님은 전후사정도 잘 모르고 또 이쪽저쪽 얘기 듣다보니 골치도 아프고 괜히 누구 편들기도 그렇고 하니까 그냥 민주적으로 투표를 하자 그러셨습니다만, 뭘 이런 사안으로 투표를 하냐고 교사들 반발이 심하니까 이번에는 교감선생님이 대신 나서서, 차라리 투표를 해서 부결시키면 모양이 더 좋지 않냐, 다시는 이런 얘기가 안 나올 거 아니냐, 달래신 겁니다. 당연히 부결은 되겠지요, 교사 수가 더 많으니까요. 그렇지만 대부분 교사들이 일단 이런 걸로 투표를 해야 옳으냐 그러고 있는 겁니다."

N이 그 건물에 들어가봤다고 하자 부장의 눈이 커졌다.

"거길 들어가봤다고요? 어떻습디까? 해가 영 안 들어서 어둡고 습하고 곰팡이도 잔뜩 피고 했다던데요."

습기는 좀 있지만 곰팡이는 잘 모르겠고, 안쪽에서 영양사와 조리사분들이 모여서 일하고 있더라고 하자 부장이 손으로 탁자를 탁, 탁, 쳤다.

"어차피, 그렇게, 자기들이 사용하고 있으면서 투표는 왜 하자는 거야?"

N은 부장이 그들을 처음에는 그분들이라고 하다 어느새 자기들이라고 부르고 있다는 걸 예민하게 느꼈다.

종례를 마치고 교무실로 돌아오는 길에 N은 교장과 마주쳤다. 교장이 힘든 일은 없느냐고, 언제든 힘든 일이 생기면 와서 기탄없이 얘기해달라고 말했다. 없다고 대답하려다 N은 불쑥 이렇게 말했다.

"저희 반 뒷문이 고장났는데 주무관님이 빨리 고쳐주시지 않습니다."

교장은 알아듣지 못한 듯 누구, 하고 물었다. 주무관이란 호칭이 낯선 사람은 N만이 아니었다.

"주무관님이요. 기사 아저씨를 주무관이라고 부르라고 공문에 나와 있다고 하던데요."

"아, 주무관. 그렇지, 주무관. 주무관이 바쁜가요? 왜 빨리 고쳐주지 않는답니까?"

N은 빠른 말투로 사정을 얘기하고, 뒷문을 잠그지 못해 매번 실외수업과 이동수업 때 누군가 수업을 받지 못하고 도난 사고를 예방하기 위해 당번을 서고 있다고 말했다.

"부득이하면 당분간 그렇게라도 해야겠지요."

교장이 부드럽게 고개를 끄덕였다. 같이 고개를 끄덕여달라는 뜻이라는 걸 알았지만 N은 그렇게 하지 않으려 버티며, 그건 학생의 수업권에 관련된 사항이라 학부모의 항의를 받을 수도 있다고 말했다. 교장은 그렇게까지 염려할 필요는 없으리라 본다고 말하고 가려 했지만 N이 "또……"라고 말하자 걸음을 멈췄다.

"식판이 바뀌었습니다."

"아, 그렇죠."

교장은 그게 뭐가 문제인지 알지 못하는 척했지만 N은 교장이 알고 있다고 느꼈다. 교장은 교장대로 N의 말투에 불쾌감을 느낀 듯 얼굴이 굳어졌다. N은 교장이 짧은 목례를 하고 가버린 후에도 고집스런 짐승이 버티듯 혼자 그 자리에 미간을 모으고 서 있었다. 인정하고 싶지 않지만 늙은 교사의 말이 맞는다고 생각했다. 병가와 휴직 운운할 때에도 교장은 저런 표정이었다. 알면서도 속인 것이다. 더이상 계약기간 연장 문제로 교장에게도 그 누구에게도 잘 보일 필요가 없다는 데서 N은 잠시 홀가분함을 느꼈지만, 그 홀가분함은 너무 가벼운 대신 밀려오는 분노와 서글픔은 가눌 길 없이 묵직했다.

4

어느 날 문득 N은 요양병원 8층에 내리면서 뭔가 달라졌다는 걸 느꼈다. N이 이제껏 오해한바, 휠체어를 탄 노인들이 주의깊게 바라본 대상은 8층에서 내리는 N과 같은 방문객들이 아니었다. 노인들은 그 너머, 승강기 내부를 가득 채우고 있는 단단한 근육

들, 딱 붙는 상의와 짧은 팬츠를 입은 젊고 건강한 육체들을 응시하고 있었던 것이다. 여름내 노인들의 타오르는 듯하던 시선의 열도는 날이 쌀쌀해져 젊은이들이 두꺼운 옷을 갖춰 입게 되면서 서서히 잦아들었다. 승강기 앞을 지키고 있는 노인들의 수도 줄어들었다.

이런 새로운 깨달음은 노인들의 시선으로부터 N을 해방시키기는커녕 오히려 더 묘한 불쾌감으로 옥죄었다. N은 승강기 안에서가 아니라 승강기에서 내린 후에 오히려 고개를 숙이고 눈을 내리떴다. 그럼으로써 노인들의 얼굴에서 뿜어져나오는 정처 없고 허기진 눈빛을 보지 않으려 했다.

어머니는 잠들어 있었다. 오늘따라 입안으로 엿보이는 백태가 그다지 심하지 않아 N은 마음이 밝아졌다. 어머니는 아직 젊으니 면역력이나 회복력이 남아 있을 거라고, 우리가 알지 못할 뿐 기적으로 보이는 현상은 언제 어디에나 존재한다고 N은 생각했다. 어머니가 눈을 흐릿하게 떴다. 자다 깬 어머니의 눈에 자신이 어떻게 보일지 N은 알 수 없었다. 문득 어렸을 때 잠에서 깨어 본 어머니의 어둑한 뒷모습이 생각났다. 어머니와 한방을 쓰던 그 시절 이따금 밤이나 새벽에 깨어 눈을 뜨면 돌아앉아 담배를 피우는 어머니의 등이 보였다. 그 등을 보고 담배 냄새를 맡으면 N은 안심하고 다시 잠들 수 있었다.

"담배…… 피우고 싶으세요?"

N은 어머니의 귓가에 속삭이듯 물었다. 그 말에 대한 반응인 듯 어머니의 눈이 잠깐 빛나는 것 같았다. N은 어머니의 욕망을 일깨우는 일이 지금의 어머니에게 고문일지 자극일지 알 수 없었다. 낯선 간병인이 들어왔다. 간병인은 창가에 있는 노인을 먼저 들여다보고 N 쪽을 보았다.

"그쪽 어머니 보호자분이세요?"

N은 네, 하고 엉거주춤 일어나 인사를 했다. 간병인이 N이 있는 침상 쪽으로 와 영양액 주머니를 확인했다.

"새로 오셨나본데 잘 좀 부탁드리겠습니다."

"난 9층에서 내려왔습니다. 새로 사람 구해지면 다시 9층 올라가요."

예전 간병인과 마찬가지로 북쪽 사투리가 섞인 말투였지만 다소 퉁명스러웠다.

"예전에 계시던 분, 좋았는데 왜 그만두셨습니까?"

간병인이 무슨 그런 질문을 하냐는 듯 멀뚱히 보더니 고개를 돌렸다. N은 계약기간이 지나 자신이 학교를 그만둔 후의 상황을 상상해보았다. 그 선생님 좋았는데 왜 그만두셨어요, 라고 묻는 반장의 쨍한 목소리가 들리는 듯했다. 반장이나 다른 아이들이 그렇게 묻는다 해도 N은 그 사실을 알 수 없겠지만, 만약 그렇기만 하다면 학교를 그만두어도 보람은 남을 것이다. 그런 목표로 남은 기간을 아이들과 즐겁게 보내자, 비록 비정규직 잡급직이어도 최선을 다하는 사람은 언제 어디에나 있다는 걸 보여주자, 어머니도 당신 자식이 그런 작은 기적을 일으키는 사람이기를 바랄 것이다, 그런 생각을 하자 가슴이 뛰었다. N은 어머니의 오른손을 잡았다. 가는 뼈를 감싼 피부가 비닐 랩처럼 얇게 느껴졌다.

"오늘도 우리 어머니 노래 좀 하셨나?"

"노래요?"

간병인이 눈을 치켜떴다.

"오늘은 안 하셨습니까?"

"노래는 무슨 노래? 울으신 거 아니고?"

"예전에 계시던 분이 그러던데, 어머니가 기분좋으면 노래도 하신답니다."

"보호자분이 직접 노래하는 것 봤습니까? 들었습니까?"

직접 보거나 들은 적은 없다고 N은 말했다.

"아이구 참 내, 그러니 생각 좀 해보오. 어머니가 이런 상태로써 무슨 노래를 하신다고 그럽니까? 울으신 거지. 응응 소리 내면서. 그 사람이 가족분들 세상 듣기 좋으라 그리 사기를 쳤나보네. 그래놓고 뒤에서 나쁘게 구니 이런 꼴이 나지 않았습니까?"

N은 멍하니 간병인을 쳐다보았다.

"그런데 어머니가 요 며칠은 울으시지도 않아요. 아무 소리도 안 내오. 그래 내가 깜짝 놀래지. 혹시 어찌 잘못되었는가 싶어서."

간병인이 이불을 젖혔다. 개구리처럼 다리를 벌리고 누운, 바짝 말라 쪼그라들어 예닐곱 살 아이로밖에 보이지 않는 어머니의 작은 체구가 드러났다. 순간 N은 이제껏 보지 않으려 했기에 보이지 않았던 무언가를 처음으로 또렷이 직시한 느낌이었다.

"이거 좀 보오."

간병인이 어머니의 환자복 상의를 벗겼다. 드러난 몸은 왼쪽과 오른쪽이 한 사람의 것으로 보이지 않았다. 감각이 남은 오른쪽은 나뭇가지처럼 바짝 마른 대신 마비된 왼쪽은 순환이 안 된 탓에 검붉게 퉁퉁 부어 큼직한 고깃덩어리처럼 보였다. 간병인이 어머니의 몸을 들어 돌려놓았다. 어깨와 등허리가 드러났고 간병인은 군데군데 헌 부분에 약을 발랐다.

"어찌 건성건성 돌보았으면 접치지 않은 살도 이 지경인데, 여기 접친 데는 더 심하지 않습니까?"

간병인이 어머니의 오른팔목을 들어 겨드랑이의 욕창을 보여주었다. 그건 마치 예전 간병인이 어머니가 노래를 하며 이렇게 이렇게 손을 흔든다고 오른팔목을 들어올리던 모습과 흡사했다.

"기저귀를 찬 사타구니 쪽은 말도 못합니다. 이쪽 어머니만 아니고 다른 어르신들도 다 욕창이 생겼다 말입니다. 그래도 이쪽 어머니가 가장 심한 것은 말을 못하니 호소를 못해 그렇습니다. 내 세상에 여기 내려온 첫날은 놀래서 잠을 다 못 잤소."

간병인이 짓무른 겨드랑이에 약을 바르고 하의를 벗겼다. N은 이를 악물었다. 상반신과 마찬가지로 하반신도 좌우가 참혹한 대조를 보이고 있었다. 간병인이 기저귀를 벗기자 무서운 욕창의 실체가 드러났다. 간병인이 다리를 벌리거나 들어올리며 약을 바르는 동안 N은 눈을 감거나 고개를 돌리지 않고 지켜보았다. 간병인이 새 기저귀를 채우고 옷을 입히고 이불을 덮었다. 작고 여윈 얼굴만 드러낸 어머니의 푹 꺼진 눈꺼풀 속에 눈물이 맺혀 있었다. 어머니가 말로 표현할 수 없는 고통이, 그리하여 N으로서는 짐작도 할 수 없는 고통이 거기 고여 눈곱으로 굳어갔다.

5

조회 시간에 반장이 기쁜 얼굴로 뒷문이 고쳐졌다고 말했다. N은 마주 기쁜 얼굴을 하려 했지만 잘 되지 않았다. 지난 일주일 동안 N은 학교에서 퇴근하자마자 요양병원에 가서 밤에 전철이 끊기기 전까지 앉아 있다 돌아오는 생활을 계속했다. 몸살을 앓는 것처럼 코끝이 싸했고 잠을 못 자 두통이 심했다. 전철을 타고 제때 내리지 못하거나 반대 방향에서 타고 한참을 가기도 했고 길에서 우는 줄도 모르고 울고 있기도 했다.

점심때 N의 옆자리에 앉은 2학년 5반 담임은 늘 그렇듯 학교에서 일어난 크고 작은 일들에 대해 떠들고 있었는데, 때로 N은 그 입에 뭔가를 가득 넣어 닥치게 하고 싶다고 생각하다가도 때로는 그 말에 유심히 귀를 기울이고 있기도 했다. 그렇게 비현실적인 방심 상태로 듣고 있다보면 처음 근무할 때 열심히 덤벼들어 알려고 노심초사하던 동안에는 도무지 알 수 없었던 학교의 상황이 오히려 더 잘 파악되는 느낌이었다. 주무관이 비정규직이 아니라 정규직 기사라는 것도 옆 반 담임의 말을 통해 알았다. 그런데 사람들이 그걸 알아주지 않고 아저씨니 기사니 비정규직 부르듯 불러대기 때문에 그토록 주무관이라는 변별적 호칭에 집착한다는 것이었다. 행정실 직원 중에도 정규직과 비정규직이 있는데, N의 요구를 듣고 시큰둥하게 반응했던 직원은 원래 사무보조를 맡은 임시직이었으나 작년에 무기계약직으로 전환된 반면 N에게 사생결단의 자세로 주무관의 위치를 찾아 알려준 직원은 아직 무기계약직이 못 된 비정규직이라는 것도 알았다. 복잡해 보이는 사태도 정규와 비정규를 가르는 경계만 알면 대부분 참으로 간단히도 이해가 되었다.

점심을 먹고 교무실로 돌아오는 길에 2학년 부장이 N에게 다가와 식당 얘기를 들었느냐고 물었다. 지난번에 N에게 식판과 식당 얘기를 해준 후부터 부장은 N이 그 문제에 비상한 관심을 갖고 있는 줄 알고 N만 보면 그 얘기를 했다. N은 또 그 지겨운 투표 얘기이겠거니 싶었다.

"그렇게 자기들 뜻대로 호락호락은 안 될 줄 알고 있었지만, 그 래도 이렇게 빨리 결판이 날 줄 누가 짐작이나 했겠습니까?"

N은 드디어 투표에서 교사들이 이겼느냐고 물었다.

"네? 투표는 지난주에 끝났지 않습니까? 투표 안 하셨군요."

N은 몰라서 못했다고 변명했지만 자신이 왜 변명해야 하는지 알 수 없었다.

"우리가 왜 졌나 했더니 선생님이 안 하셔서 졌잖습니까? 하 하."

N은 어이가 없었지만 왠지 모를 흥분 상태에 빠진 부장은 N이 같은 편임을 추호도 의심하지 않고 그간의 상황을 설명하기 시작 했다.

"우리가 사태를 너무 안이하게 보고 있었습니다."

반면에 저들은 온 학교를 돌아다니며 분주히 움직였는데, 알고 보니 전혀 투표권이 없는 사람들까지 다 자신들 편으로 만든 후 그들도 투표에 참여시키자고 무리한 주장을 했다는 것이다.

"투표권이 없는 사람들이라면…… 누구요?"

"많지요. 이를테면 방과후 코디라든가 배움터 지킴이, 초단기 사서, 발명 실무사, 스포츠 강사. 그런 사람들까지 투표에 참여시 키는 건 말이 안 되는 거거든요."

N은 이 새로운 가름선은 또 뭔가 싶었다. 그건 정규 비정규의

경계도 아니고 비정규 내에 추가로 설정된 라인이었다. 행정실 비정규직이나 이 개월 기간제인 자신에게는 투표권을 주고 그 사람들은 배제하는 이유가 무엇인지 N은 알 수 없었다. 사안과의 밀접도를 보면 식당이 본관 1층으로 오든 새 건물에 있든 그 완공을 볼 수도 없을 자신이야말로 투표권이 없어야 마땅했다. 그러나 N은 무얼 묻고 싶지도, 알고 싶지도 않았다.

"투표는 그들의 완승으로 끝났습니다"라고 부장은 씁쓸하게 말했다. "이건 우리끼리 얘깁니다만, 제가 들은 바로는 그 사람들 생각보다 무섭더군요. 자기들 편들어달라고 학교를 돌아다니면서 어떤 말까지 했다는지 아십니까? 우리보고 나그네라고 했답니다. 우리 교사들만이 아니라 교장 교감 선생님 이하 행정실장까지, 정규직은 다 언젠가는 다른 데로 발령받아 떠날 사람들이라고. 그런데 자기들은 무기계약직이니까 이 학교에 무기한 남을 사람들이라고. 그러니까 우리는 나그네고 자기들이 주인이라고. 그래서 본관에도 자기들이 있어야 한다고."

N은 웃음이 났다. 그토록 사태를 정확히 파악하고 있는 그들이 존경스러웠다.

"그런데," 하고 부장이 살짝 미소를 지었다. "그게 다 물거품이 됐으니."

"왜요?"

N은 이번엔 정말 궁금해서 물었다.

"교장선생님께서 건물 완공을 위해 추가예산을 신청했는데 교육청에서 거부당했답니다. 학생수가 급격히 줄어드는 추세라 당분간 시설 보수는 몰라도 시설 증축은 지원하지 않는다는 통보가 왔답니다. 정의는 벼락처럼 온다는 말이 있지요. 이번에 제가 그걸 실감했습니다. 교육청에서 벼락치듯 내려온 통보를 자기들이 어쩌겠습니까? 아무리 자기들이 주인이라고 우겨봤자 이 학교 범위를 벗어나는 일엔 손가락 까딱도 못하는 것을."

감격에 젖은 부장의 얼굴 위로 날벼락을 맞은 영양사의 얼굴이 겹쳐지면서 N은 웃음이 터질 것 같았다. 그러나 순간 느닷없이 병상에 누워 있는 어머니의 주먹만한 얼굴이 떠오르면서 눈앞이 뿌예졌다.

"우십니까? 교무실을 사수했다고 우시기까지!"

부장이 외쳤다. N은 눈물을 쏟으며 화장실로 달려갔다. 이따위, 이따위가 다 무슨 소용인가.

교무실로 돌아온 N의 책상 위에 교장실로 와달라는 메모가 놓여 있었다. N의 계약기간은 이 주가 남았고 계약 연장 얘기가 나온다면 바로 이 시점쯤이었다. 계약 종료를 알리는 얘기라면 이렇게 일찍 꺼낼 리가 없었다. 종료 하루나 이틀 전에 불러, 벌써 날짜가 이렇게 된 줄 몰랐다고, 아쉬워서 어떡하느냐고, 수고하셨다고, 마지막까지 인수인계 잘 부탁한다고 일방적으로 통고하는 식이었다.

교장은 이런저런 얘기들을 늘어놓은 후에야 아, 마침 생각이 났다는 듯, 그런데 근무 기한이…… 하고 물었다. N은 이 주 남았다고 대답하려다, 말았다. 알면서 모르는 척하는 교장의 태도에 신물이 났다.

"아마…… 이 주 정도 남았던가요?"

"네."

교장은 병가를 낸 교사가 몸이 어느 정도 회복되어 휴직을 하지 않게 되었다고 말했다. N은 잠자코 있었다. 그 교사의 몸이 회복되었다는데 유감이라고 할 수도 없었고, 이 주 전에 미리 알려주어 고맙다고 할 수도 없었다.

"그런데 이 사람 몸이라는 게 말입니다."

N은 교장의 얼굴을 바라보았다. 교장은 그 교사의 몸이 예상보다 빨리 회복은 되었지만 완전히 회복되었다고는 할 수 없는 그런 애매한 상태여서 병가 후 곧바로 복귀하기는 어렵다고 말했다. N은 교장의 애매한 말을 이해할 수 없었다.

"그 선생님이 어찌나 성실하신 분인지 그동안 매년 한 번도 쓰지 않고 모아놓은 연가가 이십삼 일이나 된다고 합니다. 그래서 몸을 추스를 요량으로 그중에서 이십이 일 정도를 쓰면 좋겠다 하시니까, 이게 연가는 일주일 치 한 달 치 이렇게 끊는 게 아니고 근무일당 하루씩 쓰게 되어 있거든요. 일주일이 월화수목금 오 일

아닙니까? 그러니까 이십이 일이면 오 사 이십, 사 주하고 이틀 해서 딱 한 달 되겠죠?"

N은 손에 땀이 차는 걸 느꼈다.

"그래서 다행스럽게도 선생님과의 계약을 한 달 더 연장할 수 있게 되었습니다. 물론 더 길게 연장할 수 있었으면 좋겠습니다만, 그래도 한 달이라도 더 연장되는 게 저로서는 참으로 감사하다 이렇게 생각하는데 어떠십니까?"

"왜 이십삼 일 다 쓰시지 않고요?"

"네? 그게 무슨⋯⋯"

"그래야 겨울방학까지 하루도 안 나오실 수 있는데, 계산을 잘 못하셨는지, 그래도 하루는 나오실 생각인지 몰라서요."

"아, 겨울방학이, 날짜가 그렇게 됩니까?"

N은 잠시 침묵을 지키다 다음주까지 생각해보고 결정하겠다고 말했다. 뭐, 그러시죠, 교장이 흔쾌히 대답했다.

교무실로 돌아오면서 N은 입을 꼭 다물려 했지만 자꾸 웃음이 났다. 다음주에 교장에게 계약을 연장하지 않겠다고 말할 생각이었다. 그때면 임용고사가 임박한 시점이라 한 달짜리 기간제는 고사하고 담당 과목 강사를 구하기도 어려울 것이다. 당해봐야 알지들, 하고 N은 복도를 걸으며 중얼거렸다. 그게 누구를 향한 말인지 알지 못했지만 그저, 당해봐야 안다고, 지들도 한번 당해봐야 안다고, 그런 싸늘한 말이 미소를 머금은 N의 입가에 맴돌았다.

조금 전에 N이 눈물을 쏟으며 달려가던 복도였다.

6

일요일의 병실은 평소보다 북적거렸다. 이전 간병인은 9층으로 올라가고 새로운 간병인이 왔다. N은 새 간병인에게 어머니가 목욕은 언제 했는지, 물리치료는 언제 받았는지 물었다. 목욕은 아침에 했고 물리치료는 오후에 받을 예정이라는 대답이 돌아왔다.

어머니는 눈을 뜨고 있었지만 그렇다고 깨어 있는 상태는 아니었다. 어머니는 점점 잠과 깸의 경계가 애매해져갔다. 차라리 N의 얼굴을 알아보고 울던 때가 좋았다. 이젠 울지도 않고 시선에 초점이 없어 어디를 보고 있는지도 알 수 없었다.

복도가 소란스럽고 음식 냄새가 풍기더니 환자들의 점심식사가 들어왔다. 병실에 틀어놓은 텔레비전 소리 사이로 달그락거리는 식기 소리와 쩝쩝 먹는 소리가 들렸다. 예전에 어머니는 음식 냄새가 나면 코를 킁킁거리거나 두어 번 입을 달싹거리기도 했지만 이제 아무 반응도 보이지 않았다. 새 간병인이 맞은편 침상의 노인에게 밥을 떠먹여주고 있었다. 예전 간병인이 저렇게 다른 노인들에게 밥 먹이는 모습을 보고 N은 감동하여 눈시울이 시큰했던 적이 한두 번이 아니었다. 병원 식판도 스테인리스는 아니었다.

어머니가 저 식판으로 밥을 먹을 일이 없으니 환경호르몬이 나오든 말든 상관없고, 조리종사원들이 허리 디스크에 걸리거나 어깨가 빠질 일은 없겠다고 N은 생각했다.

영양액만 주입받는 탓에 어머니의 몸무게는 조금씩 줄어들고 있었다. 평생 가난한 살림을 쥐어짜듯 살아온 관성으로 이제 더 쥐어짤 무엇이 그것밖에 없다는 듯 당신 몸을 자꾸 쥐어짜고 있는 듯했다. N은 이렇게 점점 작고 가벼워져 제로에 수렴하는 몸을 상상해보았다. 그러자 문득, 이 사람 몸이라는 게 말입니다, 라던 교장의 말이 생각났고 머리가 띵할 정도로 화가 나 자리에서 벌떡 일어났다.

N은 건물 앞 벤치에 앉아 있었다. 내일 출근하면 계약을 연장하지 않겠다고 교장에게 말할 생각이었다. 이런 치사하고 악질적인 쪼개기 계약과 계약 연장 꼼수는……까지 생각하다, 말았다. 그런 말은 할 필요가 없었다. 깨끗이 그만두면 된다.

하지만, 그만두지 않을 수도 있다고 생각했다. N은 한 달 치 월급과 그 돈으로 버틸 수 있는 시간을 가늠해보았다. 자신이 계약 연장을 거절한다고 해서 교장이 곤란에 빠지거나 골탕을 먹을 일은 없었다. 비록 기분은 나쁘고 번거롭긴 하겠지만 강사 공모를 내면 그만이고 지원자가 있든 없든 학교는 굴러갈 것이다. 늙은 교사 말대로 어영부영 한 달만 버티면 월급이 나오는데 누구 좋으라고 때려치운단 말인가. 이해타산은 단순해야 한다. N은 예전의 가증스러운 간병인을 떠올렸다. 잡급직들은 잡급직답게 잡스러워야 한다. N은 얼마 전에 2학년 담임 중 누군가 빙모상을 당해 조의금을 낸 것도 기억해냈다. 어머니가 닷새 안에 죽지 않는 한 이 학교에서 조의금을 받기는 틀렸지만, 그러나 한 달을 연장한다면 혹시 모를 일이었다. 이런 생각을 해도 죄의식이 느껴지지 않았다. 이제 어머니는 없다고 N은 생각했다. 오래전, 그게 언제인지 아무도 알지 못하는 시간에 어머니는 삶을 놓아버렸고 그 자리에 가끔 웅웅대며 울고 가래 때문에 그르렁거리는, 한쪽은 나무토막처럼 굳고 다른 쪽은 가시처럼 마른, 움직이지도 못하고 갑작스러운 경련만 일으킬 따름인 기저귀를 찬 작고 마른 생물체만 남았다. 어쩌면 그 생물체는 어머니가 아니라 자신일 수도 있었다. 활기도 자유도 없이 바짝 쪼그라든, 기한이 없는, 무기의 죽음을 살고 있는 자신의 모습이 N의 머릿속에 소름끼치도록 확연하게 떠올랐다. N은 툭 뱉어내듯, 순식간이야, 하고 말했다. 그 말은 자신의 의지와 관계없이 튀어나온 말 같았다. 그게 무슨 뜻인지 모르면서 다만 그 말이 마음에 들어 견딜 수 없다는 듯, 모든 게 순식간이야, 순식간에 끝난다고, 순식간에, 하고 N은 주문처럼 중얼거렸다. 가슴 한쪽에선 잔혹한 마음이 불처럼 일어나고 다른 한쪽에선 두려운 마음이 돌처럼 가라앉았다. 순식간에 끝나……

모든 걸 쓸어버리는 폭풍의 시간이 지나간 후 N은 누군가에게 용서를 구하듯 허공을 올려다보았다. 늦가을 오후의 볕이 은실처럼 내리쬐고 있었다. 버릴 수 없는 것들이 있다고, N은 흐느끼면서 생각했다. 아주 오래전에도 어머니와 어딘가 이렇게 볕이 쬐이는 벤치 같은 곳에 앉아 있었던 기억이 났다. 왜인지 모르지만 N은 그때도 울고 있었다. 어머니는 N을 달래주지 않고 그대로 내버려두었다. 한참 만에 어머니는, 이렇게 좋은 날에, 하더니 몸을 돌려 부스럭거리며 무언가를 꺼내 입에 물었다. 어머니의 등을 보고 어머니가 피우는 담배 냄새를 맡으며 N은 차츰차츰 울음을 그쳤다. 그때 어머니도 지금의 N과 똑같은 생각을 했을 것이다. 버릴 수 없는 것들이 있다고. 세상천지 N에게는 어머니밖에 없고 어머니에게는 N밖에 없다고.

친구

누가 봐도 해옥의 하루하루에는 기쁨이랄 것이 없어 보였다. 기쁨은커녕 초여름 무더위가 시작되면서 짐꾸러미를 들고 이곳저곳 다녀야 하는 그녀로서는 괴로움만 늘어날 게 뻔했다. 그녀는 이른 아침부터 저녁까지 여성용품 마케터로 일했다. 의류, 기능성 속옷, 장신구, 화장도구 등을 크고 작은 숍에 배달하거나 판매했다. 갖가지 향수도 팔았지만 그녀의 두피와 겨드랑이에서는 오후 내내 땀냄새가 났다. 저녁에는 대형 음식점에서 고기를 구웠다. 비싼 한우 특수부위를 구울 때면 신경이 곤두섰다. 밤이면 그녀의 옷과 머리카락에서 땀내보다 독한 탄 숯과 고기 냄새가 났다.

하지만 그녀에게는 아무도 모를 기쁨이 있었다. 매일 새벽 눈을 뜰 때마다 그녀는 그분께 감사기도 드리는 걸 잊은 적이 없었다. 오늘도 알람 소리에 깬 그녀는 무거운 몸을 일으켜 기도부터 했다. 그녀는 무척 뚱뚱했는데 자신이 언제부터 무엇 때문에 이렇게 무섭도록 살이 쪘는지 알지 못했다. 다른 사람들보다 많이 먹는 것도 아니고 덜 움직이는 것도 아닌데.

기도를 마친 그녀는 잠든 민수의 동그란 뒤통수와 또래보다 작은 몸집을 내려다보았다. 그녀의 두번째 기쁨, 귀여운 보물이었다. 오늘은 오후 일을 쉬고 영란의 가게에 들렀다 민수의 학교에 가야 하는 날이었다. 며칠 전 민수 담임이 전화를 해 상담할 게 있다고 했다. 목소리가 곱고 친절한 분이었다. 민수는 중학교에 들어간 뒤로 부쩍 밝아졌다. 담임선생님이 좋다고 했고 친구들도 많이 사귀었는지 그녀가 이름을 다 외울 수 없을 만큼 많은 친구들 얘기를 했다.

그녀는 민수가 깨지 않도록 조심하며 주방으로 가 아침밥을 차렸다. 밥 위에 계란프라이를 얹고 김 가루와 간장과 설탕을 뿌려 비벼 먹었다. 민수의 것도 똑같이 만들어놓았다. 간단하고 소화도 잘되어 그들 모자가 거의 매일 먹다시피 하는 아침 메뉴였다. 그녀는 민수가 점심때 학교급식을 먹는 게 안심이 되었다. 돈 한푼 내지 않고 영양사가 만든 맛있고 위생적인 음식을 먹을 수 있다니 이 얼마나 감사한 일인가. 그녀는 좁은 욕실에서 살찐 몸이 부딪치지 않도록 주의하며 씻었다. 몸이 뚱뚱하니 비누도 헤펐다. 그나마 치아의 크기는 그대로라 치약이 더 들지 않는 게 다행이었다. 정성 들여 화장을 하고 아끼는 푸른 원피스를 입고 양말을 신고 끈 달린 샌들을 신었다. 커다란 보스턴백을 메고 영란이 선물로 준, 해외 직구로 샀다는 앙증맞은 분홍 양산을 들었다.

해옥은 물류 센터에 들러 가산동과 시흥동의 숍에 필요한 물건들을 받아다 배달했다. 두시쯤 일을 마치고 용산에서 옷과 액세서리를 파는 영란의 가게로 갔다. 그들은 고등학교 동창이었는데 졸업한 뒤로 전혀 만나지 못하다가 이 년 전에 우연히 다시 만나게 된 후부터 가깝게 지내고 있었다. 그녀가 지금 물류 센터에서 물건을 받아다 파는 일을 하게 된 것도 영란의 소개 덕분이었다. 영란은 발이 넓고 요령이 좋아 그녀에게 크고 작은 도움을 주었다.
그녀가 밥을 거른 걸 알고 영란이 백반을 잘한다는 집에서 늦은 점심을 시켜주었다. 생선조림과 두어 가지 반찬, 된장국이 배달되어 왔다. 더위에 입이 깔깔한 탓인지 그다지 맛있게 여겨지진 않았지만 그녀는 열심히 먹었다. 그녀가 수저를 내려놓자 영란이 왜 이렇게 조금밖에 안 먹느냐고 물었다. 많이 먹었다고 하자 영란은 심각한 표정을 지었다.
니가 이렇게 적게 먹는데도 물살이 찌는 걸 보면 우리 이모 말이 맞네, 맞아!
영란의 이모는 유명 건강식품 업체의 매니저인데 거기서 나오는 다이어트 제품 중에 물살이 찌는 증상에 즉효인 것이 있다고 했다. 석 달만 먹으면 물살이 싹 빠진다고, 이모 좋은 게 뭐니, 하며 영란은 특별 할인가로만 살 수 있다는 다이어트 식품 삼 개월치가 든 박스를 가져왔다. 그녀는 특별 할인가를 듣고 기함했다. 할인되지 않은 원래 가격은 그 두 배라고 했다. 더 기함해야 옳았지만 너무 엄청나니 차라리 덤덤했다. 그녀가 도무지 여유가 없다고 말하자 영란이 이번엔 친구 좋은 게 뭐니, 하며 자기가 특별가의 반을 대줄 테니 너는 반만 내라고 했다. 그녀가 여전히 망설이자 영란은 손뼉을 탁탁 치더니, 좋아, 알았어, 그럼 돈 생각하지 말고 일단 가져가서 먹고 무조건 살만 빼, 그럼 어떻게 되는지 아니? 그녀는 뭐가 어떻게 된다는 건지 몰랐다. 주변에서 난리가 날 거 아냐, 뭘 먹고 그렇게 살을 뺐냐고? 니가 다니는 숍이 몇 군데니? 거기 여자들한테 한 박스씩만 판다고 쳐봐. 니가 한 박스 팔 때마다 내가 이모한테 얘기해서 너한테 오 프로, 아니 십 프로 떼주라고 할게. 그러면 다섯 박스만 팔아도 니가 먹은 한 박스 값은 그냥 떨어져. 그럴 법했다. 열 박스 팔고 스무 박스 팔면…… 역시 영란은 사업가로서의 수완이 남달랐다. 헤어질 때도 영란은 아무 걱정 말고 이년아 넌 그냥 이거 먹고 죽어라 살 빼고 이뻐지기만 하면 된다고 소리쳤다. 그녀는 알았다고 했다. 정말 그렇게만 된다면 더 바랄 게 없었다.

날이 더웠다. 해옥이 오른쪽 어깨에 멘 커다란 보스턴백에는 가산동과 시흥동 숍들에서 더이상 팔리지 않는다고 반품한 색색의 브라와 팬티, 티셔츠와 바지, 쇠 버클이 달린 벨트 뭉치가 가득 들어 있었다. 왼손에는 다이어트 식품 삼 개월 치가 든 종이 박스를, 오른손엔 종이봉투와 양산을 들었다. 종이봉투에는 보통 여자 둘쯤 들어갈 만한 원피스와 상의, 바지 등이 들어 있었는데, 영란은 그녀가 방문할 때마다 너무 커서 팔리지 않는 옷들을 봉투에 담아 주곤 했다. 특히 흰 바탕에 은빛 꽃무늬가 있는 원피스와 인조 가죽으로 된 진회색 팬츠 같은 것들은 그녀가 어디서도 살 수 없는 특대 사이즈였다. 고맙기 그지없는 일이었지만 당장에 유감스러운 것은 땀이 비 오듯 흘러내리는데 닦을 손이 없다는 점이었다.

전철역 계단을 내려가다 그녀는 오른손과 왼손을 번갈아 보며 뭔가 좀 이상하다는 생각을 했다. 왼손에 든 다이어트 식품을 먹고 살을 빼면 오른손에 든 옷들은 필요 없고 그 옷들을 입으려면 다이어트 식품이 아무 효과가 없어야 한다. 그렇다고 어떤 쪽으로도 결정이 나지 않은 지금 둘 중 어느 것을 버릴 수도 없었다. 그녀는 자기도 모르게 얼굴을 찌푸렸다. 샌들 끈이 찐 감자처럼 통통한 그녀의 오른쪽 뒤꿈치를 자극해 걸을 때마다 불에 덴 듯 뜨끔거렸다. 수다를 떠느라 무심결에 영란의 가게에 양말을 벗어두고 온 탓이었다. 그녀는 고된 노역에 시달리는 가여운 거인처럼 주렁주렁 짐꾸러미를 매단 채 절름거리며 승강장 안으로 걸어들어갔다.

전광판에는 '이번 열차 사당행 다음 열차 오이도행'이라고 되어 있었다. 그녀가 타야 할 열차는 오이도행이었다. 샌들을 꺾어 신어 끈이 닿지 않는데도 뒤꿈치가 쓰라린 걸 보니 이미 피부가 한 꺼풀 벗어져 나간 것 같았다. 뚱뚱하다고 해서 피부가 수십 겹인 건 아니니까, 그녀는 억지웃음을 지으며 생각했다. 보스턴백 앞주머니에 일회용 밴드가 몇 개쯤 들어 있을 텐데 대기용 의자 중에 빈자리는 없었다.

그녀가 어디 짐을 내려놓고 발뒤꿈치를 확인해볼까 망설이는 순간 의자에 앉아 통화를 하던 청년이 마치 갈아탈 열차가 승강장에 도착하기라도 한 듯 자연스럽게 훌쩍 자리에서 일어났다. 그분이시다! 그녀의 마음속에서 기쁨에 찬 외침이 터져나왔다. 저 잘생긴 청년이 바로 그분이 보내신 전령이다! 청년이 일어난 자리는 그녀가 두어 발짝만 내디뎌 몸을 반 바퀴 돌리면 앉을 수 있는, 그야말로 엎어지면 코 닿을 자리였다. 주변에 사람들이 꽤 많았지만 그분이 그들의 눈을 가리셨는지 아무도 자리가 빈 것을 눈치채지 못했다. 그리고 무엇보다 그 옆에 앉은 회색 베레모를 쓴 노인이 일행의 자리를 잡아놓고 부르기라도 하듯 그녀를 올려다보며 어서 와 앉기를 권하는 미소를 짓고 있었다.

의심의 여지가 없었다. 그분이 이 자리의 주인은 그녀라고 정해놓으신 것이다. 그녀는 얼른 발을 재게 내디뎌 몸을 돌려 의자에

엉덩이를 걸쳤다. 종이 박스와 종이봉투를 바닥에 내려놓고 접힌 양산은 봉투 귀퉁이에 꽂았다. 그리고 민수가 아기였을 때 업고 다니다 어디 앉기라도 하면 언제라도 다시 들쳐업을 수 있도록 업은 포대기 끈을 조금 늦추어두던 버릇대로 보스턴백의 어깨끈을 살짝 늘여 가방이 의자에 닿도록 걸쳐놓았다. 비로소 두 손이 자유로워졌고 어깨도 짐의 무게로부터 해방되었다. 그녀는 보스턴백 앞주머니에서 일회용 밴드를 꺼내 발뒤꿈치에 붙이고 샌들 끈을 올린 뒤 손수건으로 땀을 눌러 닦았다.

여유를 되찾은 그녀가 무심코 올려다본 전광판에는 '오이도행 열차가 전 역을 출발하였습니다'라는 글자가 빛나고 있었다. 잘못 본 것일까 싶어 그녀는 눈을 깜빡거렸다. 그녀가 뒤꿈치에 밴드를 붙이느라 사당행 열차가 도착했다 떠나버린 걸 몰랐던가. 하지만 그녀 옆에는 회색 베레모를 쓴 노인이 미동 없이 앉아 있고 자리를 비켜주었던 청년도 음료수 자동판매기 옆에서 계속 통화를 하고 있었다. 열차의 도착 순서 외에 변한 건 아무것도 없었다.

삐리리리링.

열차 도착을 알리는 신호음이 울리고 이내 오이도행 열차의 용머리가 어두운 터널 속에서 빛을 뿜으며 달려오는 게 보였다. 보라! 저것이 바로 그분이 보내주신 기차다! 그녀는 늦춰두었던 보스턴백의 끈을 죄어 어깨에 메고 종이 박스와 종이봉투의 손잡이를 쥐었다. 잇단 차량의 옆면들이 같은 모양의 카드처럼 차르륵

도열하는 걸 보며 그녀는 의자에서 일어났다. 오늘도 그분의 은혜
는 가이없도다! 민수의 학교가 아니라 천국으로 향하는 기차에 오
르는 듯한 경건한 기쁨이 그녀의 가슴 깊은 곳에서 차올랐다.

해옥은 회의실 소파에 앉아 담임이 내준 찬 녹차를 마셨다. 담
임은 커트 머리에 날씬한 중년 여성이었다. 담임이 몇 가지 서류
를 들고 와 맞은편에 앉더니 민수가 착하고 성실하고 공부도 중상
이라고 말했다. 통화할 때 느낀 것처럼 곱고 친절한 분이구나 생
각하는데 갑자기 담임이 죄송합니다, 하고 고개를 숙이는 바람에
그녀는 깜짝 놀랐다. 민수가 얘기를 안 해서 몰랐습니다. 민수가
무슨 얘기를 안 했다는 것인가. 담임이 차근차근 얘기를 풀어갔지
만 들을수록 그녀는 더 이해가 되지 않았다. 민수가 맞았다고 했
다. 우리 민수가 맞았다고? 그럴 리가 없다. 그녀는 민수를 한 번
도 때린 적이 없다. 민수는 맞을 짓을 안 하는 아이다. 또 어른들
이 아이를 때리는 건 무서운 죄가 아닌가. 아니, 어른들이 아니라
아이들이 때렸다고 했다. 우리 반 아이들도, 라고 말하면서 담임
은 입술을 깨물고 분노한 표정을 지었다. 우리 반 아이들도 때리
고 다른 반 아이들도 때렸다고, 때린 애들 수가 너무 많다고, 이게
다 가해 학생들의 진술서라고 담임이 종이 뭉치를 들어 보였다.
담임이 말한 이름 중에 근재 용화 성준이 등은 그녀도 들어본 적
이 있었다. 그 이름을 듣자 마음이 다소 진정되었다. 그애들은 민

수의 친구들이 아닌가.

친구라고요? 담임은 눈에 띄게 당황한 듯 보였다. 어떻게 어머님도 똑같은 말씀을…… 담임은 손을 비비고 멍하니 어딘가를 바라보다 문득 고개를 돌리고, 그럼 민수가 어머님께는 미리 다 말씀을 드렸던가요, 하고 물었다. 그녀는 민수에게서 들었다. 근재 용화 성준이라는 친구들의 이름을. 더 들었는데 기억이 잘 안 난다. 걔들에게 맞았다는 얘기는 듣지 못했다. 담임은 곰곰이 생각에 잠긴 얼굴이었다. 침묵이 흘렀다. 적막을 깨고 복도를 지나가는 발소리가 들렸다.

잠시 후 담임이, 민수가 초등학교 때 전학을 많이 다녔다고 하던데 맞느냐고 물었다. 그건 맞다. 그녀는 인천으로 용인으로 의정부로 일자리를 찾아 옮겨다녔고 민수를 봐줄 사람이 없어 데리고 다니느라 전학을 시켰는데 그게 무슨 문제라도…… 초등학교 때도 민수가 친구 얘기를 했느냐고 담임이 물었다. 그녀는 기억을 더듬었다. 초등학교 때는 친구 얘기도, 친구 이름도 들어본 적이 없다. 중학교에 와서 친구가 많이 생겼다니 이 얼마나 감사한 일인가.

담임이 민수를 부르러 간 동안 해옥은 녹차 티백만 남은 눅눅한 일회용 컵을 만지작거리며 창밖을 내다보았다. 맞은편 건물의 자줏빛 벽을 타고 오르는 싱싱한 녹색 담쟁이덩굴이 보였다. 담쟁이

무늬는 오른팔을 들고 서 있는 사람의 뒷모습과 흡사해 보였는데, 하필 들어올린 오른팔 끝이 네 갈래로 갈라져 마주 오는 친구를 보고 반가운 마음에 활짝 펼쳐든 손 같았다. 그분의 계시인가, 그녀는 생각했다.

담임을 따라 회의실로 들어오는 민수가 집에서 볼 때보다 훨씬 작아 보여 그녀는 가슴이 저렸다. 다행히 표정은 어둡지 않았다. 민수야, 하고 담임이 부르자 네, 하고 민수가 대답했다. 애들이 때릴 때 많이 안 아팠어? 민수는 가만히 고개를 저었다. 애들 말로는 근재가 민수 가슴을 발로 찼다는데, 용화는 볼펜으로 등을 막 찌르고, 7반 성준이는 쉬는 시간마다 와서 때리고 가고…… 담임의 말을 들으면서 그녀는 숨이 가빠왔다. 그럴 리가 없다. 누가 무슨 이유로 민수에게 그런 못된 짓을 한단 말인가.

그건요, 민수가 입을 열었다. 그녀는 아들의 말에 바짝 귀를 기울였다. 우리가 다 친구라서요, 친구끼리 장난친 거거든요. 그녀는 안심하고 미소를 지었지만 담임은 여전히 굳은 얼굴로 그럼 민수도 친구들한테 똑같이 했느냐고 물었다. 저, 저는요, 안 그랬어요. 왜? 민수는 입을 옴찔거리다 말았다. 민수는 다른 친구한테 안 그러는데 다른 친구는 민수한테 왜 그랬을까. 왜 그래도 된다고 생각했을까. 그녀는 다시 가슴이 답답해졌다. 민수를 추궁하는 담임이 원망스러웠다. 민수는 똑똑하니까 잘 생각해봐. 장난하고 폭력은 다른 거야. 친구들이 욕하고 때리고 아프게 하면 싫다고 말해야 돼. 친구니까 괜찮다고 넘어가면 그 친구들한테도 안 좋은 거야. 너한테만 안 좋은 게 아니고. 네, 하고 민수가 대답했다. 담임은 몸을 뒤로 물리고 조용히 한숨을 쉬더니 친구들을 처벌하지 않았으면 좋겠느냐고 물었다. 민수가 고개를 끄덕였다. 담임이 이번엔 그녀를 향해, 이 가해 학생들, 하며 종이 뭉치를 들었다 놓으며, 정말 처벌을 원하지 않으시나요, 하고 물었다. 친군걸요, 하는 그녀의 말에 그러니까 처벌을 원하지 않으신다는 뜻이냐고 다시 물었다. 그럼요, 그럼요, 그녀가 대답했다.

담임은 가해 학생들에게서 사과문을 받아 그녀에게 보내겠다고 했다. 그럴 필요 없다고 그녀가 말하자, 그럴 필요가 있고 없고 이게 정해진 절차라고 했다. 그 사과문을 민수랑 어머님께서 잘 읽어보시고 용서한다는, 그러니까 처벌을 원치 않으신다는 답장을 제게 보내주시면 이 사건은 종결됩니다. 학폭위도 열지 않고 처벌도 하지 않고 가해자들 중 아무도 전학을 가지 않고 담임 종결 사안으로 끝납니다. 그렇게 처리하기를 원하시는 게 맞습니까? 어려운 용어를 알아듣지 못한 그녀는, 그냥 친구들 사이 일인데, 라고 중얼거렸다. 네, 어머님, 친구들 사이 일이니까 담임 선에서 종결하는 사안으로 가는 겁니다, 라고 담임이 조용히 말했다. 그래도 이만한 일에 친구끼리 사과를 받을 것까지는, 하자 담임이 싸늘하고 노여운 어조로, 어머님과 민수가 사과를 받지 않으면 가해 학생들은 처벌되고 가해자 피해자 분리 원칙에 따라 강제전학 조치

됩니다, 했다. 그녀는 민수를 보았고 민수는 흘깃흘깃 담임의 눈치를 보았다. 그녀가 그럼 사과를 받기만 하면 되느냐고 묻자, 아니죠, 받기만 하면 되는 게, 사과를 받고 용서한다고, 처벌과 분리를 원하지 않는다고 답변을 하셔야 한다고요, 라고 담임이 소리를 높였다. 민수가 움찔했다.

그럼 이제 돌아가셔도 좋습니다. 담임이 자리에서 일어났다. 선생님, 잠깐만요! 그녀의 말에 담임이 눈을 크게 떴다. 네, 어머님, 왜요? 생각이 바뀌셨나요? 그녀는 그게 아니라, 하며 허둥지둥 소파에서 일어나 짐을 모아둔 곳으로 달려가 보스턴백을 열었다. 그녀는 나름 이 분야 전문가여서 담임에게 직접 물어볼 필요도 없었다. 척 보면 견적이 나왔다. 그녀는 가격도 제법 나가고 색도 요란하지 않은 90 B컵 브라와 팬티 세트를 골라 담임 앞에 공손히 내밀었다. 우리 민수 잘 부탁드려요 선생님.

학교를 나오자마자 해옥은 걸음을 멈춰 짐을 내려놓고 민수에게 엄마 좀 보라고 했다. 고개를 숙여 아들과 눈을 맞췄다. 애들이 때릴 때, 라고 했다가 말을 바꿔, 친구들이 장난칠 때 진짜 안 아팠느냐고 물었다. 아플 때도 있고, 별로 안 아플 때도 있고, 아들이 말했다. 그녀는 아들의 눈 속에서 무언가 발견하고 싶었지만 사무치도록 소중하게 반짝이는 작은 눈동자 외엔 아무것도 발견하지 못했다. 그녀는 아들에게 잘했다고, 엄마도 민수랑 똑같은 생각이라고, 친구들의 사과를 받고 용서해주자고 말했다. 민수가 고개를 끄덕였다.

걷는데, 엄마 내가 하나 들어줄까, 하고 민수가 손을 내밀었다. 아이 고마워라. 그녀는 민수에게 어느 짐을 줄까 생각했다. 그녀가 양손에 나눠 든 짐처럼 세상은 이상하게 어긋나 있었다. 고마운 친구도 있고 고통을 주는 친구도 있다. 발로 가슴을 차고 등을 볼펜으로 찌르고 쉬는 시간마다 와서 때리고 가는 친구…… 아, 더는 생각하지 말자. 모든 건 그분이 판단하신다. 그녀는 민수에게 옷이 든 종이봉투를 건네고 남은 손으로 민수의 손을 잡았다. 작고 따뜻한 손이었다.

엄마, 우리 중에 누구라도 먼저 손 아프면 바꿔 잡자고 말하자, 민수가 말했다. 그러자, 아프면 바꿔 잡자……고 말해야 되는데, 욕하고 때리고 아프게 하면 싫다고 얘기해야 되는데, 장난하고 폭력은 다른 건데…… 종결, 종결이란 담임의 말이 그녀의 귓가에 맴돌았다. 아, 이런 생각은 그만두자. 그분만이 모든 일을 종결하실 수 있다. 그녀는 한사코 다른 생각을 하기 위해 미간을 찌푸렸다. 집에 갈 때까지 민수랑 몇 번이나 손을 바꿔 잡을까. 다섯 번 일곱 번 열 번? 내가 석 달 동안 몇 킬로나 살을 뺄 수 있을까. 십 킬로 이십 킬로 삼십 킬로? 이 모든 것도 그분만이 아시겠지, 나의 기쁨 되시는 그분만이…… 필사적으로 그런 생각에 매달리느라 해옥은 아들이 뭐라 뭐라 중얼거리는 소리를 듣지 못했다.

개네들 전학 가면…… 불쌍해…… 불쌍해서 안 돼…… 전학
이 얼마나 힘든데……

송추의

가을

왜 아까 전에 집에 들어와 아침 먹으라니 안 먹고?

큰형의 말에 그는 배가 고프지 않아서 그랬다고 대답했다.

배가 고프고 안 고프고 때가 되면 먹는 게 밥이지. 이게 일이 언제 끝날지를 모른다고. 배곯으면 저만 손해지.

그는 말없이 휴대전화를 꺼내 시간을 확인했다. 오전 아홉시가 막 지났다. 풀 위에 내린 아침이슬이 말라가고 있었다. 아버지 무덤의 뒤편 둔덕은 그나마 얼기설기 풀이 났는데 동그란 봉분 앞턱은 대머리가 진 듯 누렇게 시든 풀만 듬성했다. 그가 무엇을 보고 있는지 알아챈 큰형이 어이구 그 봐라 했다. 그가 맞장구를 치지 않자 큰형이 그 뗏장 꼴 좀 보라고, 그러게 효도도 아무나 하는 게 아니라고 했다.

그 옛날에 뗏장 효자가 있었다지 않니? 캄캄한 밤에 남의 무덤에 가설랑 초록 비단맹치 고운 뗏장을 떠어다가 밤새 지 부모 무덤에 깔았다지 않니?

그는 이미 누나와 통화하면서 큰형이 했다는 뗏장 효자 얘기를 전해들었지만 직접 들으니 더 어이가 없었다. 그게 도둑이지 효자냐고, 그럼 남의 부모 무덤은 어떻게 되는 거냐고 묻자 큰형이 킬킬 웃으며, 아 그놈도 효자면 남의 무덤 가설랑 저도 몰래 떠어다 붙이겠지, 했다. 그는 기가 막혀 아예 무덤에서 눈을 돌려버렸다.

넓은 공원 묘역에 둥근 무덤들이 끝없이 줄지어 늘어서 있었다. 무덤이 끝나는 경계에는 잡초와 관목이 우거졌고 그 틈새로 작은 가을꽃들이 피어 있는 게 보였다. 공원 묘역 관리소에서 누군가 어슬렁거리며 걸어나와 그들 쪽을 한참 올려다보다 들어갔다.

작은형은 언제쯤 오려나.

그의 혼잣말을 알아듣고 큰형이 짜증스럽게 대꾸했다.

벌써 와서 일꾼들 실으러 갔지 않니?

그러니 작은형이 일꾼들 싣고 언제쯤 오냐는 말인데 뭘 생판 모르는 걸 일러주듯 난데없는 역정인가 싶었다. 사실 큰형이 벌인 난데없는 일에 짜증을 내기로 하면 그와 작은형과 누나가 내야 마땅하겠지만, 어쩌면 그래서 큰형이 먼저 짜증을 내는 건지도 모른다고 그는 생각했다. 누구도 내 앞에서 이 일을 놓고 가타부타하지 마라, 그런 기선제압용으로. 맏이의 무기는 늘 적반하장이라고 그는 생각했다. 누나는 또 왜 안 오는가 물으려다 관두는데 귀신같이 알고 큰형이 물었다.

선이 걔는 또 왜 여적 안 오는 거니?

그러게요, 하면서 그가 어제 누나가 전화해서 일찍 오라고 신신당부했다는 얘기를 하자 큰형이 옳지, 하더니, 선이 걔가 그렇다고 했다.

앵앵거리고 남 쪼아댈 줄이나 알지 막상 일할 자리에 가보면 간 곳이 없다.

그건 아니라고 하려다 그는 역시 관두고 말았다.

선이 걔가 가만 보면 시댁 일에는 안 그러더라고. 친정 일이나 이렇게 흐리마리하지.

그는 참지 못하고 누나가 그럴 사람은 아니죠, 했다.

니가 뭘 안다고 그러니? 선이 걔가 허구한 날 우리집에 들이닥쳐서 어머니 앞에서 쫑알거리고 그렇게 어머니 위해 바치는 척하니 사람들 눈에 효녀다 싶겠지? 턱도 없다. 그 속사정을 내가 다 안다. 니 형수를 못 잡아먹어 안달이 났지. 선이 걔가 아주 사람을 말도 못하게 불편하게 한다. 오죽하면 어머니도 선이 걔가 오는 걸 안 반기겠니?

그가 주머니에서 담뱃갑을 꺼내자 큰형이 아서라 하며 손을 내저었다.

여기 어디 담배 피울 데가 있니? 산불 조심 기간이라 어디도 다

금연이다. 들어오면서 못 봤니? 묘지 전체가 금연구역이라고 돼 있는 거?

멀리 나가서 피우고 오면 되잖아요?

멀리라니? 일꾼들이 언제 들이닥칠지 모르는데 그럼 나 혼자 여기 있으란 말이냐?

작은형이 같이 올 게 아니냐고 대꾸하려다 그는 담뱃갑을 도로 주머니에 집어넣었다. 고개를 돌리니 관리소를 지나 뒤뚱거리며 묘역 쪽으로 올라오는 누나의 모습이 조그맣게 보였다. 그 뒤로 주차장 쪽으로 들어가는 작은형의 차도 보였다.

형님, 저기 누나 오네요. 작은형이랑 같이 일꾼들 데리러 갔었 나보네.

그가 손을 들어 가리키며 큰 소리로 말했지만 큰형은 모른 척 손바닥으로 무덤을 쓸고 있었다.

일꾼은 둘이었다. 둘 다 반백에 땅딸막한 중년이었다. 아니 셋 이라더니 왜 둘이냐고 큰형이 따져 물었다. 작은형 대신 일꾼 하 나가 나서며, 둘이면 충분하다고, 괜히 손발 안 맞는 사람 하나 더 달고 와봤자 귀찮기만 하다고 대꾸했다. 큰형은 더이상 말하지 않 았다.

간단한 추도식이 끝나자 일꾼들이 상의를 허리춤에 집어넣고 삽을 쥐었다. 능숙한 삽질에 빈약한 뗏장과 마른 흙이 우썩우썩

파여나가고 붉은 흙이 나타났다. 네 남매는 묘지에 사변형으로 둘러서서 묘가 파헤쳐지는 걸 지켜보았다. 삽날이 흙을 파고들어가는 소리가 왠지 신경을 거스르면서도 경쾌하게 들렸다. 묘 주변에 흙이 쌓일수록 그들은 묘에서 멀어졌다. 삽 끝이 딱딱한 데 부딪치는 소리가 들리더니 이내, 상태가 좋은데요, 라고 일꾼 하나가 그들을 향해 외쳤다. 관을 좋은 걸 썼나보네, 관이야 옛날 관이 좋았지, 라고 다른 일꾼이 맞받았다.

아버지가 돌아가셨을 때 그는 여덟 살이었다. 다들 경황이 없어 막내인 그를 챙기지 않아 그는 장의차를 타지 못했고 장지인 송추에도 오지 못했다. 방구석에서 낮잠을 자고 일어나니 아무도 없었다. 무덤을 팔 때 보지 못했으니 아버지 무덤 속을 들여다보는 건 처음이었지만 그는 관이 드러난 후에는 고개를 돌리고 보지 않았다. 더이상 보고 있을 수 없었다. 한참 딱딱거리는 소리가 나더니 일꾼들이, 이제 모십니다, 했다. 파헤쳐진 흙을 밟고 상체를 숙여 안을 들여다보니 열린 관 속으로 시신을 덮은 거무죽죽한 천이 보였다. 그가 얼른 고개를 돌리는데 햇빛에 반사된 삽날이 눈 가장자리에서 반짝 명멸했다. 일꾼들이 유해 상태도 이만하면 좋은 편이라고 덕담을 하고 상자에 큰 뼈들을 차례로 수습하는 동안, 그는 멀찌감치 떨어져서 자신의 셔츠 앞 단추만 내려다보고 서 있었다. 미지근한 썩은 내가 났다. 멀미를 하는 것처럼 속이 울렁거렸고 담배 생각이 간절했다.

처음엔 벽돌에 붙은 이것들이 다 뭔가 했다. 화장터 건물 뒷벽에 커다란 황색 나방들이 떼로 붙어 있었다. 눈동자 무늬가 선명한 나방도 있고 이미 말라 갈변된 나방도 있었다. 바닥에는 떨어져 죽어가는 나방들이 낙엽처럼 쌓였는데 그중 하나가 갑자기 생각난 듯 날개를 파닥이기도 했다. 나방들은 원래 이렇게들 죽나 하며 그가 담배를 꺼내드는데 작은형이 모퉁이를 돌아 그에게 다가왔다.

혁이 너 아침도 안 먹었는데 괜찮냐?

그는 괜찮다고 했다.

그래도 그게, 들어가서 어머니는 뵙고 오지 그랬니?

그는 고분고분 가는 길에 뵙고 갈 거라고 대답했다. 작은형은 담배를 꺼내면서 꼭 그러라고 했다. 그는 라이터를 켜 작은형의 담배에 불을 붙여주고 돌아서서 자기 담배에 불을 붙였다. 깊숙이 빨아들인 연기를 내뱉자 머릿속이 핑 돌면서 기분이 좋아졌다.

난 참, 이해를 못하겠다.

작은형의 말에 그는 고개를 끄덕였다.

어떻게, 넌 잘 지내냐?

그는 잘 지낸다고 대답했다.

어머니가 걱정이 많으시다. 그러게 왜, 멀쩡한 직장을 관둬가지고는.

그는 할말이 없었다. 작은형이 이해를 못한다고 한 게 큰형이 지금 벌인 일이 아니라 자신의 실직을 두고 한 말이었구나 싶어 기분이 안 좋았다.

내가 처음 자동차 정비 일 시작했을 때, 어머니가 참 좋아하셨지. 그게 말이지, 왜 그런 줄 아니?

그는 가슴이 답답했다. 작은형은 늘 이렇게 말을 질질 끌었다.

내가 돈 버니까, 이제 혁이 너, 어머니 생각에 말이지, 막내 너 공부는 시키겠구나 싶어서, 그러셔서 그러셨던 거다.

그래서 공부시켜줬냐고 물으려다 그는 관두었다. 빈속에 담배를 피워서인지 속이 쓰렸다.

이혼한 거야 또 이해를 한다고 쳐도, 그렇게 공부해서 힘들게 잡은 직장을.

작은형이 눈을 가늘게 뜨고 담배 연기를 내뿜으며 그를 보았다. 이제 대답을 좀 해보려무나 하는 표정이었지만 그는 아무 말도 하지 않았다.

너도 너지만, 형님도 이해를 못하겠다. 이게 뭐하자는 건지.

작은형은 뭔가 즐거운 일이라도 벌어진 듯 미소를 지으며 덧붙였다.

누나가 하는 말도, 나로서는 진짜 이해가 안 가고.

그는 더이상 작은형의 말을 듣고 싶지 않았다.

너도 누나한테 전화 몇 번 받았지?

그는 마지못해 네, 하고 담배를 짓눌러 껐다.

너는 전화를 잘 안 받으니 몇 번 안 받았겠다마는, 나는 그야말로 밤이고 새벽이고 없었다. 전화해서 형수님 욕하고, 형님 원망하고.

작은형이 담배꽁초를 쥐고 끌까 말까 망설이더니, 그건 또 약과지, 하며 마지막으로 한번 더 입으로 가져가 빨았다. 그러고 한숨 쉬듯 연기를 내뿜으며 말했다.

온통 일만 다 내 차지다. 일만 다 내 차지야.

화장이 끝났을 때는 한시가 훌쩍 지나 두시가 가까워오고 있었다. 운전은 혁이가 해라, 하며 유골함을 든 작은형이 몸을 틀었다. 그는 작은형의 바지 주머니에서 자동차 키를 꺼냈다.

점심은 가는 길에 어디 잘하는 고깃집에서 먹을까.

큰형의 말에 누나가 펄쩍 뛰었다.

아유, 오빠! 고기는 무슨 고기예요? 우리가 지금 육고기가 입으로 들어가게 생겼어요? 그냥 보리밥에 나물이나 도토리묵 같은 거 하는 데로 가요. 다들 채식해요 오늘은.

큰형이 차문을 열며 혀를 찼다.

선이 넌 어째 니 생각만 하니? 막내가 새벽부터 여적 배곯은 건 생각도 안 하니?

그는 괜찮다고, 아무거나 먹으면 된다고 했다. 그가 운전석에,

큰형이 옆자리에, 작은형과 누나가 뒷자리에 앉았다. 차를 몰고 화장터 주차장을 빠져나오면서 어디로 갈까요, 물으니 어딘 어디야, 다시 송추로 가야지, 하는 작은형의 대답이 돌아왔다. 화장을 했으면 납골당으로 가야지 왜 송추 묘역으로 되돌아가는지 알 수 없었지만 따지고 보면 그는 오늘 예정된 절차에 대해 거의 알지 못하고 있었다. 아무도 그에게 말해주지 않았다. 그저 가라는 대로 가면 되겠거니 싶어 송추 쪽으로 방향을 잡았다.

가는 길에 좋은 식당 있으면 말씀들 하세요.

아무도 대답하지 않았다. 햇살이 따가웠고 국도 양편으로 가을볕에 달구어진 논들이 구워지는 식빵들처럼 노르스름하게 펼쳐져 있었다. 잠시 뒤 큰형이 소리쳤다.

저기, 저기 차 좀 세워봐라, 혁아.

어디요?

저기.

앞쪽에 갈비 입간판이 세워진 식당이 보였다. 그는 차를 갓길에 붙이며 속도를 줄였다. 큰형이 창을 내리고 목을 빼고 내다보았다.

잘됐다. 여기 돼지갈비도 한단다.

여기로 들어갈까요?

누나는 말이 없었다.

미국산 소보다야 우리네 돼지가 훨씬 낫지. 선이 쟤는 냉면 먹으면 되고.

작은형도 말이 없었다. 그는 천천히 갈빗집 주차장으로 들어가 차를 세웠다. 큰형이 내렸고, 작은형이 유골함을 들고 내린 후 자기가 앉았던 좌석에 내려놓으며, 이런 거를 설마 훔쳐가는 사람이야 없겠지, 했다.

내가 지키고 있을 테니 니들은 밥 먹고 와.

누나가 말했다. 왜, 소리가 그와 작은형의 입에서 동시에 나왔다.

난 고기 굽는 거 보기도 싫고 그 냄새 맡기도 싫다.

누나가 눈을 감았다. 큰형은 이미 식당 건물을 향해 가고 있었다. 그의 눈에 짧은 그림자를 거느리고 햇살이 쏟아지는 주차장을 가로지르는 큰형의 걸음걸이가 유독 절름거리는 걸로 보였다.

누나, 그러지 말고, 일단은 내립시다. 누나가 이러면 우리는 뭐가 돼요?

작은형의 말에 마지못해 눈을 뜬 누나가 식당을 향해 가는 큰형의 뒷모습을 보더니 신음을 뱉었다.

으음, 사람이 어떻게……

오늘은 누나, 오늘은 좀 참읍시다.

아으으, 내가 진짜……

누나, 이게 시작을 안 했으면 모를까, 일단 시작한 이상에는, 일은 끝내야지.

내가 진짜 니들을 봐서, 하고 누나가 무거운 몸을 들썩였다.

그래요 누나. 어서 내려요. 조심하고.

작은형이 손을 내밀어 누나를 부축하는 시늉을 했다.

널찍한 식당 홀에는 손님은 없고 치우지 않은 식탁들만 여럿이었다. 큰형이 창가 쪽에 해를 등지고 앉고 그 옆에 작은형이 앉았다. 그가 큰형 맞은편 창가에 앉자 누나가 그 옆에 앉으며, 아니 장례식장도 아닌데 왜 상에다 죄 비닐을 뒤집어씌워놨대니, 하고 투덜거렸다. 아닌 게 아니라 비닐을 씌운 식탁이 늘어선 홀은 장례식장에 딸린 식당 같았다. 화장터 근처 식당이라 그런가 싶었다.

고기와 반찬이 깔리고 숯불이 들어오고 불판이 놓였다. 작은형이 셔츠 소매의 단추를 풀어 팔을 걷어붙이고 집게로 큼직한 고기세 쪽을 집어 불판에 얹었다. 달달한 양념 냄새가 풍기자 그는 별안간 심한 허기를 느꼈다.

어떻게 형님, 시원하게 맥주 한 병 시킬까요?

작은형의 말에 누나가 눈살을 찌푸렸지만 큰형은 기쁨을 참지 못하는 눈치였다.

아, 그래. 입가심으로 한 잔씩 하는 거야 뭐.

혁이 운전해야 되는데 무슨 술이에요?

누나의 말에 작은형이 혁이는 좀 참아야죠, 했다. 그는 괜찮다고, 신경쓰지 말라고 했다. 작은형이 맥주를 시키려는데 큰형이 막걸리가 어떻겠냐고 했다. 작은형이 맥주와 막걸리를 모두 시키자 누나가 몸을 들썩여 식탁 구석으로 비껴 앉았다.

아 넌 왜 하필 모서리에 앉아, 재수없게?

큰형이 한마디 했지만 누나는 꿈쩍도 안 했다. 술이 오고 고기
가 익자 활기가 돌았다.

철아, 고기 잘 구웠다. 잘 익었다.

제가 고기 좀 굽는다, 그런 소리 듣습니다 형님.

하하, 그래? 아 근데 여기 돼지갈비 맛이 괜찮네. 양념도 들척
지근 안 하고 고기도 좋은 거다. 막내야, 아침도 굶었는데 많이 먹
어라. 든든하게 먹어야 오후에 버티지. 오전보담은 시간을 덜 잡
아먹긴 하겠다만 그래도 해 지기 전에 끝날지 어떨지는 며느리도
모르는 거거든, 하하.

그는 네, 하고 고기를 쌈장에 찍어 먹었다. 배가 고파선지 큰형
말대로 고기가 좋아선지 돼지갈비는 맛있었다. 밥과 된장찌개도
왔다.

선이 넌 왜 냉면 안 시키니?

큰형의 말에 누나가 못 들은 척 젓가락으로 공기 안의 밥알을
뒤적였다.

비빔이든 물이든 너 먹고 싶은 걸로 시켜 먹으라니까.

누나가 말없이 젓가락을 내려놓고 돌아앉자 큰형이 혀를 찼다.

선이 넌 아버지가 아주 오늘 돌아가셨구나. 오늘 돌아가셨어.

누나가 자리에서 일어났다. 막 고기와 밥을 상추에 싸 입에 넣
은 참이라 그는 입안의 것을 움쑥거리느라 말도 못하고 밖으로 나

가는 누나의 살찐 뒷모습만 바라보았다. 선이 개가 아주 사람을 말도 못하게 불편하게 한다던 큰형의 말이 떠올랐다.

형들이 남은 막걸리와 맥주를 비우는 동안 그는 자판기 커피를 뽑아들고 밖으로 나왔다. 누나는 주차장 한편에 꾸며진 작은 정원의 벤치에 앉아 있었다. 막상 가보니 뜻밖에도 정원이 아담하고 정갈했다. 한가운데 작은 돌확도 놓여 있었는데 누나는 돌확 바닥에 고인 물을 들여다보고 있었다. 누나 그렇게 아무것도 안 먹고, 까지 말하고 그는 입을 다물었다.

니가 아침도 안 먹었대니까 내가 너 봐서 식당 들어간 거지 뭐 먹으러 들어간 줄 아니?

그놈의 아침 안 먹었다는 소리에 그는 염증이 났다.

혁이 너, 아침 안 먹은 게 오빠네 집에 들어가기 싫어 그런 거지? 내가 다 안다.

아니라고 했지만 누나는 믿지 않는 투로, 그래도 엄마는 뵙고 가야지, 했다. 가는 길에 뵙고 갈 거라고 하자 꼭 그러라고 작은형과 똑같은 말을 했다.

엄마 속이 속이 아니다 애.

이렇게 말부리를 딴 누나는 그가 뭘 물어오길 기다리는 눈치였지만 그는 말없이 담배에 불을 붙였다. 작은형처럼 그의 실직 얘기로 불똥이 튈까 신경이 곤두섰다.

도대체가 좋다는 사람 하나 없는데 이게 무슨 난리굿이니?

그제야 그는 자신의 얘기가 아니라는 걸 확신하고 말을 보탰다.

좋다는 사람 하나 있잖아요?

그의 말에 기다렸다는 듯 누나 입에서 봇물 터지듯 말이 쏟아져 나왔다.

혁아, 이게 오빠가 좋아서 벌인 일인 줄 아니? 아니야 얘. 오빠가 먼저 하자고 벌인 일이 아니야. 오빠가 그런저런 생각이나 있는 사람이니? 올케가 어디서 듣고 와서 쏘삭거려 벌어진 일이지. 그게 그러니까 올 설에 나온 얘기다. 올케는 엄마가 돌아가시면 당연히 아버지랑 합장해야 하는 줄 알고 있었던 모양이야. 하긴 우리도 그렇게 알고 있긴 했지. 근데 넌 그날 안 와서 모르겠다만 올케가 뜬금없이 합장 얘길 꺼내더라고. 아니 엄마 정정하신데 그게 할 소리니? 근데 엄마가 그때 갑자기 난 합장은 싫다 그런 거야. 그러니 아이코 이걸 어쩌, 올케가 큰 걱정이 났지. 그럼 묘를 따로 쓰실 거냐고 올케가 얼굴이 벌게서 물어보더라. 그담부터 올케가 엄마 구슬리는 걸 내가 몇 번을 봤는지 모른다. 어르고 달래고. 근데 우리 엄마가 그 대목에선 진짜 고집 있으시더라. 죽어도 아버지하고 합장하는 건 싫대는 거야. 그래서 내가 엄마랑 따로 얘기를 해봤거든. 아버지가 그렇게 싫으셨냐, 그래서 그러신 거냐 물었더니 그건 또 아니래. 살면서는 막 싫고 그런 거 없었대. 또 아버지가 일찍 돌아가셨잖니? 그래서 싫고 말고 할 새도 없었다는 거야. 근데 왜 그러냐니까 그냥 같이 묻히는 게 싫대. 살면서 안 싫었던 거하고 죽어서 같이 묻히는 거하고는 다르대는 거야. 죽어서는 혼자이고 싶대는 거야.

그는 담배를 피우며 쉬지 않고 달싹거리는 누나의 조그만 입술을 보고 있었다.

난 그거 이해가 된다. 우리 엄마가 사실 얼마나 대단하신 양반인지 너희는 몰라. 오빠도 모르고. 아들들은 몰라. 나밖에 몰라. 옛날 그때가 시대가 언제니? 엄마 집안이 아주 대단한 양반 가문이었대는 건 너도 들어 알고 있지? 우리 엄마, 여자지만 그 옛날 그 시절에 고등여학교 다녔던 양반이다. 졸업은 못했지만 그때 같이 고녀 다녔던 친구 다섯이랑 똑같이 문신을 파서 새겼대지 않니? 너도 봤을 거다. 엄마 손목에 점 다섯 개 있는 거. 참 깨인 양반이셨던 거야 우리 엄마. 그런 양반이 일찍 시집와가지고.

그는 담배를 끄고 뜻 없이 돌확의 테두리를 손바닥으로 꾹 눌러보았다. 햇볕을 받은 돌의 따뜻하고 단단하고 거친 느낌이 손바닥에 남았다.

그러니까 엄마는 묘를 따로 쓰셨으면 하는 거예요?

그가 물었다.

그건 아니고.

그럼요?

엄마는 그냥 태워서 산이나 바다에 훌훌 뿌려줬으면 좋겠대.

그가 깜짝 놀라, 엄마가 화장을요, 하고 묻자 누나가 침울한 얼굴로 고개를 끄덕였다.

엄마, 화장하는 거 싫어하셨잖아요? 뜨거울 거 같다고.

그러니까 마음이 바뀌셨대는데, 근데 정말 그건 아니잖니?

뭐가 아니냐고 그는 물었다.

아유, 얘가 무슨 소릴 하는 거야? 그건 말도 안 되지. 아버지 묘가 떡하니 있는데 어떻게 엄마를 화장해서 아무데나 훌훌 뿌려? 오빠도 올케도 그건 아니라고 하고, 철이도 그러고.

그는 대체 형제들의 생각이 뭔지 알 수 없었다.

그럼 아버지는 왜 화장한 거예요?

그의 적극적인 질문에 누나는 신이 났다.

그러니까 내가 미치고 팔짝 뛰겠대는 거지. 나중에 엄마도 화장을 할 거니까 미리 아버지도 화장을 한대는 건데, 왜 지금 괜히 묘를 파헤쳐가지고 이 난리를 벌이냐고?

그러니까 큰형은 아버지 엄마 다 화장하자 그런 생각인데 누나는 반대하는 거예요?

아니, 반대를 한다기보다 엄마 저렇게 정정하신데 왜 지금 묘를 파헤치냐는 얘기지.

그는 혼란스러웠다.

그럼 작은형은요?

철이도 입이 퉁퉁 부었지 않니? 왜 지금 묘를 파헤치냐고?

아니, 아니, 작은형도 화장에 찬성하느냐고요?

그렇지. 화장을 반대하는 사람은 없지. 엄마도 화장해달라고 했고. 거기까지는 우리가 의견이 같아. 근데 그담부터는 다 달라 의견이.

어떻게 다르냐고 그가 물었다.

하나도 안 다르다!

대답은 다른 곳에서 들려왔다. 언제 나왔는지 큰형이 그들 뒤에 서 있었다. 누나가 깜짝 놀라 벤치에서 벌떡 일어났다.

선이 넌 그 쓸데없는 말 좀 퍼다 나르지 마라. 주둥이가 그렇게 싸가지고서는.

큰형이 혀를 쯧쯧 차더니 절름거리며 세워둔 차 쪽으로 걸어갔다. 누나가 그의 등뒤에 바짝 붙어서며, 아유, 오빠가 다 들었나봐, 어떡해, 어떡해, 하고 다급하게 속삭였다. 오래전 누나는 어린 그를 등에 업고 내려놓지를 못했다고 했다. 내려놓으면 울고 내려놓으면 울어서 하루종일 허리가 끊어지도록 업고 있었다는데, 지금 이 순간 그는 큰형이 미워선지 누나가 싫어선지 목덜미에 끼얹어지는 누나의 뜨듯한 숨결을 도저히 참을 수가 없었다. 등에서 떼어내 냅다 밀어붙이고 싶은 걸 업어준 은혜를 봐서 참느라 그는 햇빛에 비친 돌확의 은빛 테두리만 노려보고 있었다.

차에 탄 후 큰형은 코를 골며 졸기 시작했고 뒷자리의 작은형과 누나는 각자 창밖만 내다보고 있었다. 차가 신호등에 멈춰 섰을 때 누나가 차창을 쭉 내리며 아유, 단내, 술냄새가 진동하네, 했다. 그 소리에 깬 큰형이 주위를 두리번거렸다.

벌써 다 왔냐?

아니에요. 더 주무세요.

큰형은 단잠에서 깬 게 분한 듯 버럭 소리를 질렀다.

선이 넌 그냥 여기 내려서 니 집에 가버려라. 앞으로 우리집에 오지도 말고.

잠시 가만히 있던 누나가, 왜요 오빠, 하고 물었다.

내가 오빠 집에 가는 거예요? 엄마 계신 집에 가는 거지?

출가외인이 뻔질나게 드나들면서 집안에 분란만 만드니 안 그러니? 이 일만 해도 봐라. 언제 해도 할 일인데 넌 왜 그렇게 사사건건 토를 달고 시비를 거니?

그러니까 언제 해도 될 일인데 오빠는 도대체 왜 지금 이 시점에 이런 일을 벌이냐고요? 묘를 파헤치는 게 보통 일이에요? 일도 일이고 돈도 돈이고.

이게 생각보다, 은근히 돈이 드네 누나.

작은형이 끼어들었다.

그럼, 돈이 들고말고지 얘. 그러니까 내 말이 나중에 해도 될 일을 왜 지금 벌이냐 이 말이야? 막말로 혁이도 직장 잃고 저렇게 놀고 있고, 오빠 형편이 좋니, 니 형편이 좋니, 내 형편이 좋니? 다들

한푼이 아쉬운 판국에 왜 괜히 없는 돈 깨먹으면서 묘를 파헤쳐서 아버지를 꺼냈다 넣었다 하난 말이야.

얘기를 들을수록 그는 도대체 뭘 어떻게 한다는 건지 종잡을 수가 없었다.

아버지를 도로 넣는다고요, 누나?

그래. 멀쩡한 묘를 파헤쳐서 잘 계신 아버지를 꺼내서 화장해 넣는다니 엄마 마음이 어떻겠니? 괜히 속 시끄럽게 이게 뭐하는 난리굿이냐고.

아, 저거 저거 뭐라는 거냐?

큰형이 소리쳤다.

아니, 자, 잠깐만요. 그는 말을 더듬었다. 그러니까 큰형님 생각은 뭔 거예요?

큰형이 분을 삭이느라 식식거리는 사이 누나가 냉큼 대답했다.

뭐긴 뭐야? 오빠 생각은 아버지 화장한 다음에 유골함에 담아서 묘에 넣고 평묘를 만들겠다는 거지.

평묘요? 평묘가 뭐예요?

작은형이 재밌다는 듯, 평묘가 혁아, 평평한 묘지 뭐겠냐, 하고 대꾸했다.

왜 평묘를 만들어요?

봉분 관리가 좀 힘드니? 큰형이 쉰 소리로 꺽꺽거렸다. 혁이 너도 아침에 뗏장 꼴 봤잖니?

그럼 엄마는요?

큰형이 큼큼 소리를 내며 어이구 내가 목이, 했다. 누가 자기 대신 설명하라는 뜻이었다. 누나가 나섰다.

엄마도 마찬가지지. 돌아가시면 화장해서…… 아유, 근데 내가 왜 자꾸 이런 얘길 하고 있는지 모르겠네. 엄마 저렇게 정정하신데 이게 뭐하는 소리들이냐고?

아니, 아무튼 엄마는 돌아가시면 어떻게 한다는 건데?

그가 재쳐 물었다.

뭘 어떻게 해? 엄마도 화장한 다음에 유골함에 담아서 아버지 옆에 모신대는 거지.

그는 어안이 벙벙했다.

아버지 옆에?

그럼 애, 진짜 엄마 말대로 우리가 엄마를 아무데나 훌훌 뿌려버려야겠니? 그건 말이 안 되지. 엄마 그렇게 뿌리고 나면 우리 사남매 마음이 아파서 어떻게 사니? 난 그러고는 못 산다.

그래서 합장한다고?

그의 놀람에는 아랑곳없이 누나는, 그러니까 오빠, 하면서 자기 얘기만 했다.

말 나온 김에 혁이도 있는 데서 얘기하자고요. 묘를 열어 화장해서 평장묘를 만들자, 비석도 평석으로 눕히자 그런 얘기가 솔직히 처음에 어디서 나왔어요? 내가 올 설에도 마음이 아주 그랬네요. 올케는 어쩌다보니 자연스럽게 그런 얘기가 나온 것처럼 꾸미던데, 내가 그걸 몰라요? 그게 절대 어쩌다 나온 얘기가 아니라고요. 난 올케가 허구한 날 속으로 그런 궁리만 하고 있었대는 게 기가 맥혀요. 엄마 돌아가시면 이럭하자 저럭하자 그런 생각만 하고 앉았대는 게 딱 엄마 돌아가시길 기다리고 있는 거지 뭐예요? 왜 하필 지금 그런 일을 벌이자고 쏘삭여요? 아버지 얼른 태우고 엄마 돌아가시면 또 얼른 태우고……

아, 선이 저거, 큰형이 천둥처럼 소리쳤다. 기집애가 아주 말하는 게 재수가 없네.

뭐, 뭐라고요, 오빠?

큰형이 어이구, 하고 한숨을 쉬었다.

나도 이제 쉰이 넘어 환갑 바라보는데 툭하면 오빠 나한테 혀를 차고 이젠 기집애가 뭐예요, 기집애가?

침묵이 흐르는 가운데 차는 조용히 송추 방향 국도를 달렸다. 잠시 후 누나가 우는 소리가 들렸다.

아, 뭐야 이거?

갑작스런 그의 외침과 함께 차가 급정거를 했다. 왜, 뭐야, 왜 그래, 하는 소리가 차 안에 퍼졌다.

왜 그래, 혁아? 왜 그래?

누나가 물었다. 차는 횡단보도 중간에 멈춰 섰다. 횡단보도 신

호는 파란불이었지만 건너는 사람은 없었다.

혹시 뭐, 뭐, 치었니?

작은형이 물었다.

아, 생각할수록 열받네. 이게 뭐예요, 이게?

그가 소리쳤다. 뭐가 뭐냐고 큰형이 떨리는 소리로 물었다.

엄마 생각은 안 해요? 왜 아무도 엄마 생각은 안 하냐고?

그의 말에 끄응 소리와 한숨을 내쉬는 소리가 들렸다.

혁이 너 운전 똑바로 안 하냐? 만약에, 이 함이라도 부서졌어

봐라.

작은형이 그를 나무랐다.

난 엄마 뜻인 줄 알고, 엄마 위해서 시작한 일인 줄 알고 새벽부
터 왔는데 그게 아니잖아? 엄마 생각하는 사람은 하나도 없고, 엄
마 생각은 하나도 반영이 안 됐잖아?

반영이 됐지, 반영이 됐어, 라고 작은형이 달래듯 말했다.

뭐가 반영이 돼? 엄마는 합장 싫다는데 결국 합장하겠다는 거
아냐?

혁아, 혁아, 하고 누나가 코가 막힌 소리로 말했다. 이게 합장은
아니고, 엄마가 싫다는데 우리가 어떻게 합장을 하니? 합장은 안
하고, 유골함을 따로따로 할 거라니까.

그럼 뭐해? 한 무덤인데?

혁이 니가 뭘 몰라서 그러는데 이건 합장하고는 좀 달라. 석실

을 나눌 거거든.

누나 미친 거야? 한 무덤에 들어가는 게 합장이지 무슨 합장이 아냐?

니가 뭘 몰라서 그러는데, 라고 작은형이 말하는 순간 그가 주먹으로 운전대를 내리쳤다.

내가 모르긴 뭘 몰라 씨발! 엄마는 합장 싫다잖아? 엄마는 혼자 있고 싶다잖아 씨발!

뒷좌석에서 아유, 아유, 쟤가 왜 저래, 하는 누나의 목소리가 들려왔다. 그가 운전대를 움켜잡고 거칠게 액셀을 밟았다. 차가 벌컥 출발했다.

자식새끼들이 돼가지고 씨발! 울 엄마는 자유롭고 싶다는데! 죽어서는 훨훨 자유롭고 싶다는데 씨발!

차는 굉음을 내면서 빠른 속도로 달렸다.

얘, 차 세워! 혁아, 차 세워라! 막내야, 차 좀 세워라!

세우라면 씨발!

그는 미친듯이 축대 쪽으로 차를 돌진시키다 어느 순간 핸들을 틀고 브레이크를 밟았다. 눈이 꽉 감겼다. 차가 바닥을 긁는 끼익 소리와 함께 어이구우 아유 어억 죽는다는 비명이 들려왔다. 충돌은 없었다. 그는 눈을 떴다. 차는 축대 옆에 비스듬히 멈춰 섰다. 차량 앞유리에 낙엽인지 나방인지 모를 무엇이 떨어져 있었다.

그는 말없이 안전벨트를 풀고 차문을 열고 내려 반대 방향으로 빠르게 걸어갔다. 뒤에서 차문이 열리고 닫히는 소리가 들리고 차가 출발하는 소리가 들렸다. 그는 고개를 돌려 멀어지는 차를 바라보았다. 작은형이 백미러로 그를 보고 있을지도 몰랐다. 유골함이 부서지진 않았을까 그는 생각했다. 봉분이건 평묘건 아버지 무덤 만드는 건 이번에도 못 보고 마는구나 하는 생각도 했다. 가을볕을 정면으로 받은 대형 트럭이 치달려와 지나가며 먼지를 날렸다. 엄마…… 식구들 모두 장의차를 타고 떠나고 혼자 방구석에서 낮잠을 깼던 어린 시절처럼 그는 손등으로 눈을 비비며 울었다.

재

늦은 밤에 그는 우산을 챙겨 집을 나왔다. 빗줄기가 가늘어 우산 위로 떨어지는 빗소리가 들리지 않았다. 상가로 향하는 길에 젊은 청년과 마주쳤다. 청년은 접은 우산의 손잡이를 손목에 걸고 휴대전화를 들여다보며 천천히 걸어오고 있었다. 비가 그쳤나 싶어 우산을 접었다가 그는 열 발짝쯤 지나 다시 우산을 폈다. 그새 얼굴과 머리카락이 눅눅해졌다. 창백한 가로등 불빛에 비친 빗방울이 은가루처럼 미세하고 촘촘해 어두운 허공에서 우윳빛 액체가 끓고 있는 것 같았다.

마감시간이 가까웠을 텐데도 국숫집에는 세 테이블에 손님이 있었다. 모두 마주앉은 남녀들로 약속이라도 한 듯 칼국수를 먹고 있었다. 그는 김치만두 포장을 부탁하고 계산대 앞자리에 앉았다.

그 자리에서는 주방 입구가 훤히 들여다보였으므로 그는 늙은 종
업원이 떨리는 손으로 작은 플라스틱 용기에 간장을 따르다 조금
흘리는 것을 보았다. 한 테이블의 젊은 남녀가 칼국수를 다 먹고
일어났고, 다른 테이블의 중년 남녀가 김치를 더 달라고 했다. 나
머지 테이블의 가장 어린 남녀는 쉴새없이 속닥거리고 키득거리
면서도 엄청나게 빠른 속도로 칼국수를 입안으로 빨아들이고 새
가 모이를 쪼듯 김치 조각을 여러 번 콕콕 집어 삼켰다.

주방 쪽에서 알람 소리가 울렸다. 늙은 종업원이 주방의 배식구
에서 나온 뜨거운 만두 접시 위에 스티로폼 도시락을 덮더니 휘딱
뒤집었다. 도시락 뚜껑을 덮고 고무줄로 감싼 후 그 사이에 동그
란 간장 용기와 나무젓가락을 끼워 비닐봉지에 담았다. 그는 자리
에서 일어나 만두 봉지를 받아들고 계산대 여자에게 카드와 함께
보너스 쿠폰 용지를 내밀었다. 여자는 잠자코 쿠폰 용지의 빈칸에
붉은 무늬 스탬프를 찍어주었다. 보너스 쿠폰은 두 칸이 비어 있
었다. 앞으로 그가 두 가지 메뉴만 더 주문하면 칼국수 한 그릇을
공짜로 먹을 수 있었다. 두 번 더 올 수 있을까. 그는 무엇인가를
시험하는 기분으로 쿠폰 용지를 지갑에 꽂았다.

집에 돌아와 스티로폼 도시락을 꺼내 열어보니 이번에도 여지
없이 뜨겁고 붉은 김치만두들이 한쪽으로 쏠린 채 엉겨 있었다.
늙은 종업원이 조금만 더 주의해서 만두 접시를 뒤집는다면 매번
이런 꼴은 되지 않으리라고 그는 생각했다. 그는 만두 하나를 살

살 떼어내 간장도 찍지 않고 두 손으로 들고 먹었다. 만두를 다 먹었을 때에는 밤 열한시가 조금 못 되었다. 그런 주의사항은 따로 없었지만 그는 내일 오전 열한시까지는 무엇이든 더 먹지 않기로 했다. 새벽 세시까지 성적 처리 업무를 마치고 침대에 누웠지만 아침 일곱시에야 그는 겨우 잠들 수 있었다.

그는 A관 2층에서 받은 서류를 들고 B관 3층으로 갔다. 서류를 내밀자 간호사가 바닥을 가리키며 주황색 선을 쭉 따라가면 된다고 했다. 통로 바닥에 표시된 주황색 선을 따라 두 번의 모퉁이를 돌자 접수처가 나타났다. 그는 접수를 하고 대기 의자에 앉아 기다렸다. 접수처 왼쪽에 그가 얼마 전에 찍은 저선량 폐 CT를 광고하는 패널이 세워져 있었다. 방사선 노출이 적고 검사 시간이 짧으며 엑스레이로 잡아내지 못하는 암까지 진단할 수 있다고 되어 있었다.

어느 순간 그는 무엇인가 익숙한 것이 자신을 슬쩍 건드리고 지나가는 느낌을 받았다. 누군가 그의 이름을 부른 것 같기도 했다. 주위를 돌아보았지만 아무도 그를 주목하고 있지 않았다. 다만 허공에 매달린 전광판의 대기자 이름 끝에 그의 이름이 반짝 떠올라 있었다. 설마 저것이었나. 그는 알 수 없었다. 그가 글을 익힌 이래 오십 년 넘게 보아온 자신의 이름, 그 익숙한 문자의 모양이 전광판에 떠오르면서 그를 건드린 것일까. 듣고 싶지 않아도 귀에 들리는 소리처럼, 보고 있지 않아도 눈을 뚫고 들어오는 어떤 형태나 이미지가 있는 것일까. 그렇다면 눈도 스스로 선택하고 배제하는 기관이 아니라 귀처럼 뻥 뚫린 두 개의 무방비한 구멍일 뿐인가.

그의 앞 순서 대기자는 다섯 명이었다. 그는 다섯 명의 이름을 의미 없이 읽어내려가다 앞쪽에 몸을 틀고 구부정하게 앉아 있던 거구의 사내가 의자를 거칠게 밀며 벌떡 일어나는 바람에 깜짝 놀랐다. 사내가 일어나자 사내의 뚱뚱한 몸에 가려 보이지 않았던 혈압 측정기가 드러났다. 사내는 측정기에서 출력된 쪽지를 불만스럽게 들여다보며 어딘가로 걸어갔다. 측정기는 두 대가 나란히 놓여 있었다. 그는 혈압을 재기 위해 팔을 집어넣는 두 기계의 구멍을 보면서, 그렇다면 우리 몸의 모든 구멍 또한 스스로 알아서 작동하는 기관이 아니고 저 기계의 주름진 구멍처럼 주어진 걸 꾸역꾸역 받아들여 통과시키는 수용적인 허공일 뿐인가 생각했다.

한참 만에 낯선 여자의 목소리가 그의 이름을 불렀다.

병원 푸드코트는 드넓은 공간을 낮은 칸막이로 반씩 나눠 한쪽은 식당, 한쪽은 카페로 쓰고 있었다. 그는 카페 계산대에서 커피를 주문한 뒤 주문표를 들고 가까운 자리에 앉아 기다렸다. 옆자리에 앉은 여자들 중 한 여자의 낭랑한 말소리가 들려왔다. 우리 애가 뭘 소리 내서 읽고 있길래 무슨 책을 읽나 했더니, 얘가 글쎄

내 일기장을 읽고 있었던 거야. 어머 어머 하는 탄성과 왁자한 여자들의 웃음소리가 들려왔다. 웃음 끝자락에, 자기는 아직도 일기장에 일기를 쓴단 말야, 하고 묻는 소리가 들려왔다. 그는 엄마를 닮은 낭랑한 목소리로 엄마의 일기를 또박또박 읽었을 대여섯 살쯤 된 여자아이를 상상해보았다. 아니, 여자아이란 말은 없었으니 남자아이일지도 몰랐다. 아무튼 아이가 읽은 여자의 일기 내용이 돈 걱정이나 누군가에 대한 험담이 아니라 숲이나 바람, 책과 커피향에 관한 것이었으면 좋았겠지만, 그렇지는 않았을 거라고 그는 생각했다. 그도 민지에게 그런 걸 준 적이 없었다. 대여섯 살 적의 민지 얼굴과 목소리를 떠올려보려 했으나 생각나지 않았다. 그의 삶에서 가장 힘든 시기였고, 그것은 민지에게도 역시 마찬가지이리라는 것조차 생각 못 할 만큼 몹쓸 시기였다.

그는 커피를 받아 창가 자리로 가서 앉았다. 의사는 곧바로 수술 일정을 잡으려 했지만 그는 생각을 좀 해보겠다고 말했다. 아, 생각을 좀 해보겠다고요, 라고 의사는 그의 말을 반복하더니, 그래도 뭐 어차피 안 할 수는 없는 수술이고 하니까, 하고 권태롭게 덧붙였다. 안 하면 안 하는 거지 안 할 수 없는 수술이 세상에 어디 있나 하는 반발심이 일었다. 순간 그의 머릿속에 민지에게 이 사실을 알려주면 어떨까 하는 생각이 떠올랐다. 그러자 예상치 못한 돌연한 생기가 솟구쳤고 고대하는 여행을 준비할 때처럼 마음이 들떴다. 그는 전화로 얘기해야 할지, 중국에 있는 민지를 직접 찾아가야 할지, 찾아간다면 언제쯤 찾아가야 할지, 민지를 만나면 바로 얘기를 할지, 헤어질 때 공항에서 얘기를 할지, 민지는 어떤 반응을 보일지, 자신은 또 그것에 어떻게 대처할지 등등에 대한 세밀한 망상에 빠져들었다. 그가 한참 만에 정신을 차리고 커피잔을 들었을 때 잔은 이미 비어 있었다. 그는 결국 민지에게 이 사실을 알리지 않기로 했다. 시간이 얼마나 지났는지 몰라도 그 긴 시간을 들여 자신이 공상한 모든 것이 한낱 어리광을 부려보려는 고약한 심보에 불과했다는 생각이 들자 어이가 없었다. 그것도 신도 아니고 딸에게 말이다.

그가 휴대전화를 켜 시간을 확인하는데 옆자리에서 중년 남자의 사투리 섞인 목소리가 들려왔다. 어느 날 애가 말이야 해충이 돼버린 기야. 이 말을 들었을 때까지만 해도 그는 그것이 카프카의 「변신」에 관한 이야기이리라곤 생각하지 못했다. 그는 그레고르 잠자가 해충이 되었다는 번역은 본 적이 없었다. 그런데 띄엄띄엄 들려오는 남자의 말은 그에게 놀라움과 확신을 주기에 충분했다. 그래서 걔는 드러운 음식만 먹게 된 거라. 걔가 나중에 어떻게 죽냐 하면, 애비가 사과를 던진 기야, 걔한테. 집에서 막 돌아댕기지 말라고. 그게 상처가 돼서 죽은 기야. 그는 「변신」에 대한 사뭇 폭력적일 만큼 간명한 요약에 신선한 경이를 느끼며 그들 쪽을 흘깃 돌아보았다. 상대편 남자가 물었다. 그기 다 결국은 상상 아이가? 그러자 이야기를 꺼낸 남자가 침울하게 대답했다. 그렇지, 상상이지 다⋯⋯

그는 카프카의 「변신」을 읽으며 처형을 기다리고 있었다. 그가
오래전에 읽은 책과 마찬가지로 새로 산 번역본에도 그레고르 잠
자는 해충이 아니라 벌레가 되었다고 번역되어 있었다. 그는 왠지
안심이 되었다. 물론 '흉측한 벌레'라고는 되어 있었지만 흉측한
것과 해로운 것은 달랐다. 그는 누가 무슨 이유로 그레고르를 해
로운 벌레로 번역했는지 알지 못했고 영원히 알지 못할 것이었다.
책을 읽다 고개를 들면 카페 유리 너머로 모란방앗간이라는 간판
이 보였다. 그는 간판 아래에 적힌 고춧가루 미숫가루 메줏가루
라는 글자들을 차례로 읽어내려갔다. 병원 전광판의 대기자 명단
을 읽는 것만큼이나 무의미했지만, 그보다는 조금 친근했고 그만
큼 조금 더 위로가 되었다.

그가 다시 책으로 돌아왔을 때 그의 눈에 가장 먼저 들어온 대
목은 "─그것은 병원이었다"라는 문장이었다. 그럴 리가 없었다.
그는 얼른 위의 단락으로 올라가 자신이 방금 전에 읽은 부분을
확인했다. 벌레가 된 그레고르를 드디어 그의 부모와 그의 집을
방문한 지배인이 발견하는 장면이었다. 그러니 그곳은 그레고르
의 집, 정확히 말해 그레고르의 방 근처여야 했다. 그리고 그가 기
억하기로 그레고르는 벌레로 변신한 후 죽을 때까지 자기 집을 벗
어난 적이 없었다. 그러니 병원에 입원한 적도 없었을 것이다. 그

런데 병원이라니! 다시 천천히 글을 되짚어 읽은 후에야 그는 무엇이 잘못되었는지 알 수 있었다. 그가 병원이란 단어에 예민해진 탓인지도 몰랐다.

그러니까 지금, 벌레 그레고르는 비스듬히 머리를 기울인 자세로 경악한 지배인과 절망에 빠진 가족의 눈치를 살피고 있다. 그러는 동안 주위가 서서히 밝아져 그레고르 뒤편 창으로 도로 건너편의 회색 건물이 뚜렷이 보인다. 기차처럼 끝도 없이 길고 규칙적인 창문이 뚫려 있는 짙은 회색의 건물—그것은 병원이었다. 그는 자신의 오해가 풀린 후에도 한동안 수수께끼 같은 생각에 잠겨 있었다. 굵직한 빗방울이 떨어지는 아침, 벌레로 변한 그레고르가 처음 모습을 드러내는 순간 사람들은 그의 기울인 머리 뒤편으로 비에 젖은 음울한 진회색 병원 건물이 끝도 없이 길게 뻗어 있는 것을 본다.

아무리 생각해도 그는 이 장면이 그레고르에 대한 냉혹한 예언처럼 생각되었다. 긴 병원 건물은 벌레가 된 그레고르의 연약한 둥근 머리를 관통하는 잿빛 쇠막대처럼 여겨졌고, 더 나아가 어쩌면 모든 병원이 작은 창문 속 병실에 갇혀 있는 환자들을 불가능한 삶의 희망을 볼모로 꼬치처럼 꿰고 있는 쇠꼬챙이인지도 모른다는 생각이 들었다. 환자들은 쓸모없는 생명을 이어가기 위해 가족의 재산을 갉아먹는 해충 같은 존재들이며 결국엔 가족의 행복과 안녕을 위해 바삭한 껍질만을 남기고 죽어야 하는 그레고르의 운명인지도 모른다고.

약속한 시간보다 삼십 분가량 늦게 나타난 처형은 맞은편 자리에 앉으며, 미안해요, 폭대위가 늦게 끝나서, 라고 말했다. 느닷없는 그녀의 말이 그의 귀에는 폭탄 비슷한 것이 늦게 해체되었다는 뜻으로 들렸다. 그의 멍한 눈을 보고 그녀는, 폭대위라고, 폭력 학생들 어떻게 처리할까 대책회의 하는 기구가 있어요, 했다. 아, 그는 고개를 끄덕였다. 어쩌면 오 년 만에 불쑥 찾아온 자신이야말로 처형에게는 폭탄 같은 존재일지 모르겠다는 생각이 들었다.

그가 카운터에서 카페라테를 들고 돌아왔을 때 처형도 건너편의 모란방앗간 간판을 보고 있었다. 유리 너머로 보이는 것이 그것밖에 없기는 했다. 그가 카페라테를 그녀 앞에 내려놓자, 이런 데 방앗간이 다 있네요, 하더니 하도 떠들다 와서 잠시만 가만히 앉아 있을게요, 라고 말했다. 그는 그러라고 했다. 잠시 뒤에 그녀가 참지 못하고 입을 열었다.

우리는 혁준이가 상습 자해 학생인 줄로만 알고 있었지 뭐예요.

이런 게 처형의 방식이었다고 그는 생각했다. 오래 만나지 않아 잊고 있었다. 그는 설명을 기다리는 학생처럼 얌전한 시선으로 잔주름이 진 그녀의 목 언저리를 바라보았다.

김혁준이라고 2학년 남자애가 있거든요. 툭하면 자해를 하기로 유명했어요. 맨손으로 유리창도 깨고 계단에서 뛰어내리다 다치기도 하고. 그런데 알고 보니……

처형은 조금 전에 끝난 폭대위의 충격에서 벗어나지 못한 듯 깊은 한숨을 쉬더니, 알고 보니 혁준은 일진들의 폭력과 갈취에 시달리는 왕따 피해자였고, 모든 자해 시도는 가해의 흔적을 지우라는 일진들의 강요에 의한 것이었다고 했다. 하도 떠들다 와서 잠시만 가만히 앉아 있겠다던 말과 달리 처형은 눈을 반짝이며 아기자기한 손짓을 곁들여 폭대위에서 밝혀진 놀라운 사실들을 풀어놓았다. 그가 김혁준도 일진들도 모른다는 것을 그녀는 염두에 두지 않았다. 결국 그녀는 기진맥진해질 때까지 떠들다가 얼굴이 해쓱해져서야 입을 다물었다. 그는 갑자기 담배가 피우고 싶었다. 오래전에 쓰던 짙은 갈색의 울퉁불퉁한 두꺼비 모양의 도자기 재떨이가 생각났다. 그 묵직한 재떨이는 어디로 갔을까. 그는 카페 유리 너머로 보이는 모란방앗간의 간판 글씨체를 흉내내 손바닥에 써보기도 하고 간판 아래에 적힌 온갖 가루들을 한 글자씩 천천히 읽어보기도 했다. 그러나 아무래도 조금 전에 처형에게서 들은 얘기 중 한 장면이 실제로 본 것처럼 선명하게 떠오르는 걸 어찌할 수 없었다.

그러니까 지금, 학교 일진들이 김혁준을 둘러싸고 모여 있다. 일진 짱이 혁준에게 주먹을 쥐라고 명령한다. 혁준은 주먹을 쥔다. 짱은 팔목에도 힘을 주라고, 안 그러면 팔목 나간다고 경고한다. 혁준은 팔목에도 힘을 준다. 일진의 무리는 곧 일어날 일에 대한 흥분으로 엷고 긴장된 미소를 띠고 있다. 일진 짱이 혁준의 옆으로 다가와 혁준의 주먹과 팔목의 힘을 확인하고 팔꿈치를 붙잡아 팔을 구부린다. 짱은 혁준의 구부러진 팔을 시계추처럼 부드럽게 몇 번 흔든다. 하나 둘 셋에 가는 거다. 공포에 질린 혁준은 대답하지 못한다. 하나, 팔의 추가 첫번째 왕복운동을 한다. 둘, 팔의 추가 두번째 왕복운동을 한다. 셋! 세번째 팔의 추는 돌아오지 못한다. 짱은 창으로 방패를 찌르듯 혁준의 주먹 쥔 팔을 곧바로 유리창에 박아 넣는다. 일진 무리는 와아 함성을 지르며 일제히 복도로 달려나간다. 김혁준이 유리창 깼다! 피에 젖은 주먹과 유리가 박힌 팔을 빼지 못한 채 흐느껴 우는 혁준은 그렇게 상습 자해 학생이 되었다.

근데 제부, 하고 처형이 입을 열었다. 무슨 일 있나요?

그는 아니라고 했다.

그럼 무슨 할말이라도?

그는 역시 아니라고 했다. 그러자 그녀는 샐쭉하여 이제 더는 먼저 무엇을 묻지 않겠다는 듯 입을 다물었다.

그냥…… 그는 머뭇거렸다. 처형이 잘 지내시나 궁금해서요.

그녀는 헛웃음을 웃었다.

나야 잘 지내고 말고 할 게 어디 있어요. 민지 일이 궁금해서 만나자고 한 건 아니고요? 민지랑 가끔 통화는 하죠?

그는 가끔 한다고 대답했다.

나하고도 자주는 안 해요. 얼마 전에 근무지가 또 바뀌었다고 들었는데 알고 있나요?

그는 모른다고, 지금 중국에 있는 게 아니냐고 물었다.

중국에 있다가, 지금은 유럽 투어 쪽을 맡아서 거기 돌게 된다나봐요. 자세한 건 나도 잘 몰라요. 먼저 전화하는 법도 없고 내가 해도 안 받을 때가 대부분이고. 민지가 어떻게 나한테 이럴 수가 있는지 모르겠어요. 그때 오 년 전에 말이에요, 갑자기 휴학하고 집을 나가겠다고 했을 때도 나는 그애한테서 제대로 된 이유를 듣지 못했어요. 제부하고 무슨 얘기가 돼서 그러나 했는데 그것도 아니었잖아요. 막무가내로 나가겠다고, 독립해서 돈 벌겠다고, 그러고 나가버렸는데 도대체 왜 그랬는지 난 아직도 모르겠어요.

저는 잘 모르지만…… 처형이 보시기에 그때까지 민지한테 무슨 문제는 없었습니까?

없었어요. 그전까지는 정말 아무 문제도 없었어요.

처형이 단호하게 대답했다. 그러나 과연 단호하게 없었는지는 알 수 없었다. 어느 시점까지는 단호히 아무 문제도 없다가 어느날 갑자기 돌변해버리는 사람이 어디 있나. 그레고르처럼 민지가 변신이라도 한 걸까. 아니면 자해인 줄 알았는데 피해 학생이었던 혁준이라는 아이처럼, 민지의 문제 또한 완벽하게 위장되거나 은폐되어 있다 터져버린 걸까.

제부는 어떻게 지내요?

그냥 그럭저럭…… 별로 이렇다 할 건 없고……

말투가 어쩜 민지하고 똑같네.

처형이 카페라테 뚜껑을 열고 빨대로 내용물을 휘저었다.

하긴 제부한테만 뭐랄 건 아니죠. 정희도 비슷했으니까. 민지 클 때 보니까 정희 어렸을 때랑 똑같더라고요. 나는 그렇다 치고……

그는 다음 말을 듣고 싶지 않았다.

제부는 그때까지 민지하고 아무 문제 없었나요?

글쎄…… 잘 모르겠습니다.

혹시 상처될 만한 말을 한 적 없어요? 자기도 모르게.

그도 생각해보지 않은 건 아니었다. 무엇을 잘못했는지, 무엇이 잘못되었는지. 그러나 그때에도 알지 못했고 지금도 마찬가지였다.

모르겠습니다.

나도 그래요. 내가 결혼도 안 해보고 애도 안 낳아봐서 그런가, 민지한테 뭘 잘 못해줬나 많이 생각해봤는데 정말 모르겠어요.

처형은 카페라테 뚜껑을 덮고 빨대로 남은 것을 다 빨아 마셨다.

어떻게, 민지랑 통화 되면 우리 만난 거 얘기할까요?

아니라고 그는 대답했다.

정말 오늘 왜 만나자고 한 거예요?

그냥 한번 뵙고 싶었습니다.

어디, 멀리 가요?

그는 아니라고, 아무 일도 없다고 했다. 처형이 고개를 저었다.

참 답이 없네, 답이 없어. 난 오늘 이 자리에 나오면서 어떻게든 이해를 해보자 그런 마음이었거든요. 정희 걔, 나 별로 안 좋아했어요. 근데 왜 그때 죽어도 같이 살겠다는 제부를 떼놓고 민지까지 달고 날 찾아왔는지 이해가 안 가요. 그렇게 신신당부를 해서 내가 민지까지 맡아 키운 건데……

처형이 애쓰신 거 압니다.

그런 말 듣자고 이러는 거 아니에요.

아니, 그가 굳은 얼굴로 말했다. 진심으로 고맙게 생각합니다.

처형이 고개를 갸웃한 채 그를 보았다.

뭐 어쨌거나…… 결론이 이렇게 나버렸으니까 허무하다는 거죠. 덕 볼 생각은 추호도 없었지만 그렇다고 섭섭하지 않다면 그것도 거짓말이에요. 결국 정희, 민지, 제부, 셋 다 나랑 아주 다른 세상 사람들이다, 다른 차원에 사는 사람들이다, 그렇게 생각하기로 했어요. 그래야 나도 살죠. 이해하려고 애쓰면 애쓸수록 내가 뭘 잘못했나, 내가 이상한 사람인가, 그렇게 자꾸 날 의심하는 일, 그만하고 싶어요. 고단해요 나도. 이제 늙었기도 하고. 도대체 누가 뭘 잘못해서 이렇게 된 건지 모르겠어요.

제일 잘못한 건…… 정희죠.

그의 말에 처형이 눈을 동그랗게 뜨더니 픽 웃었다.

그래요. 제일 잘못한 정희는 여기 없으니까, 민지는 민지, 나는 나, 제부는 제부, 그렇게 각자 살면 되는 거죠. 나한텐 그래도 아직 일이 있으니까.

처형은 그럼 이만, 하고 자리에서 일어났다. 처형이 걸어가는 뒷모습에서 그는 오 년 전까지만 해도 알아채지 못했던 노화의 역력한 증거를 보았다. 그는 잠시 모란방앗간 간판을 바라보다 다시 책을 펼쳐 읽기 시작했다.

그는 그 집 앞 전봇대 밑에 서 있었다. 담배도 피우지 않고 전화도 하지 않고 그저 서 있기만 했다. 이십오 년이 지났지만 동네는 여전했다. 3층짜리 연립주택의 뒷벽은 페인트칠을 하지 않아 흥하고 투박한 잿빛 벽면에 층마다 아주 작은 창문이 네 개씩만 달려 있었다. 부엌 창문이었다. 그와 정희가 신혼살림을 차렸던 집은 2층 왼편 끝 집이었는데 그들은 그곳에서 육 년을 살았다. 그곳에서 민지가 태어났고 그곳에서 정희가 말없이 민지를 데리고 떠났다. 문득 그 집에 올라가 벨을 눌러볼까 생각했지만 그러지 않기로 했다. 부질없는 짓이어서가 아니라 겁이 나서였다. 서너 살된 민지가 아직도 거실에서 혼자 놀고 있을 것만 같아서, 치료를 포기한 정희가 아직도 방에 누워 앓고 있을 것만 같아서, 부엌 창문 앞에 아직도 짙은 갈색의 울퉁불퉁한 두꺼비 재떨이가 놓여 있을 것만 같아서, 등뒤에서 정희가 당신 빨리 논문 쓰라고, 이렇게 살면 안 된다고 나직나직 속삭이고 있을 것만 같아서. 그럴 리가 없는데도 꼭 그럴 것만 같아서 그는 겁이 났다.

뒷벽은 저녁 햇살에 비스듬히 나뉘어 위쪽은 희부옇게 빛나고 그늘진 아래쪽은 시멘트가 덜 마른 것처럼 축축하게 젖은 진회색을 띠고 있었다. 그 벽에 파라솔을 붙여놓고 세 명의 노인들이 술을 마시고 있었다. 벽 쪽 의자에 마주보고 앉은 두 노인 중 하나는 왼쪽 눈에 둥글고 희뿌연 안대를 붙이고 있었는데, 그것은 김치만두를 포장할 때 곁들여 오는 작은 플라스틱 간장 용기의 뚜껑과 비슷했다. 늙은 종업원이 그 작은 용기에 간장을 따르다 흘리던 게 기억났고, 그는 노인의 눈 안쪽 까만 간장 같은 눈동자도 무엇 때문에 밖으로 흘려진 것인지 모르겠다는 생각을 했다. 그래서 뚜껑 모양의 안대로 꼭 닫아두어야 하는지도. 벽을 마주하고 길 쪽에 앉은 노인은 장애인이 타는 검정색 전동 휠체어를 타고 검정 선글라스를 쓰고 있었는데, 금방이라도 자리를 박차고 달려나갈 듯 긴장된 표정과 꼿꼿한 몸으로 좁게 뻗은 골목길 끝을 바라보고 있었다. 그러나 아무리 시간이 지나도 전동 휠체어는 그 자리에 꼼짝 않고 있었다. 어쩌면 검정 선글라스 노인이 그토록 꼿꼿하고 긴장된 자세를 유지하고 있는 것은 척추 관련 질병을 앓고 있기 때문인지도 몰랐다.

건물 벽을 배경으로 말없이 앉은 세 노인들을 보고 있자니 벽조차 한 명의 노인인 것처럼 여겨졌다. 노인들이 그다지 어두운 빛깔의 옷을 입고 있지 않는데도 왠지 그의 눈에는 노인들을 비롯해 그들을 둘러싼 시멘트 벽과 빛바랜 파라솔이 모조리 무채색으로 보였고, 그 와중에 유일하게 눈에 띄는 것은 테이블 위에 놓인 초록빛 소주병과 그릇에 담긴 붉은 무생채뿐이었다. 그래서인지 그가 지금 마주하고 있는 것이 현실이 아니라 누군가가 그린 정물화인 듯, 그가 도저히 끼어들 수 없는 허구인 듯 여겨졌다.

오래전 정희가 늦게 퇴근하고 돌아온 어느 밤이 생각났다. 그녀가 스포츠용품 매장에서 일하고 그가 논문을 준비하던 때였으니 결혼한 지 이 년 안쪽이었을 것이다. 민지가 태어나기 전이었다. 정희는 그가 막 뜯어놓은 라면 봉지를 보더니 이럴 줄 알았다고 가볍게 혀를 찼다. 그녀는 옷도 갈아입지 않고 식탁 의자에 앉아서 그가 라면 끓이는 걸 지켜보며 무슨 얘기인가를 했다. 그가다 끓인 라면 냄비를 식탁에 내려놓으며 같이 먹겠냐고 묻자 그녀는 웃었다. 그녀가 왜 웃었는지, 라면을 같이 먹었는지 안 먹었는지는 기억나지 않는데 뜬금없이 다른 어떤 사물이 너무도 선명하게 그의 머릿속에 떠올랐다. 그것은 정희가 냉장고에서 꺼내놓은, 붉은 양념에 버무려진 초록빛 파김치였다. 이상하게도 그날의 기억에 집중하면 집중할수록 그녀의 얼굴은 점점 흐려지는 대신 덜익어 싱싱한 파김치의 색감은 생생해졌다. 폐허 속에 핀 초록 잎사귀 속의 붉은 장미처럼 그것만 이물스럽도록 도드라졌다. 그날 그 밤의 기억 역시 그가 실제로 겪은 현실이 아니라 누군가가 그린 정물화였을까. 그가 도저히 끼어들 수 없는, 누군가가 만들어놓은 허구였을까.

그는 전봇대를 떠나면서 마지막으로 건너편 연립주택 2층 왼편 끝의 작은 창문을 흘깃 쳐다보았다. 실은 그가 그곳에 올라가보지 않은 진짜 이유는 거기에 아무도 없을 것 같아서였다. 정희가 민지를 데리고 떠나버린 그날처럼 텅 비어 있을 것 같아서. 등뒤에서 당신 이렇게 살면 안 된다고 노인들 중 누군가 중얼거린 것도 같았다. 그는 이미 지쳐 있었지만 집까지 돌아갈 길은 멀었다. 그때로부터 참 멀리도 와버렸구나 싶었다.

침대에 비스듬히 누워 책을 읽다 잠들었다고 생각했는데 아마 책을 펼치자마자 곧바로 잠이 들었던 모양이었다. 그가 엎어놓은 제발트의 『토성의 고리』는 본문 첫 페이지 그대로였다. 멍한 상태에서 첫 페이지를 물끄러미 바라보던 그는 눈을 크게 뜨고 자세를 고쳐 앉았다. 낯선 길모퉁이에서 오래된 지인의 뒷모습을 본 듯한 확신이 왔다. 그렇다면 따라가지 않을 수 없다. 글은 작가가 거의 온몸이 마비된 상태로 노리치 병원에 입원하는 것으로 시작되었다. 병상에 누워 방충망이 쳐진 창을 통해 잿빛 하늘만 바라보던 제발트는 현실이 통째로 사라져버린 듯한 두려움에 시달리게 되고, 어떻게든 현실감을 회복하기 위해 창밖 풍경을 보아야겠다고 결심한다. 그래서 마비된 몸을 침대 모서리로 밀어가고 다시 바닥으로 기어 내려가 마침내 벽에 이르게 되는데, 이 대목에서 그는 이미 다음 문장의 내용을 충분히 예견할 수 있었다. 가까스로 창턱을 붙들고 고통스럽게 몸을 일으킨 제발트는 "불쌍한 그레고르가 떨리는 다리로 1인용 소파 등받이를 붙잡고 바깥을 쳐다보"던 「변신」의 한 장면을 떠올리고 있었다.

그는 골똘한 얼굴로 그다음 문장을 읽었다. 그렇게 힘겹게 몸을 일으킨 '벌레 존재'들은 유일하게 그들을 바깥 세계와 접촉하게 해줄 창문 너머로 무엇을 보게 되는가. 그는 이미 「변신」에서 그레고르가 창을 통해 본 것이 샤를로테 거리였다는 것을 알고 있었지만 제발트가 쓴 문장에서 새로운 사실 하나를 추가로 알아냈다. 제발트는 "그레고르가 여러 해 동안 가족과 함께 살아온 고요한 샤를로테 거리를 흐릿해진 눈 때문에 알아보지 못하고 눈앞의 풍경을 회색의 불모지라고 생각했"다고 쓰고 있었다. 그가 읽은 「변신」의 번역본에는 그레고르가 벌레가 되어 눈이 흐릿해졌다는 암시가 빠져 있었으므로 그는 샤를로테 거리 자체가 워낙에 황량한 잿빛 거리인 줄로만 알고 있었다. 그렇다면 이제 제발트는 무엇을 보게 되는가. 제발트 역시 창밖 풍경을 내려다보고 현실감을 되찾기는커녕 "익숙한 도시" 노리치를 "아주 낯설게" 느끼고 "마치 절벽 위에서 돌의 바다나 자갈밭을 내려다보는 듯한" 황량한 느낌에 휩싸인다. 그는 이 대목에서 읽기를 멈추고 잠시 생각에 잠겼다.

그러니까 창밖으로 보이는 현실이 실제로 얼마나 다채롭고 역동적인지는 문제가 되지 않았다. 보이는 것이 무엇이든 벌레 존재의 흐릿해진 눈에는 회색의 불모지나 돌의 바다 또는 자갈밭과 다를 바 없는 것이다. 그는 며칠 전 시멘트 벽 아래에서 술을 마시는 세 노인을 보면서 그것이 현실이 아니라 무채색 배경 속의 정물화 같다고 여겼던 것을 떠올렸다. 아직 병원에 입원하지도, 힘든 수술을 받지도 않았는데 그가 이미 벌레의 눈을 갖게 된 것인지도 몰랐다.

그는 고개를 숙이고 병명이 적힌 서류를 들여다보듯 조심스럽게 제발트의 다음 문장을 읽어내려갔다. 그리고 잠시 후에 잔잔한 희열을 느끼며 고개를 들었다. 비록 벌레의 눈으로나마 제발트는 부지불식간에 자신이 내려다본 황량한 풍경 속에서 무엇인가를 찾아내려 애쓰고 있었고 마침내 찾아내는 데 성공했다. 그리고 그 역시 제발트의 건조한 잿빛 문장 속에서 무엇인가를 찾아내려 애썼고 마침내 그렇게 했다. 제발트의 눈은 노리치 병원의 우중충한 풍경 속에서 무엇인가 움직이는 것을 포착하는데, 그것은 병원 진입로 앞쪽의 "잔디밭을 가로질러오는 간호사"와 모퉁이를 돌고 있는 "푸른 등이 달린 구급차"였다. 제발트 자신은 음울하게 그 가치를 폄하하지만 그는 그것이 명백히 제발트의 '파김치'라는 걸 알 수 있었다. 그들, 그러니까 그와 제발트는 아직 벌레가 아니고 아무리 황량한 폐허 속에서도 무언가를 찾아낼 수 있고 찾아낼 수밖에 없는 존재들이었다. 아직은 잿빛 세상 속에 끼워 넣을 희미한 의미의 갈피를 지니고 있는 존재들이었다. 그게 비록 초록빛 소주병이나 푸른 등을 단 구급차, 붉은 무생채 가닥이나 개미처럼 움직이는 간호사의 실루엣에 불과하다 할지라도.

그는 침대에서 벌떡 몸을 일으켜 밖으로 나갔다. 밤이었고 비는 오지 않았다. 국숫집에 자리가 없어서 그는 김치만두 포장을 주문하고 계산대 옆에 서서 기다렸다. 그 자리에서는 주방 입구가 보이지 않았으므로 그는 늙은 종업원이 이번에도 간장을 흘리는지, 만두가 한쪽으로 쏠리도록 뒤집는지 지켜볼 수 없었다.

대학 본부에 휴직을 위한 서류를 제출하고 집에 돌아오자마자 그는 두 책을 나란히 펼쳐놓았다. 전철을 타고 오는 내내 그는 오로지 하나의 생각에만 사로잡혀 있었는데, 그것은 그레고르와 제발트가 비록 서로를 알아보지는 못했지만 분명 같은 곳을 보고 있었으리라는 확신에 가까운 생각이었다. 물론 샤를로테 거리 건너편에 노리치 병원이 있을 리 없고, 또 제발트는 9층 병실에 입원했다고 되어 있는데 그레고르의 방 너머로 보이는 병원은 길고 낮은 건물이라고 되어 있으니 같은 병원일 리도 없었다. 그러나 비현실적이라고 해서 불가능한 것은 아니었다.

그러니까 어떤 상상, 어떤 사색 속에서는 충분히 제발트가 입원한 병원이 그레고르의 집과 도로 하나를 사이에 두고 마주보고 있을 수 있었다. 그레고르는 벌레가 되기 전에는 너무 자주 보아 맞은편 병원 건물을 지긋지긋하게 여겼지만 벌레가 되어 창밖을 바라보게 되었을 때는 눈이 흐릿해져 맞은편에 병원이 있는지 어떤지 전혀 볼 수 없게 된다. 그럼에도 그레고르는 매일 소파 등받이에 몸을 기대고 황무지 같은 샤를로테 거리와 그 너머를 바라본다. 제발트 역시 병실 창턱을 붙잡고 일어나 밖을 내다볼 때 고통과 질환 때문에 "저 아래쪽의 촘촘히 얽힌 담장들 안에서 사람들이 움직이"는 것을 전혀 볼 수 없었지만, 그러나 눈이란 기관은 응시하지 않고도 볼 수 있는, 열린 구멍이지 않은가. 그들은 알지 못했지만 그들은 같은 곳을 보고 있었고 그 순간 그들의 존재는 서로의 눈을 투과했을 것이다. 제발트는 건너편 어느 집의 창문을 통해 벌레가 되어 흐릿해진 눈으로 자신과 똑같은 풍경을 바라보고 있는 그레고르의 모습을 보았을 것이고, 그레고르 역시 병원의 규칙적인 창문들 중 하나에서 사라지는 현실을 붙잡기 위해 고통 속에 부들부들 떨면서도 창턱을 붙잡고 밖을 내다보려 안간힘을 쓰며 직립한 제발트의 희미한 윤곽을 볼 수 있었을 것이다. 그리고 그레고르는 회복되지 못하고 죽었지만 제발트는 병세가 점차 호전되었으므로 그 이후에 노리치 병원의 9층 병실 창문을 통해 누이의 연주에 매혹당해 자기도 모르게 방문을 열고 거실로 나아가는 그레고르와, 등판에 사과가 박혀 썩어가는 그레고르와, 마침내 죽어 비쩍 마른 껍질로만 남은 그레고르를 똑똑히 목격했을 것이다. 어쩌면 제발트는 노리치 병원에서 퇴원한 후 어떤 현실적

216

제지도 받지 않고 곧바로 샤를로테 거리를 통과해 그레고르 잠자의 집을 찾아갔을지도 모른다. 그리하여 천사 같은 그레고르의 누이동생이 열어주는 문 안으로 들어갈 수 있었을지도.

이런 환상적인 조우를 머릿속에 그려보는 것만으로 그는 요즘 들어 거의 느껴본 적 없는 격한 기쁨을 맛보았다. 그 감격 덕분에 그는 자신이 조만간 병원에 입원해서 가망 없는 수술을 받아야 하는 것도, 회복 기간 내내 낯선 간병인의 손에 몸을 내맡겨야 하는 것도 별로 두렵지 않았고, 오히려 은근히 기다려지기까지 했다. 심지어 그는 자신의 간병인이 그레고르의 시중을 들던 무자비한 하녀처럼 위협적인 말을 한다든지 빗자루로 그를 밀친다든지 하는 식으로 다소 거칠게 다루어주었으면 하는 어처구니없는 소망조차 품게 되었다.

축대로 막힌 골목의 끝에는 돼지불고기를 전문으로 하는 연탄집이 있었다. 그곳에서는 언제나 희미한 먼지 냄새가 났다. 젖은 재 냄새 같기도 하고 마르지 않은 회벽 냄새 같기도 했다. 연탄집 입구에는 메뉴가 적힌 칠판이 걸려 있었는데 첫 줄은 늘 똑같았다. 돼지불고기 백반, 괄호 열고 고추장 간장 괄호 닫고. 둘째 줄은 계란말이, 오뎅탕, 두부김치 같은 안주들이었다. 셋째 줄에는 그날의 특별 메뉴가 적혀 있었는데 오늘은 소라회와 소라찜이었다. 그는 연탄집에서 고추장불고기와 간장불고기만 번갈아 먹었다.

주인은 그를 보자 연탄불을 새로 피워야 해서 돼지불고기를 먹으려면 좀 기다려야 한다고 했다. 그는 괜찮다고 했다. 주인은 축대로 향하는 뒷문을 열어놓고 연탄불을 피웠다. 화덕에 번개탄을 깔고 불붙인 종이를 구겨 넣고 연탄을 얹은 다음 눈을 가늘게 뜨고 불이 잘 붙는지 지켜보면서 담배를 피웠는데, 불을 피우면서 담배를 피우는 모습이 참으로 그럴싸해 보인다고 그는 생각했다. 담배를 피우고 싶은 욕구를 참느라 그는 물을 벌컥벌컥 들이켰다. 통로 건너 옆자리에 앉은 회색 티셔츠를 입은 젊은 여자가 그를 흘깃 보더니 고개를 돌렸다. 뭐야, 술이 아니라 물이었어, 하는 표정이었다. 회색 티셔츠 맞은편에는 또래로 보이는 검정 티셔츠의 여자가 앉아 있었다. 그들은 소라찜에 맥주를 마시고 있었다.

　회색 티셔츠가 검정 티셔츠에게 말했다. 그러니까 거기에는 공기가 가득차 있어, 둥둥. 검정 티셔츠가 둥둥? 하고 물었다. 그렇지, 둥둥. 뭐가 둥둥 떠 있다 이거지? 아니, 뭐가 둥둥 떠 있는지는 모르겠고, 회색이 잠시 말을 멈추었다가 고개를 끄덕였다. 그래, 어디 둥둥 떠 있을 수는 있겠지. 검정이 하늘 같은 데? 하고 묻자 회색은 아냐, 아냐, 하늘 같은 건 없어, 했다. 그럼? 검정이 물었다. 그냥 공기만 가득차 있다니까, 둥둥. 그게 뭐야? 모르겠어. 모른다고? 몰라. 그냥 공기만 가득차 있어, 둥둥.

　그는 자기도 모르게 그들이 하는 얘기에 귀를 기울이고 있었다. 그래서? 그냥 공기만 가득, 둥둥. 공기만 가득, 둥둥? 응, 공기만 둥둥. 공기만 둥둥? 응, 둥둥. 둥둥이라? 그렇게 느껴져. 그렇게 느껴진다고? 그들이 하는 얘기가 무슨 얘기인지도 모른 채 그는 둥둥 소리에 매혹되어 몸을 약간 그쪽으로 기울였다. 그러면서 누이동생의 연주에 홀려 제 몸을 드러내선 안 된다는 사실도 잊고 거실로 기어나온 그레고르를 생각했다.

뭣도 없이?

뭐?

아무것도 없냐고? 공기만 있냐고?

응.

그럼 경계는 있어? 끝 말이야.

몰라.

몰라?

가만, 경계가 있는지는 모르겠고, 뭔가 내부라는 느낌은 있어.

어디 안이다 이거지?

응. 안 같애.

이를테면 애드벌룬 안 같은 거야?

그보다는 커, 훨씬.

그렇겠지. 그래도 엄청나게 큰 애드벌룬이라면?

그럴 수도 있어.

진짜 아무것도 없이?

아니, 진짜 뭐가 있는지 없는지는 모르겠고, 일단 나한테는 공기만 가득 둥둥, 그런 상태.

　공기만 가득 둥둥……

　그런 상태를 상상해봐.

　공기만 가득 둥둥……

　그렇지.

　그러니까 내 생각에 그건……

　남자 손님 셋이 들어와 시끌벅적해지는 바람에 그는 더이상 두 여자의 대화를 들을 수 없었다. 검정 티셔츠의 생각에 그건…… 그건 뭐였을까. 공기만 가득 둥둥, 그런 상태…… 그걸 텅 빈 상태라고 해야 할지 가득찬 상태라고 해야 할지 모르겠지만 그는 그 상태를 알 것도 같았다. 그는 입술을 벌리지 않고 둥둥이라고 발음해보았다. 입술을 조금만 벌리고 둥둥이라고도 발음해보았다. 둥둥…… 둥둥…… 공기만 가득 둥둥…… 입속에서 작은 북소리가 울리는 것도 같았고 먼 곳에서 북소리가 들려오는 것도 같았다. 유럽 어딘가를 돌며 가이드를 하고 있을 민지 생각이 났다. 민지는 왜 거기서…… 둥둥…… 둥둥…… 공기만 가득 둥둥……

　연탄불에 구운 돼지불고기와 밥이 나왔다. 그는 상추에 밥과 고기를 올리고 쌈을 싸서 만두를 먹을 때처럼 두 손으로 들고 입에 넣었다. 회색 티셔츠와 검정 티셔츠는 여전히 무슨 얘긴가를 하고 있었지만 더이상 둥둥 얘기는 아닌 것 같았다. 밥을 다 먹고 계산을 하기 위해 지갑을 여는데 무언가 툭 떨어졌다. 국숫집 보너스 쿠폰 용지였다. 열 개의 칸 중 마지막 칸만 비어 있었다. 가만히 보고 있자니 그 빈칸은 그가 들어가 채워야 할 병실의 축도처럼 보였다. 그리고 아홉 칸에 찍힌 붉은 무늬 스탬프는 작은 병실에서 저마다 몸을 꿈틀거리며 침대에서 바닥으로 내려와 창을 향해 기어가는 벌레 존재의 궤적처럼도 보였다. 아무 기댈 곳도 없고 아무 쥘 것도 남지 않은 이제 와서야 그는 비로소 겉돌던 세상의 틀 속에 겨우 들어앉게 된 듯한 느낌이었다. 회오리치던 그의 가르마를 누군가 단정히 잡아준 것만 같았다.

열린 뒷문으로 축대 밑에 놓인 연탄 화덕에서 약한 연기와 가스가 피어오르는 게 보였다. 마지막이라고 해봤자 별게 없겠지만, 그래서 더 공허해질지 더 충만해질지 모르겠지만, 그는 그저 공기만 가득 둥둥인 그런 상태를 마지막으로 한 번만 더 느끼고 싶다고 생각했다. 계산을 마치고 그는 연탄집 주인에게 공손하게 물었다.

제게 담배 한 대만 주실 수 있습니까?

전갱이의

맛

가끔 아무 말도 하고 싶지 않을 때가 있다. 특정한 누군가가 아니라 아무와도 아무 말도 하고 싶지 않을 때, 응이란 말조차 하기 싫을 때 나는 가능한 한 빨리 지갑이나 휴대전화 등이 담긴 작은 파우치를 들고 그 자리, 그 상황을 빠져나온다. 포스트잇 박스와 펜도 챙긴다. 커피나 음료를 주문할 때 말을 하지 않기 위해서이다.

그렇게 묵언의 시간으로 들어갈 준비를 할 때면 어김없이 그와 함께 먹은 전갱이의 맛이 떠오른다. 나는 기가 막힌 얼굴로 그를 빤히 응시했고 그는 입꼬리를 길게 늘이며 미소를 지었다. 그땐 몰랐지만 그게 진짜, 우리가 나눈 진짜 첫 대화였다는 걸 이제는 안다.

내가 변했다면, 하고 그는 잠시 망설이더니, 그건 아마 말을 못하게 되면서였을 거라고 했다. 나는 기운이 빠졌다.

"말을 못하게 됐다고? 말을 못하게 됐다고 말하는 건 또 무슨 농담이니?"

식사 주문을 하고 돌아온 그에게 좀 변한 것 같다고 말한 게 실수였다. 이혼하고 삼 년 정도 못 보다 오랜만에 만났기 때문에 그런 생각이 들었을 수 있다.

그날 나는 오전 인터뷰를 마치고 회사에 들어가기 전에 늦은 점심을 때우려고 식당 간판을 훑으며 천천히 걷고 있었다. 누군가 계속 내 주변을 얼씬거리는 느낌에 쳐다보니 그였다. 웬일로 그는 먼저 알은체를 하지 않고 내가 먼저 알아보기를 기다리는 얼굴로 서 있었다. 이런 우연이 다 있나 싶어 횡설수설하는 나와 달리 그는 그저 벙긋 웃으며 고개를 갸웃거릴 뿐이었다. 서로 점심을 먹지 않은 터라 그가 잘 아는 식당이 있다기에 따라간 길이었다.

농담은 아니고, 그는 또 뜸을 들이더니 재작년에 성대 낭종 수술을 받았다고 했다.

"아니, 뭐? 으음……"

나는 놀라 버럭 소리를 지르려다 간신히 억눌렀다. 이번에야말로 큰 실수를 할 뻔했다. 말을 못하게 되었다는 말을 미리 듣지 않았다면 나는 분명 성기 낭종 수술로 들었을 것이다.

"성대, 낭종, 그런 수술을 받았어? 지금은 괜찮아?"

그가 고개를 끄덕였다. 묵묵히 고개를 끄덕이는 그가 낯설었다. 우리는 오랜 연애 끝에 결혼했고 짧은 결혼 끝에 이혼했지만, 나로서는 이십대 전부를 그와 함께 보냈다고 해도 과언이 아니었다. 그런데 고작 삼 년 못 봤다고 그에게 이런 거리감을 느끼게 될 줄은 몰랐다. 그가 정말 조금이라도 변해서 그런 걸까.

"그 수술 받으면 말을 못해?"

"못하는 게 아니라 하지 말아야 해."

"얼마 동안?"

단계가 있는데, 삼 주에서 사 주까지는 아예 말을 하면 안 된다고, 응이라는 소리도 내면 안 된다고 했다.

"응도 안 된다고?"

"응 한번 해봐."

"응."

생각보다 성대가 많이 울리지 않느냐고 그가 물었다. 그런 것 같기도 하고 아닌 것 같기도 했다. 그는 응뿐 아니라 성대를 울리는 어떤 소리도 내면 안 된다고, 수술한 자리를 자극하면 다시 낭종이 생길 수 있는데 그의 경우엔 특히 조심해야 했다고 했다. 삼 주에서 사 주 동안 응 소리도 못 내는 상황이 어떤 건지 나는 상상할 수 없었다. 하물며 한번 얘기를 시작하면 멈추지 못하고 청산유수로 떠들어대던, 다변에 달변이었던 예전의 그를 생각하면 더욱.

"세상에, 그런 수술을 받은 줄은 전혀 몰랐네."

이렇게 말하면서 나는 여전히 성기 낭종 수술을 생각하고 있었다.

"그동안 우리가 못 만났으니까."

"어디서 전해들을 수도 있었을 텐데."

그럴 순 없었을 거라고 그가 말했다. 이런 얘길 누구한테 하는 건 처음이라고.

"아니, 왜?"

글쎄, 하더니 그는 무언가를 꼭꼭 씹듯이, 아무튼 처음이라고 했다.

그때 벨이 울렸고 그는 내게 기다리라는 손짓을 하고 일어나 '청송'이라는 팻말이 붙은 코너로 갔다. 그제야 나는 넓고 휑한 지하의 푸드코트를 둘러보았다. 자동 주문 기계에 메뉴를 입력하고 벨이 울리면 음식을 가져오는 방식이었는데, 손님이라고는 우리 말고 늙은 남자들 서너 팀이 있을 뿐이었다. 그중에는 낮술을 마시는 팀도 있었다. 철거를 앞둔 상가처럼 대부분의 음식 코너가 문을 닫았고 서너 군데만 영업을 하고 있었다. 처음에 그를 따라 들어올 때부터 느꼈던 것이지만 번듯한 오피스텔 건물의 지하라는 사실이 믿기지 않을 만큼 침침하고 을씨년스러운 공간이었다.

그가 음식이 담긴 쟁반 하나를 가져와 내 앞에 놓고 자기 것을 가지러 갔다. 주문을 그에게 일임했던 나는 내 앞에 놓인 커다란

구운 생선을 보고 당황했다. 기껏해야 우동이나 돈가스, 비빔밥이
나 김치찌개 정도를 상상했던 것이다. 그가 가져온 쟁반에도 똑같
은 생선이 있었다.

"이게 뭐야?"

"아지야."

"아지?"

우리말로는 전갱이 또는 각재기라고 한다고 그가 설명했다. 전
갱이, 각재기? 한 번도 먹어본 적 없는 생선이었다. 그가 조심스럽
게, 네가 구운 생선을 좋아해서 시켰는데, 라고 했다.

"그건 그렇지만, 어떻게 아지, 전갱이, 각…… 이런 걸 시킬 생
각을 했어? 고등어나 삼치도 아니고?"

"오늘은 아지가 좋다고 아주머니께서 그러셔서."

"여기 단골이야?"

그가 고개를 끄덕였다. 그제야 나는 줄곧 낯설게 여겨졌던 그
의 고갯짓이 옹도 못하던 삼사 주의 시간이 그의 몸에 남긴 흔적
일 거라고 짐작했다. 젓가락을 들어 전갱이 살을 뜯었다. 적당히
칼집이 들어가 있어 헤집을 필요도 없이 큼직한 살점이 뚝 떨어졌
다. 구운 전갱이 살을 먹고 나는 기가 막혀 그를 빤히 쳐다보았다.
그도 젓가락으로 큼직한 살을 떼어내 밥 위에 얹어 먹고 있었다.

"너 참 잘 먹고 사는구나."

그가 입꼬리를 늘이며 부드럽게 웃었다.

"부드럽고…… 맛있네."

"네 입에 맞을 줄 알았어."

우리는 전갱이구이와 밥을 먹었다. 미소된장국에 김치, 꽈리고
추조림, 양상추샐러드가 전부인 찬이었지만 그것으로 충분했다.
여기 술도 파느냐고 물으니 파는데 술값이 아주 싸다고 했다. 그
래서 노인들이 대낮부터 죽치고 앉아 있는가 싶었다. 한잔하겠느
냐고 그가 물었고 나는 아니라고, 조금 있다 회사에 들어가봐야
한다고 했다. 그에게 마시고 싶으면 마시라고 했더니 이제 낮술은
하지 않는다고 했다.

다 먹고 각자 접시에 남은 생선 잔해를 보니 분하게도 손까지
쓴 나보다 젓가락만 쓴 그가 가시를 더 섬세하게 발랐다는 걸 알
수 있었다. 그가 음식 쟁반을 반납하고 돌아와 내게 뭔가를 내밀
었다. 물휴지에 감싼 레몬이었다. 손에 눌러 바르면 비린내가 가
실 거라고 했다. 이쯤 되자 그가 변했다는 걸 확신할 수 있었다.
나는 생선을 만진 손에 레몬을 눌러 발랐다.

뭐랄까, 나직하다 할까 침착하다 할까, 그러면서도 풍성하다 할
까. 그런 그가 무척 낯선 만큼 나는 더 궁금했다. 재작년에 받았다
는 성대 낭종 수술이 그에게 도대체 무엇이었기에, 응도 못하는
그 짧다면 짧고 길다면 긴 시간이 그를 어떻게 관통해 지나갔기
에, 한 번도 먹어본 적 없는 생선의 맛처럼 그는 내게 이토록 부드
러운 놀람을 선사하는가.

지상으로 올라오니 밖은 환하고 찬란했다. 9월이었고 오후 두시에서 세시 사이였다. 퇴근 전에 회사에 들어가야 했지만 굳이 서두를 필요는 없었다. 나는 예의를 갖춰 그에게 뭘 할 거냐고 물었고 그는 잠시 쉬었다 운동을 갈 거라고 했다.

"그럼 어디서 차나 한잔할까?"

그는 좋다고, 걸으면서 찻집을 찾아보자고 했다. 우리는 골목으로 들어가 한산한 주택가를 걸었다. 카페에 들어가기 전까지 우리는 거의 아무 말도 하지 않았다. 그가 걷다 말고 고개를 휙 돌려 골똘한 표정을 짓기에 내가 왜 그러느냐고 물은 게 다였다. 그가 웃으며 고개를 저었다. 음악소리 같은 걸 들은 모양인데 내게 구구절절 설명하고 싶지는 않은 얼굴이었다. 다정하지만 견고한 벽이 느껴졌다. 그와 말없이 걷는 건 생전 처음 같았다. 우리는 카페의 2층 창가에 자리를 잡았다.

"차는 내가 살게."

내 말에 그가 고개를 저으며 뭘 마시겠느냐고 물었다. 조금도 위압적인 구석이 없는데도 그의 말을 거부하기가 어려웠다. 그의 말에 순순히 따르는 게 순리라는 생각이 들었는데, 그런 생각 역시 도무지 낯설어서 얼떨떨했다. 예전의 나는 늘 그에게 저항하기 위해 안간힘을 써야 했고, 그러다 제풀에 지쳐 나가떨어졌고, 때로는 분해서 울기도 했다.

그가 1층에 내려가 주문한 차를 가지고 올라왔다. 나는 그에게 대학에 있는 친구와 선후배들의 안부를 물었다. 예전에 학부와 대학원을 다닐 때도 나는 주변 소식에 어두워 늘 그에게 뭔가를 묻곤 했다. 그때마다 뭐든 모르는 것 없이 척척 대답을 해주던 그가 의외로 고개를 젓거나 잘 모른다는 말을 했다. 내 말에 관심이 없는 건지 내가 안부를 묻는 사람들에게 관심이 없는 건지 알 수 없었다. 겉도는 대화를 중단하고 나는 단도직입적으로 물었다.

"삼사 주가 지나고 나면?"

그가 묻는 표정을 했다.

"그때까지는 응도 안 된다며? 삼사 주가 지나면 말을 해도 돼?"

그는 아, 하더니 삼사 주가 지나도 응, 아니, 정도는 되지만 서너 음절 이상은 안 된다고 했다.

"거참! 그럼 언제 말을 해?"

삼 개월쯤 지나면 간단한 대화가 가능하고, 육 개월에서 일 년이 될 때까지는 성대에 무리가 가는 장시간 대화를 피해야 한다고 했다.

"대체 언제 정상인처럼 되는데?"

성대 상태를 봐서 허용치가 결정되는데 내 경우는, 하고 그는 말을 멈추고 차를 한 모금 마시더니, 일상적인 언어생활은 가능하지만 목을 많이 쓰는 일을 업으로 삼는 건 좋지 않다고 의사가 말했다고 했다.

"그럼 강의는?"

"못하지."

"참, 박사논문은 썼고?"

그가 고개를 저었다.

"왜? 말 못해도 논문 쓰는 데는 지장 없잖아?"

공부 그만뒀는데 모르느냐고, 남의 말 하듯 그가 물었다. 나는 깜짝 놀랐다.

"뭐라고? 공부를 때려치웠다고?"

그가 슬쩍 웃었다.

"농담이지? 그럼 지금 뭐하는데?"

"사서 일을 준비하고 있어."

"사서 일……? 도서관 사서 말이야?"

그가 고개를 끄덕였고 나는 어이가 없어 할말을 잃었다. 그가 공부를 그만두고 사서 일을 준비하는데 내가 그런 사실을 감쪽같이 몰랐다는 게 놀라웠고, 이혼한 사이에 모를 수도 있고 몰라도 되는데 왜 이게 이토록 놀랍게 여겨지는지 의아하기도 했다.

내가 말을 잃은 대신 이번엔 그가 제법 길게 말을 이어갔는데, 논문을 쓰는 중에도 그렇고 쓰고 나서도 그렇고 한동안 시간강사를 뛰어야 하는데 자신의 목 상태로는 어렵겠다 싶었다고 했다. 요즘은 대학마다 강의 전담이 있어서 강의에 올인하지 않으면 아예 강의를 못 맡게 되는 구조이기도 하고, 설사 교수가 되더라도

강의를 안 할 수는 없고, 연구교수라는 것도 생각 안 해본 건 아닌
데 그런 자리는 극히 적은데다 대우도 천차만별이고 또 그게 강의
만 안 한다 뿐이지 회의하고 보고하고, 기본적으로 말을 적게 하
는 자리가 아니더라고, 심포나 강연이 있으면 인사 섭외하고 초청
하느라 하루종일 통화에만 매달려 있는 선생을 보기도 했다고, 그
는 쉬엄쉬엄 말했다.

그의 말을 듣는 동안 흥분도 가라앉고 어느 정도 이해도 갔지
만, 여전히 나는 공부를 그만둔 그를, 대학에 부재하는 그를 상상
하기 어려웠다. 교수와 강사, 조교와 석박사 들 사이의 복잡다단
한 관계망의 중심에는 항상 그가 있었다. 하루라도 그가 학교에
나오지 않으면 과가 돌아가지 않는다는 우스갯소리가 있을 정도
였다.

"왜 하필 사서야? 사서는 말 안 해도 된대?"

비교적, 이라고 그가 짤막하게 대답했다.

"지금까지 나하고 얘기한 건 괜찮은 거야?"

그는 괜찮다고, 목에 무리가 가는 것 같으면 자신이 알아서 그
만 말하게 된다고 했다.

"그럼 그 얘길 해줘."

그가 무슨, 하는 표정을 지었다.

"수술이 널 어떻게 변하게 만들었는지 하는 얘기."

그가 입을 꾹 다물었다.

"듣고 싶어."

그는 망설이다, 네가 듣고 싶다면 해볼게, 하더니 잘될지는 모르지만, 이라고 덧붙였다.

막상 얘기를 하려니까, 그는 이번에도 잠시 뜸을 들였는데 이것이야말로 그가 가장 크게 변한 부분이라 할 수 있었다. 예전에 그는 말 사이에 틈을 두는 법이 없었다. 그의 말은 묘한 활기와 확신에 차 있어서 그가 말을 시작하면 누구나 기대를 품고 경청할 준비를 했고 그 또한 그것을 알고 즐겼다. 그는 말의 강약과 리듬을 조절할 줄 알았다. 세고 독하면서 어딘가 유쾌하고 허풍스러운 데가 있는 그의 말은 좌중을 즐겁게 했고, 풍자나 비판 심지어 인신 공격일 때조차 의외로 관대하게 수용되도록 만드는 매력이 있었다. 그래서 그는 젊은 군주처럼 점점 다른 사람들의 이의제기를 용납하지 않는 쪽으로 변해갔는지도 모른다. 아니, 그런 부정적인 면은 우리 둘의 관계에서만 나타난 것인지도 모르겠다. 솔직히 다른 사람들이 그를 독선적이라고 비판하는 건 들어본 적이 없다. 나만의 생각일 수 있다. 이혼하고 삼 년이 지나도 확실한 건 없다.

막상 얘기를 하려니까…… 순서가 잘 안 잡힌다고, 차근차근 순차적으로 떠오르지를 않는다고 그가 말했다.

"번개를 맞은 것처럼 번쩍, 그런 느낌이야. 그 묵언의 시간이……"

"묵언의 시간이라…… 묵언수행하고 비슷해?"

그렇긴 한데, 하고 그는 손을 모으고 생각하더니, 흔히 묵언의 시간이라고 하면 동굴 속처럼 고요한 시간을 상상하겠지만 실제로는 전혀 그렇지 않았다고 했다.

"어째서?"

"난 동굴 속이 아니라 세상 속에 있었으니까. 내가 말을 안 한다고 세상이 더 고요해지진 않았으니까."

"그건 그렇군."

"오히려 더 시끄럽게 여겨지기도 했어. 나만 빼고 세상이 혼자 떠드니까."

너 혼자 떠들고 세상이 잠잠하던 때에 비하면, 이라고 속으로 생각했지만 그를 비아냥댈 생각은 조금도 없었다. 그저 추방된 젊은 군주의 고독, 그 비슷한 게 상상되어 잔물결 같은 연민이 일었다.

"그날, 수술받은 날 얘기부터 할게."

그는 아침에 수술을 받고 늦은 저녁에 퇴원을 했다. 병원을 나와서 처음 만난 사람은 택시 기사였다. 차문을 열고 택시를 타자 기사가 어디로 가는지 물었고 그는 자신의 오피스텔 주소가 적힌 종이쪽지를 꺼내 보여주었다. 기사가 놀라더라고 했다. 가는 내내 그를 흘낏흘낏 살피는 기색이었지만 그는 설명할 방법이 없어 가만히 있었다고 했다.

"그땐 그게 참 답답하게 여겨졌는데 지금 생각해보면 그럴 일도 아니었지 싶어."

"왜? 무척 답답했겠구만."

"그러니까…… 그때 내가 답답했던 건 해명하고 싶은 마음이 커서였을 거야."

"무슨 해명?"

"내가 원래 말을 못하는 사람이 아니다."

나는 속으로 웃었다. 그래, 너는 원래 말을 못하는 사람이 아니지. 너무 잘해서 탈인 사람이지.

"목 수술을 받아서 잠깐 못하는 거다, 그런 해명. 지금 생각해보면 택시 기사에게 그런 걸 밝히는 게 무슨 의미가 있었겠나 싶은 거지."

그래도, 하다 나는 입을 다물었다. 그래, 그게 무슨 의미가 있었겠나 싶었다. 어차피 말을 못하는 건 마찬가진데.

간단히 정리하자면 힘든 건 크게 두 종류였어, 라고 그는 말했다.

"말을 하지 못해서 겪는 불편함과 말을 하지 말아야 해서 겪는 불편함."

"그게 달라?"

"달라. 못하는 것과 하지 말아야 하는 것의 차이니까."

말을 하지 못해서 겪는 불편함은 타인과 소통하지 못하는 불편함이었다. 얘기를 나누지 못하니 아무도 만나지 않게 된다든지, 외출할 때에는 늘 목에 수첩과 펜을 걸고 다니다 필요할 때면 자신의 요구를 적어 상대에게 보여준다든지 하는 것들. 그러다보니 사소한 물건을 사러 가도 근처 가게보다는 가급적 말을 하지 않아도 되는 대형 마트에만 가게 되고, 외식도 자동 주문 기계가 있는 푸드코트에서만 하게 되었다고 했다. 그래서 아까 거기도 가게 된 거고, 라고 그가 말했다.

"아, 전갱이?"

그가 고개를 끄덕였다. 그런데 몇 번 가니까 아주머니가 이것저것 말을 시키더라고 했다. 오늘은 뭐가 좋다, 요즘은 뭐가 제철이다, 그런 얘기들. 그가 말을 못한다는 손짓을 하자 아주머니는 그를 불쌍히 여기는 표정을 지었다. 그런데 택시 기사 때와 달리 그게 이상하게 기분이 나쁘지 않았다고, 뭔가 해명해야겠다는 답답한 마음도 들지 않았다고, 그래서 단골이 되었다고 했다.

말을 하지 않으니까, 그는 또 잠시 쉬었다가, 내 안에서 뭔가 이상하게 예민한 감각이 생겨난 것 같았어, 라고 말했다.

"원해서 생겨난 게 아니고 그냥 생겨난 거야. 이를테면 개인마다 감당할 수 있는 감각의 에너지나 민감함의 총량이 정해져 있다고 할 때, 한 감각이 억제되면 다른 감각이 계발되는 식이지. 예전 같으면 비슷하다고 여겼을 것들에서 무한한 차이를 식별하게 되더라고."

"예를 들면?"

"택시 기사와 청송 아주머니의 반응 같은 것. 똑같이 측은하게

238

여기는 얼굴인데 다르게 느껴졌지."

그는 이후로도 자신을 측은히 여기는 사람들의 표정에서 수많은 스펙트럼을 구분해낼 수 있었다고 했다. 전달해야 할 요구를 쪽지에 적어 읽힐 때 그들의 눈빛과 사소한 몸짓만 보고도 그게 독이 든 측은함인지 아닌지 저절로 알게 되었다고.

"그건 그때 네가 너무 예민해서 그렇게 느낀 게 아닐까?"

이렇게 말하고 나는 입술을 깨물었다. 조용히 들어줄걸 하는 후회가 들었다. 그런데 뜻밖에도 그가 음, 그럴 수도 있지, 하는 바람에 나는 놀랐다. 이런 선선한 인정이라니 허무했다. 그럴 수도 있다는 그의 말은 진심일까. 진심으로 내 말을 인정하고 수용해서 한 말일까.

내 복잡한 심사와 상관없이 그는, 말을 하지 말아야 해서 겪는 불편함은, 하고 자연스럽게 말을 이었다.

"나도 모르게 저절로 말 비슷한 걸 해서 성대를 울리게 될까봐 주의해야 하는 불편함이었어."

자다가도 잠꼬대를 하지 않도록 조심해야 한다든지, 길 가다 누군가와 부딪쳐도 억 소리를 내면 안 된다든지 하는 것들. 그러다 보니 사람 많은 곳을 피하게 되었고 술을 먹고 취해서 자신도 모르게 소리를 낼까봐 술도 먹지 않게 되었다고 했다.

"아, 장난 아니네."

"그런데, 사람은 또 적응을 하게 되더라고. 말을 못해서든 하지 말아야 해서든, 모든 게 익숙해지니까 견딜 만했어. 별로 힘들게 느껴지지 않았어. 정작 힘든 건……"

"뭐가 또 있어?"

그는 이제까지 말한 것과는 비교도 할 수 없는, 도저히 견딜 수 없는 자폐감이 서서히 엄습해왔다고 말했다. 엄습, 이라는 말에 나도 덩달아 가슴이 답답해졌다.

시작은 비였어, 라고 그는 말했다.

그가 수술한 시기는 초여름이었는데 수술한 날 비가 왔다고 했다. 택시 차창 밖으로 비가 내리는 걸 보면서 그는 아무 말도 할 수 없다는 게 답답하게 여겨졌다고 했다. 비 온다, 비 오네, 그런 말을 할 수 없으니 답답하다 하는 정도의 느낌.

"그런데 곧 장마가 시작됐지."

처음엔 사소하게 느껴졌던 답답함이 장마가 시작되자 불어난 급류처럼 그를 압도해왔다.

"하루종일 비 오는 걸 보면서도 비 온다고 말할 수가 없으니까…… 정말 죽을 것 같았어. 과장이 아니라 호흡이 가빠지고 가슴이 뻐근해져서 이러다 죽겠다 그런 생각이 들 정도였어. 왜 이럴까, 이까짓 비가 뭐라고, 수도 없이 생각해봤지."

그러다 그는 자신이 느끼는 절망적인 자폐감이 비로 인한 것만은 아니라는 걸 알게 되었다고 했다.

"그러니까 사람은, 사람이란 존재는…… 눈으로 보고, 귀로 듣고, 혀로 맛보고, 그렇게 감각하는 자체만으로는 도저히 만족하지 못하는 존재더라고. 내가 지금 이걸 느낀다, 하는 걸 나에게 알려주지 못하면 못 견디는 거지. 어떤 식으로든 내 느낌과 생각을 내게 전달해줘야 하는데 그러지 못하니까 감각이나 사고 자체도 그 자리에서 질식해버리고 마는 것 같았어."

나는 잠깐 멍한 상태가 되었다. 그는 지금 무슨 말을 하고 있는 거지?

말이란 게, 하고 그가 말했다.

"다른 사람과 대화하기 위한 것 같지만, 근본적으로는 나와 대화하기 위한 것이라는 생각이 들었어. 그러니까 그동안 난 쉴새없이 누군가에게 말을 해왔는데, 그 말을 사실 나도 듣고 있었던 거지. 그런 의미에서 말은 순수히 타인만 향한 게 아니라 나를 향한 것이기도 했던 거야. 그런데 말을 못하게 되면서 타인을 향한 말은 그럭저럭 포기가 되는데 나를 향한 말은, 그건 절대 포기가 안 되더라고."

그는 자신이 느끼는 감각이 강렬하면 강렬할수록 그걸 자신에게 알려주고 싶어 미칠 것 같았다고 했다.

"내가 알 수 있게! 내가 알 수 있게!"

그래서 생각한 게 수화였다고 그는 말했다.

"당장 검색해서 비 온다는 말부터 찾아봤지."

그가 말을 멈추고 물잔을 들었다. 문득 그의 목을 배려해야겠다는 생각이 들었다.

　"천천히, 좀 쉬었다 얘기해."

　내 말에 그가 고개를 끄덕였다. 그는 물을 한 모금 마시고 두 손을 가슴 높이로 들어 늘어뜨리더니 위아래로 두 번 움직였다.

　"이게 비 온다는 말이야."

　나도 그의 흉내를 내어 두 손을 가슴 높이로 들어 늘어뜨리고 위아래로 두 번 움직였다.

　"이렇게?"

　"응. 물 안 마시고 그렇게만 해도 돼."

　"뭐? 물 마시는 것도 수화에 포함된다고?"

　"응. 물이 내린다, 그런 뜻이니까."

　"그럼 물이 없으면 어떻게 해?"

　그가 웃었다. 나를 만난 후 이렇게 밝게 웃는 건 처음이었다.

　"이 바보야! 실제로 물을 마시지는 않아. 물 마시는 시늉만 하는 거지."

　"넌 왜 마셨어?"

　"난 마침 목이 말라서."

　"이 사기꾼!"

　그가 또 웃었고 나도 웃었다.

　"그래서 수화를 배웠어?"

그는 고개를 저었다.

"처음엔 수화라도 하니까 좀 덜 답답하고 나와의 소통에 숨통이 좀 트이는 것 같았어. 그래서 아름답다, 맛있다, 기쁘다 같은 몇 가지 수화를 찾아보고 그대로 해보기도 했는데, 시간이 갈수록 내가 바라는 게 그게 아니라는 걸 알게 됐지."

"성대 낭종 수술 한 번 받고, 넌 참, 알게 된 게 많기도 하구나."

"그런 셈이지. 내가 학습효과가 좀 좋잖아."

"그렇게 생각해왔다니 놀랍군. 아무튼 그럼 네가 바라는 건 뭐였는데?"

이런 말을 주고받자니 한때 다정했던 시절의 그와 나로 돌아간 것 같았다.

그는 혹시 기존의 수화에 불만이 있는가 싶어서 자기 마음대로 수화를 만들어보기도 했다고 했다. 입을 벌리거나 고갯짓을 하는 등의 짧은 감탄사부터 시작해서, 맛있을 것 같다 싶을 땐 입을 두 번 다신다든가 뭘 좀 해볼까 할 땐 손을 맞잡는다든가 하는 식의 간단한 표현들을. 그러나 그렇게 직접 만들어낸 수화를 통해서도 그의 감각은 그에게 아주 조금밖에는 전달되지 않는 것 같았다고, 결국 기존의 수화와 마찬가지로 자신의 수화도 무척 미흡하게 느껴졌다고 말했다.

"수화는 말에 가장 가까운 건데 왜 나는 만족하지 못할까 이상했지. 그러다 또 알게 된 게……"

그가 잠깐 말을 멈추었고 나는 킥 웃었다.

"또 뭘 알게 됐어?"

이해가 안 갈 수도 있지만, 하더니 그가 물을 조금 마셨다. 손을 들어 늘어뜨리거나 하지는 않는 걸로 보아 수화를 하는 건 아닌 모양이었다.

"내가 말을 원하는 게 아니었구나 하는 것."

말을 원하지 않다니. 말을 못하게 되어서 간절히 원한 게 말이 아니었다니.

"그럼 이번에 원한 건 또 뭔데?"

"나만의 말."

그는 수화가 타인과의 소통을 위한 약속이라는 의미에서 말과 같다고, 그런데 그는 타인과의 소통이 아니라 자신과의 소통을 원하고 있었고, 그런 의미에서 그만의 말을 원했다고 했다. 그의 삶이, 그의 감정과 기억이 오롯이 담긴 말, 궁극적으로는 말 너머의 말.

"그게 뭐야?"

"이를테면 나만의 말을 만드는 식인데, 나의 첫 말은 당연히 비 온다였어."

"어떤 건데?"

그는 얕게 한숨을 쉬더니 창밖을 바라보고 다시 나를 보았다.

"그거야?"

그가 고개를 끄덕였고 나는 실망해서 외쳤다.

"그게 뭐야? 수화보다 더 빈약하잖아?"

"그렇게 보일 수도 있어. 사실 나만의 말은 내가 일부러 만들려고 해서 만든 게 아니야. 이미 있던 게 뒤늦게 발견된 거지. 그러니까 지금 내가 한 비 온다는 말은, 비 온다는 말을 그리워하던 그때의 상태, 그때의 자세, 그게 그대로 비 온다는 말이 된 거야."

"난 잘 이해가 안 되네."

조금 부연 설명을 하자면, 하더니 그는, 창밖의 비를 보면서 턱을 조금 들고 몸에 서서히 힘을 빼고 팔을 늘어뜨린 채로 손가락 끝에 뭔가 맺히는 걸 상상하면서 손가락을 느릿느릿 움직여주는 것, 그게 바로 비 온다는 그만의 말이라고 했다.

"서서 말할 수도 있고 앉아서 말할 수도 있는데 서서 말할 때 좀더 비 온다는 감각이 잘 느껴져. 또 비가 세차게 오면 저절로 손가락 끝이 무겁게 느껴지면서 대신 움직임은 좀 빨라지지."

나는 창밖을 보면서 턱을 조금 들고 몸에 힘을 빼고 팔을 늘어뜨리고 느릿느릿 손가락을 움직여보았다. 비 온다는 말을 하고 싶어 미칠 지경일 때 그는 이런 자세로 비를 보며 앉아 있었던 걸까.

나만의 말은, 그가 힘주어 말했다.

"만들어지는 게 아니라 기억되거나 발견되는 거야. 내가 어떤 언어를 간절히 원했던 순간을 기억하거나, 그 간절함이 생겨나는 순간을 발견해서 내 말로 삼는 거지. 그러니까 내 말들은 어원을 잃는 법이 없어. 최초의 기억이 사라지지 않고 그 위에 다른 기억들이 차곡차곡 쌓이면서 말 속에 삶이 깃드는 방식이라고나 할까. 때로는 뜻을 알 수 없는, 그저 표현으로 먼저 생겨난 말도 있고, 가끔 아주 외설적인 말도 튀어나와."

나는 퍼뜩 정신이 들었다.

"외설적이라면 어떤……?"

내 표정에서 소심한 궁금증을 읽고 그가 웃었다. 아무튼 성대 낭종 수술을 받고, 라고 그가 말했을 때 나는 움찔했다. 성대 낭종에 반응하는 나의 움찔함도 나 혼자만의 외설적인 말이 될 수 있을 거라는 생각이 들었다.

"언제부터 어떤 식으로 변했는지 모르겠지만, 말을 조금씩 하게 되면서 내가 변했다는 걸 알았지. 예전처럼 말하지 않고 있더라고. 묵언의 시간이 번개처럼 번쩍 지나가고, 이동한 경로는 불타버렸지만, 나는 이미 다른 곳에 있게 된 거지. 그건 분명히 나만의 말과 관계가 있어."

나는 좀 멍한 상태로 그의 말을 듣고 있었는데, 그가 뜬금없이 '국파산하재國破山河在'를 아느냐고 물었다.

"나라가 망했는데 뭐 그런 시?"

그가 고개를 끄덕였다.

"나라가 깨졌어도 산하는 그대로다, 뭐 이런 뜻으로 알고 있잖아. 그런데 난 그 말이, 나라가 깨지니 산하가 있음을 알겠다, 이렇게 읽혀. 내 경우가 그랬으니까. 나라는 시스템이 망가지고 나니까 내 속에 자연이 있음을 알게 된 거지."

그가 손을 깍지 끼더니 그 위에 턱을 고이고 나를 바라보았다.

"왜?"

"이제 그만 얘기할게."

"왜?"

"이렇게 말을 많이 한 건 오랜만이야. 목에 이물감도 느껴지고. 할말은 다 했어."

그는 그 자세 그대로 고개를 돌려 창밖을 내다보았다. 저건 과연 또 무슨 그만의 말일까, 생각하며 나는 물끄러미 그를 보았다. 나의 이 바라봄도 나만의 무슨 말일까 생각하며.

"저거 봐!"

그가 약간 쉰 목소리로 말했다. 나는 창 쪽으로 고개를 돌렸다. 2층 창에서 내려다보이는 골목 안쪽에서 삼십대 중반의 여자가 너덧 살 된 여자애의 손을 잡고 걸어오고 있었다. 여자는 키가 크고 매우 뚱뚱했고 아이는 작고 뚱뚱하지 않았지만 까맣고 숱 많은 머리칼을 하나로 묶은 모습이나 동글동글한 얼굴형이 여자와 꼭 닮아 누가 봐도 엄마와 딸임을 알 수 있었다.

"저 사람들 뭐?"

"가만. 애가 뭐를 해."

그는 누가 들을까 두려운 듯 작게 속삭였다. 나도 덩달아 숨죽이고 기다렸다. 아이는 몇 걸음 걸어가다 말고 갑자기 기쁨에 차서 엄마를 올려다보더니 엄마 손을 자신의 조그만 두 손으로 감싸 자기 쪽으로 끌어당기고 엄마의 통통한 팔목에 몇 번이나 입을 맞추었다. 그런 귀엽고 돌연한 애정표현에 엄마는 그저 웃고 말았지만 나는 놀라운 선율의 음악을 들었을 때처럼 완전한 감동에 사로잡혔다. 그와 나는 마주보았다.

"이럴 땐 무슨 말을 하지?"

내가 물었다.

이건 처음 해보는 말인데, 하더니 그는 고개를 뒤로 젖히고 천장을 응시하다 천천히 바로 했다. 나도 고개를 뒤로 젖히고 천장을 응시하다 천천히 바로 했다. 우리는 다시 마주보았고 서로가 똑같은 감동 속에서 똑같은 의문을 품고 있다는 걸 알아보았다. 아이의 작은 몸에 넘쳐흐르는, 저 샘물처럼 퐁퐁 샘솟는 청량한 기쁨의 원천은 무엇인지, 우리도 한때 저런 기쁨에 몸을 맡기고 서로 사랑하던 때가 있었는데 그것은 언제 사라져버렸는지, 하는 것들……

카페를 나와 전철역까지 우리는 말없이 걸었다. 전철역 앞에서 헤어질 때 내가 물었다.

"맛있을 때. 그땐 어떤 말을 해?"

"그건 맛에 따라 다른데."

"아, 그렇겠군. 그럼 오늘 전갱이구이의 맛은?"

그가 천천히 입꼬리를 늘이며 부드럽게 미소 지었다. 역시 그랬군. 나는 딸꾹질하듯 짧은 숨을 내쉬었다. 그는 내가 무엇 때문에 이런 소리를 내는지 아는 얼굴이었다.

"내 말은 뭐 같아?"

"깔끔하게 납득이 됐다?"

내가 눈을 크게 뜨고 입을 조금 내밀자 그가 말했다.

"맞혔다?"

우리는 웃었고 마지막으로 악수를 했다. 내 손을 잡는 그의 손, 비 온다는 말을 할 때 빗방울이 맺힐 그의 손가락을 느끼니 견딜 수 없이 이상한 기분이 들었다. 알 수 없는 말들이 손안에서 춤을 추다 사라지는 것 같았다. 그의 손을 놓고 돌아서면서 나는 주먹 쥔 손을 주머니에 찔러넣었다. 어깨를 펴고 허리를 곧추세우고 주먹 쥔 손으로 주머니를 아래쪽으로 꾹꾹 누르면서 또박또박 걸어갔다. 그때 나만의 첫 말이 탄생했다. 9월이었고 네시에서 다섯시 사이였다.

그에 비하면 턱도 없겠지만 나도 이제 나만의 말들의 목록을 가지고 있다. 묵언의 시간 속에서는 항상 나만의 말들이 태어난다. 타인이 아닌 나 자신에게 가장 먼저 도달하는 말들이 주는 기쁨을 알게 된 건 오로지 그의 덕분, 그의 성대 낭종 수술 덕분이다. 그가 사서가 되었다는 소식은 아직 듣지 못했다.

어떤 말들은 뜻을 알 수 없는 채로 생겨난다고 그가 말했는데 정확히 그렇다. 어떤 감정이나 감각들은 나를 거치지 않고 곧바로 몸으로 표현되고 기억에 각인된다. 예를 들어 나는 아직도 내 첫 말의 뜻을 정확히 알지 못한다. 처음엔 '안녕'쯤이 아닐까 생각했지만 꼭 그렇지만도 않은 것 같다. 그 뜻을 알고 싶어 가끔 주먹 쥔 손을 주머니에 찔러넣고 어깨를 펴고 허리를 곧추세우고 주머니를 아래쪽으로 꾹꾹 누르면서 또박또박 걸어보기도 하지만 여전히 모르겠다. 분명한 건 내가 그 말을 할 때, 그 말을 계속 진행시킬 때, 무엇인가가 드러나기보다 사라진다는 느낌을 받는다는 것이다. 걷는 행위 속으로 사라지는 무엇이 보인다. 그렇다고 완전히 사라지지는 않는다. 작게, 점점 작게, 주먹 쥔 손의 작은 어둠 속에서 무언가 희미하게 점멸하며 살아 있다. 모든 건 사라지지만 점멸하는 동안은 살아 있다. 지금은 그 모호한 뜻만으로 충분하다.

당신이 알고 있나이다

반년 전쯤 『레몬』이 출간됐을 때, 권여선 작가를 '슬픔의 마에스트로'라 부르는 것을 들었다. 주인, 지배자, 전문가, 교사, 명지휘자, 거장…… 슬픔에 관하여 가능한 말은 아닐지도 모르는데, 권여선의 소설을 읽을 때마다 가슴속에 차오르는 먹먹함과 머릿속을 훑어내는 예리함이 떠올라 고개가 끄덕여지기는 했다. 이런 뭉뚱그리는 말을 서두에서부터 쓰고 싶진 않지만, '생의 비극성에 대한 이해와 연민'을 권여선의 소설에서만큼 깊게 경험한 적이 있었던가 싶은 것도 사실이고, 그와 동시에 '슬픔=고통=불행=비극=연민……'의 개념 연쇄가 스치면서 그랬던 것 같다. "어떤 삶은 이유 없이 가혹한데, 그 속에서 우리는 가련한 벌레처럼 가혹한 줄도 모르고 살"[1]다가 문득, 이 모든 시련이 나의 주관일 리 없고 다만 "무턱대고 시작되었다 무턱대고 끝나는"[2] 삶의 주관임을 알게 된다. 이런 깨달음은 그 자체로 생의 한복판을 파고드는 뜨거운 슬픔이자 세계의 비극성을 꿰뚫는 서늘한 전율이다. 이 둘을 기대하는 건 권여선의 소설을 앞에 둔 우리의 습관이 되었다. 기대를 넘어 마치 권리를 누리겠다는 듯 당신도 떳떳한 예감으로 이번 책을 펼쳤을 것이다.

1. 슬픔 앞/뒤의 분노

이번 소설집에서 당신이 가장 슬프게 읽은 이야기는 무엇일까. 나는, 「손톱」이다. 이전보다 이번 책의 소설들을 더 슬프게 읽은 건 아닌 듯하지만, 「손톱」을 읽으면서 "굵은 고정쇠가 소희의 오른손 엄지손톱을 푹 뚫고 나와 손톱 절반이 뒤로 꺾이고 살이 찢"(54~55쪽)긴 상태와 손톱이 빠진 자리의 "혹에 끈끈하게 고인 약과 피와 진물"(73쪽) 같은, 살갗과 혈관을 달구는 촉각의 작열감이 아린 감정으로 치환되어서 유독 슬픈 느낌이 남은 건지도 모르겠다. 지금 스물한 살인 '소희'는 반년 전 언니까지 집을 나간 이후로 혼자 지내며 판매원 일을 하고 한 달에 백칠십만원을 번

---

1) 권여선, 『레몬』, 창비, 2019, 145쪽.
2) 같은 책, 12쪽.

다. 초등학교 6학년 때 엄마는 "언니가 열 달 동안 저금한 칠백만 원과 언니 이름으로 대출받은 천만원을 들고 내뺐"(59쪽)는데, 그 때와 똑같이 언니도 소희가 저금한 돈과 대출받은 돈을 가지고 사라진 것이다. "엄마랑 수법이 똑같았지만, 그래도 소희는, 아직도 소희는, 엄마랑 언니는 다르다고 생각한다."(65쪽) 언니는 전에도 한 번 돌아와준 적이 있으니까, 다시 올 거라고. "소희는 수없이 계산하고 또 계산"(61쪽)하면서 아끼고 저금하고 빚 갚는 계획을 세운다. 그러다 "달아오르다 달아오르다 끝내 픽 금이 가야만 했던"(55쪽) 그때, 손톱이 와삭 깨져버린 것이다. "여자는 얼굴 다음이 손이라니까"(71쪽) 병원에 갔는데, 갈 때마다 치료비로 칠만원씩 날아갈 걱정에 소희는 "손톱 없어도 된다. 엄마 없이도 살았고 언니 없이도 사는데 그깟 손톱 없어도 된다"(73쪽)고 아픈 손끝을 유리에 짓눌러버린다.

손톱이 뒤집힐 때의 끔찍한 통증과 기괴한 모양은 상상만으로도 누구나 소스라치게 만들겠지만, 이 소설을 읽은 당신이 그보다 숨가쁘게 힘들었던 대목은 사실 손톱 장면이 아닐지도 모른다. "돈 계산을 하고 가계부를 쓸 때에만" 살아 있는 것 같은 소희가 "이번달 월급 백칠십만원을 받으면, 받으면……"(60쪽) 하며 계산을 시작할 때. "대출 상환금이 매달 사십칠만원 나가고, 옥탑방 월세가 사십만원 나간다. 교통비와 회사 식대를 합치면 이십만원, 통신료와 공과금과 건강보험료 합이 십삼만원. (……) 겨울이라

난방을 하니까 이만원 더 든다. 그러면 십팔만원 남는다. 십팔만원으로 한 달을 먹고살려면…… 소희는 주먹을 꼭 쥔다."(61쪽) 화수목은 열 시간 일하고 금토일은 열세 시간 일하는 소희가, 매운 짬뽕은 오백원 추가라 "곱빼기도 말고 맵게도 말고 그냥 사천오백원짜리 짬뽕을 먹을까 하다"(64쪽) 식당을 나온 소희가, 시청료 때문에 텔레비전도 없애고 인터넷만 하며 또 계산을 한다. 포인트를 적립하고, 쿠폰을 수령하고, 로또 앱을 찍는다. 빚도 계산한다. "소희에겐 계획이 다 있다. 마지막으로 대출받은 옥탑방 보증금, 이자가 제일 센 그 오백만원부터 갚아야 한다. 7월부터 11월까지 소희는 매달 이십오만원씩 모아(……)"(62쪽)

이렇게 반복적으로 등장하는 액수의 연쇄는 다른 어떤 사건의 개요와 전개를 알리는 말보다 치밀하고 혹독하지 않은가. 단지 소희와 같이 계산을 해보면서 따라갔을 뿐인데, 무슨 행동 분석으로 범인을 색출할 때처럼, 어떤 오리무중인 사건의 진실에 다가갈 때처럼, 흉부에 압박감이 느껴진다. 언니를 기다리며, 아껴 쓰고 저축하며, "자기주장이란 게 없고 애가 아주 '무나아안하다'고, 무색무취하다고, 그것도 재주라면 재주라고"(57쪽) 하는 소리를 들으며, 매일 통근버스에 몸 싣는 걸 낙으로 여기는 소희가 안쓰러워서, 연민이 밀려와 답답한 것만은 아니다. 계산기에 올라탄 소희는 되레 "뭔가 벅차오르다 금세 풀이 죽고 갑자기 조급증이 났다 울렁거렸다 종잡을 수 없는 흥분 상태에 사로잡"(60쪽)히곤 하지만, 그런 소희를 지켜보는 우리가 소희보다 먼저 "조금씩 불안해지고 신경이 곤두선다. 얼굴이 붉어지고 눈가가 이글이글 달아오른다. 뭔가 또 퍽 터질 것만 같다"(72쪽). 물론 소희 자신도 곧 그렇게 된다.

언니가 사라졌을 때도, 손톱이 깨졌을 때도, 소희는 이렇게 뭔가로 가득차서 터질 것 같았다. 무섭다. 소희를 이렇게 두면 안 되는데, 이렇게 혼자 놔두면 안 되는데. 도대체 나보고 어쩌라고? 내가 어쨌다고? 내가 뭐? 내가 뭘? 뭘? 뭘?
소희는 작은 소리로 외치며 걷는다.
내가 뭘? 뭘? 뭘?
소리가 점점 커지면서 말끝이 날카롭게 솟구친다.
내가 뭘? 뭘? 뭘?(같은 쪽)

나는 지금 이 책에서 제일 슬프게 읽은 소설 이야기를 하고 있는데, 이것을 읽고 진짜 슬펐다고 해도 될까? 아마 나는 슬프기보다 화가 났던 것 같다. 소희는 슬퍼하는 사람이 아니라 화가 나도 화를 삭이는 사람이고, 그래서 우리는 화를 내지도 못하는 소희를 보며 슬퍼할 수도 있지만 소희 대신 분노할 수도 있지 않은가. 나는 이 소설이 정말 슬펐는데, 그보다 먼저 너무 화가 난 것을 스스로 가라앉히려다가 어느새 슬픈 느낌으로 스윽 넘어가버린 것도 같다. 소희도 나도 슬픔보다 분노가 먼저였고 더 컸을 것이다. 다만, 손톱은 잃었지만 아직 언니가 오리란 기대는 놓지 않은 소희가, 자기보다 "더 전문가"(80쪽) 같은 할머니에게 "조심해야지"(81쪽) 하는 말을 듣고는 어쩐지 다정한 기분이 되어 계산도 조급함도 분노도 잠시 잊은 것은 차라리 다행스러운 일일 것이다. "아직 멀었다 소희야, 하는 말"(같은 쪽)이 세상살이의 팍팍함에도 불구하고 생의 긴 여정을 긍정하는 말로 들려서 다시 주저앉아 숨을 고르며 눈물을 훔치게 된다면, 이 눈물은 누군가의 슬픔을 연주하는 이야기가 아니라 우리의 분노를 지휘하는 이야기가 준 것일 터이다. '슬픔의 마에스트로'가 분노를 지휘하기 시작했다.

2. 불행이 아니라 부당함이다

소희의 안타까운 처지를 길게 얘기했지만, 소희만큼 우리를 속상하게 만드는 사람들이 이 소설집엔 연령대별로 있다. 「너머」의 'N'은 소희의 십 년 후쯤, 「친구」의 '해옥'은 이십 년 후쯤 되려나. 해옥의 아들 '민수'는 소희보다도 어린 아이라 더 큰 연민을 느끼게 할 수도 있다. 이런 맥락에서 「손톱」 「너머」 「친구」를 한 카테고리로 묶어볼 수도 있겠는데, 이 소설들의 인물이 처한 곤궁이 이 시대의 가장 열악한 경제적 궁핍 상태를 드러내고 있다는 점에서 타당할 것이다. 아끼고 짜내고 모으고 계산하고…… 어떻게 안간힘을 써도 벗어날 길이 요원한 궤도, 비약할 수 없는 계단, 출구 없는 지하실을 떠올리게 하는 절망감이 우리를 화나게, 슬프게 한다. 이들의 삶이 "누가 봐도" "기쁨이랄 것이 없어 보"(153쪽)이는 불행의 얼굴을 하고 있다고 말해진대도 과장으로 들리진 않을 것이다.

「너머」의 N은 두 달간 기간제교사로 일하게 되었다. 뇌출혈로 한쪽 몸이 마비된 어머니를 요양병원에 모셨는데, 근무 계약이 연장된다면 병원비 걱정을 덜 수 있으니 "N은 때로 초조해"(116쪽)질 수밖에 없었으나, "더이상 계약기간 연장 문제로 교장에게도 그 누구에게도 잘 보일 필요가 없다는"(135쪽) 사실을 눈치채기까지는 오래 걸리지 않는다. 학교에서 벌어지는 각종 난해한 사태들, 교실 뒷문 수리부터 식판 교체나 건물 사용 문제 등은 아무리 복잡해 보여도 "정규와 비정규를 가르는 경계만 알면 대부분 참으로 간단히도 이해가 되었"(141쪽)기 때문이다. 무수한 차별과 폭력과 갈등을 낳는 그 가름선을 경계로 목숨걸고 싸우는 사람들의 코미디 때문에 N은 "웃음이 터질 것 같"다가도 "순간 느닷없이 병상에 누워 있는 어머니의 주먹만한 얼굴이 떠오르면서"(144쪽) 눈물을 쏟아낸다. 생사를 가르는 중요한 일이 대체 뭐란 말인가. "이런 치사하고 악질적인 쪼개기 계약과 계약 연장 꼼수는……"(148쪽) 당장에 발로 차버리고 싶다…… 하지만 N은 다시 계산한다.

하지만, 그만두지 않을 수도 있다고 생각했다. N은 한 달 치 월급과 그 돈으로 버틸 수 있는 시간을 가늠해보았다. 자신이 계약 연장을 거절한다고 해서 교장이 곤란에 빠지거나 골탕을 먹을 일은 없었다. 비록 기분은 나쁘고 번거롭긴 하겠지만 강사 공모를 내면 그만이고 지원자가 있든 없든 학교는 굴러갈 것이다. 늙은 교사 말대로 어영부영 한 달만 버티면 월급이 나오는데 누구 좋으라고 때려치운단 말인가. 이해타산은 단순해야 한다. (……) N은 얼마 전에 2학년 담임 중 누군가 빙모상을 당해 조의금을 낸 것도 기억해냈다. 어머니가 닷새 안에 죽지 않는 한 이 학교에서 조의금을 받기는 틀렸지만, 그러나 한 달을 연장한다면 혹시 모를 일이었다. 이런 생각을 해도 죄의식이 느껴지지 않았다. 이제 어머니는 없다고 N은 생각했다.(148~149쪽)

N은 정녕 비정해진 것인가. 불행에 지쳐 "잔혹한 마음이 불처럼 일어"(149쪽)난 것인가. 아니다. N은 다시 "누군가에게 용서를 구하듯 허공을 올려다보"며 "버릴 수 없는 것들이 있다고"(150쪽) 생각한다. 그를 끝없이 불행으로 밀어넣는 그 고난이, "세상천지 N에게는 어머니밖에 없고 어머니에게는 N밖에 없"(같은 쪽)는 탓이 아니기 때문이다. 이 비극, 홀어머니와 사는 가난한 기간제교사 N이 겪는 고충과 절망의 이야기가 N 자신의 불행에 관한 이야기라면,

이쯤에서 이 불행의 얼굴을 다시 들여다봐야 할 것 같다. 가령 "퇴근하자마자 요양병원에 가서 밤에 전철이 끊기기 전까지 앉아 있다 돌아오는 생활을 계속"(140쪽)해야만 하는 N의 일상적 고난은 과연 N 자신에게서 기인하는 것인가. 어떤 불행의 원인이 필연적으로 불행한 자의 과오나 결함에 있다고 한다면, N에 대하여 우리는 어떤 과오 혹은 결함을 말할 수 있을까. N은 정규직 교사들에 비해 턱없이 무능한가? 게으른가? "가증스러운 간병인"(149쪽)이 어머니를 방치한 사실도 못 알아챈 것은 '잡급직'을 경계하지 못한 그녀의 우둔함 때문이 아닌가? 이런 식으로 물을 수 없다면, 신의 무지가 우연히도 N의 운명을 불행으로 점찍었기 때문이라고 해야 할까?

신의 무지에까지 생각이 미쳤으니 「친구」의 해옥과 민수에 관해 이어서 얘기해보는 게 좋겠다. 해옥은 이른 아침부터 저녁까지 여성용품을 배달·판매하고, 저녁에는 대형 음식점에서 고기를 굽는 일로 생계를 꾸리며 중학생이 된 아들 민수와 살고 있다. 오늘은 마침 상담을 하러 민수의 학교에 가야 하는 날, "고된 노역에 시달리는 가여운 거인처럼"(157쪽) 친구 '영란'이 떠안긴 고가의 다이어트 식품과 특대 사이즈 옷을 양손에 들고 학교를 찾아갔더니, 친절한 목소리의 담임은 불쑥 '죄송하다'며 아이들이 민수를 때렸다고 한다. 다행히 민수는 "우리가 다 친구라서요, 친구끼리 장난친 거거든요"(162쪽)라고 말해 해옥은 안심하고 싶었으나,

담임은 계속해서 "가해 학생들에게서 사과문을 받아 그녀에게 보내겠다고", "처벌을 원치 않으신다는 답장"을 보내주시면 "학폭위도 열지 않고 처벌도 하지 않고 가해자들 중 아무도 전학을 가지 않고"(163쪽) 사건이 종결된다며 "사과를 받고 용서"(164쪽)하라고 언성을 높여댔으니, 해옥의 심신은 만신창이가 되고도 남았을 것이다. 해옥과 민수 모자가 손을 잡고 집으로 돌아오는 길을 바라보며 오직 동정심과 서글픔으로 밀려 나오는 눈물을 당신도 삼켰을지 모르겠다.

하지만 그랬다면, 우리가 뭔가 착각하는 걸 수도 있다. "그녀에게는 아무도 모를 기쁨이 있"(153쪽)다는 사실을, 제 맘대로 인정을 안 한 것이니 말이다. 그녀는 매일 새벽 눈뜰 때마다 '그분'께 감사기도 드리는 걸 잊은 적이 없는데, 무거운 짐을 들어 지친 그녀에게 승강장 대기용 의자의 빈자리를 배석하시고 타고 갈 열차를 바로 보내주시는 등 '그분'의 은혜는 그녀의 일상을 지탱하는 경건한 기쁨이기 때문이다. 민수가 중학교에 들어간 후 부쩍 밝아져서 새로 사귄 친구들 얘기를 많이 하는 것도, 학교에서 "돈한푼 내지 않고 영양사가 만든 맛있고 위생적인 음식을 먹을 수 있"(154쪽)는 것도 그녀에게는 다 감사한 일이다. 해옥은 신의 무지조차 자기의 기쁨으로 받아들일 용의가 있으니 어떤 역경도 불행으로만 느끼진 않을 수 있다. "모든 건 그분이 판단"하시고, "모든 일을 종결하실 수 있"(165쪽)는 것 또한 그분이므로 해옥 자신은 소위 '생의 비극성' 따위에 시달리지 않을 것이다. '친구들'이 발로 차고 볼펜으로 찔렀다지만, 그동안 전학 다니느라 친구가 거의 없던 민수는 오히려 '친구' 걱정을 하지 않는가. "걔네들 전학 가면…… 불쌍해…… 불쌍해서 안 돼…… 전학이 얼마나 힘든데……"(166쪽)

무슨 말이 하고 싶으냐 하면, 해옥과 민수가 불행하다고 하는 건 충분치 않다는, 이 이야기가 가련한 인물들을 애석하게 바라보게 하는 서글픈 것으로 읽혀서는 안 될 것 같다는 얘기를 하고 싶다. 해옥의 생, 민수의 삶이 불행한 인간의 것이라고 해서는 안 된다. 이들이 불행한 것이 아니다. 아니, 이들이 겪는 일이 불행이라 불릴 수밖에 없는 고난일지라도 그것을 이들 개인에게 속한 불행으로 보아서는 안 된다. 이들은 불행을 겪는 것이 아니라 부당함을 겪는 것이기 때문이다. 「너머」의 N에 대해서도 마찬가지로 얘기할 수 있다. N의 사정은 스스로 자초한 결과가 아니라 부당한 세상에 던져진 결과다. 이것을 누구에게나 공평한 세상의 불합리라는 조건에서 우연히 (신의 착오로) 불행이 점지된 이의 운명으로 본다면 충분할 것인가. N은 자기의 불행으로 부당한 처지에 놓인 것이 아니라 부당함을 겪기 때문에 불행한 것이다.

「친구」는 해옥과 민수의 고난을 보여주는 이야기가 아니라 해옥과 민수를 기만하고 회유하는 불의와 폭력을 드러내는 이야기다. 「너머」는 N의 처량한 운명을 슬퍼하는 이야기가 아니라 N이

던져진 세상의 가름선들, 수시로 추가되고 아무렇게나 변경되는 불합리한 선들 때문에 누군가 겪게 되는 차별, 모욕, 불공정을 드러내는 이야기다. 「손톱」은 소희라는 외롭고 나약한 인간의 무력함을 안타까워해야 하는 이야기가 아니라 악행과 악덕이 자연스러운 일부가 된 야비한 세상을 미워해야 하는 이야기다. 이 인물들이 아픈 것은, 이들이 개별적으로 병에 걸린 환자여서가 아니라 가학적인 환경에 노출된 약자이기 때문이다. 반복건대 권여선 소설의 인물들이 겪는 갖가지 고통은 그들 개인에게 귀속되는 불행이 아니라 우리 사회에 책임을 물어야 할 부당함, 불공정, 불평등이다. 그들의 고통에서 당신이 슬픔을 느꼈다면, 그 고통의 당사자를 불행의 주인으로 알아서가 아니라 우리가 속한 사회의 부정을 대신 겪어내는 누군가로 여겼기 때문이리라. 그 슬픔은 누군가의 단독적인 아픔을 알게 하는 데 그치지 않고 우리, 인간들 사이의 근본적인 의존성을 생각하게 만든다. 이번 소설집에서 우리가 타인에 대해 느낀 슬픔은 공감보다는 책임감일 것이다.

3. 되물어지는 전제와 맥락

언제고 생각나면 여전히 가슴이 조이거나 얼굴이 화끈거리며 고통에 시달리게 하는 옛날 일들이 있다. 예컨대, 과거에 내가 '잘

못'을 해서 비난을 받았는데 어떻게 해결 또는 수습해야 할지 몰라 쩔쩔매며 죄의식과 수치심으로 괴로워했던 일 같은 것. 그 괴로움의 핵심은 물론 내가 행한 '잘못'에 있는데, 그 잘못도 다 같은 게 아니다. 나로선 실수였다 해도 결국 편협한 독단이나 이기적인 기만 등으로 인한 악행이었던 경우가 있고, 아무리 여러 번 그때로 돌아가 생각해도 나의 과오나 악행이라고 여길 수가 없는 경우도 있다. 전자는 내가 스스로 이해한 결과이기에 그런 과오 또는 악행을 후회하고 다신 안 그러겠다는 다짐으로 얼마큼 괴로움이 치유되기도 한다. 더 어려운 경우가 후자인데, 왜냐면 그때도 지금도 나로선 그 잘못을 불의나 가해로 인정할 수가 없으나 반복되는 기억을 바로잡을 수는 없다는 무력감 때문이다. 잘잘못을 가르는 기준을 내가 정해야 한다거나 그럴 수 있다는 게 아니다. 다만 어떤 행동이 잘못으로 판정되는 이치랄까 가치관이랄까, 그런 것을 몇 번이고 되물으며 생의 한 국면을 감당하는 일의 의미에 대해 생각해보게 된다.

「희박한 마음」의 '데런'은, 동거하던 애인 '디엔'을 잃고 혼자 사는 여인이다. 간헐적으로 컥 끼이이아 흐룹 하는 수도관 소리가 나는 낡은 아파트에서 불면의 밤을 보내는 중이다. 기괴한 소음 사이로 흐르는 상념 속에서 디엔과의 기억은 포도알처럼 알알이 선명하다. 그중 이런 기억. 스물몇 살쯤 교정에서 함께 담배를 피우고 있던 그녀들에게 한 남학생이 다가와 "_끄라고! 끄라고! 끄_

라고! 소리치며 팔을 들어올려 디엔의 뺨을 내려쳤"(108쪽)던 순간, "그때 아무것도 하지 않고 가만히 앉아 있던 자신의 내부에서 고요히 작열하던 무력감"과 "그 분노와 절망과 공포가 그들의 삶을 돌이킬 수 없이 응결"(109쪽)시켰다. "아직도 꺼지지 않는 잉걸"(같은 쪽)로 자신의 내부에 남은 "찬물을 뒤집어쓴 듯 오싹하면서도 불구덩이에 들어앉은 듯 후끈한 기운"(108쪽)을, 오늘밤에도 데런은 느끼는 것이다. 그리고 또 떠오르는 디엔의 꿈 이야기. 꿈속에서 "감춰진 이력처럼, 기필코 벗어야 할 누명처럼, 추궁되어야 할 비밀처럼, 부인해야 할 죄처럼 간주된 그 부도덕한 스티치 작업이 무엇이었는지"(110쪽), 그리고 대체 "이런 꿈들은 어디서 오는 것"인지, 디엔이 가고 없는 이제 그것은 데런이 알아내야 할 문제가 되어 오늘밤에도 데런은 "묻고 또 묻는다"(111쪽).

일생 동안 그녀들을 호통치고 추궁하던, 짧은 머리에 거무스레한 피부인 건 기억나지만 "안경을 썼는지 안 썼는지 모르겠는데 어느 쪽이라고 해도 그렇다고 생각될 만한"(109~110쪽) 남자들의 그 얼굴은, 오늘 새벽 세시에도 데런의 집 벨을 누르고 "문틈으로 데런의 얼굴을 뚫어져라 보"(105쪽)는 얼굴이다. "화를 억누르지 못하고"(106쪽) 흥분을 가라앉히지 못하는 그 남자에게 "여자 혼자 산다고 말하지 않은 건 잘했"(107쪽)다고 그녀들은 생각한다. 평생 '겁우기'로 살아왔으니까. 왜 겁내야 하는지, 왜 추궁당하고 부인해야 하는지, 그것이 어째서 부당한지 물을 데가 없었기에 무엇 때문에 고통스러운지 알 수도 모를 수도 없는 희박한 마음이, 시간이 아무리 지나도 되물을 수밖에 없는 물음들을 토해놓는다. 무엇이, 무슨 권리로, 아니 다시, 그 남자들은 어떻게, 오직 그녀들이 여자라는 이유로, 잘못을 적발하듯 항의하고 요구하고 후려칠 수가 있었는가. 어째서 무고한 그녀들에게 죄인 듯, 결함인 듯, 부도덕인 듯, "증언을 하도록 요구"(110쪽)할 수가 있었는가.

만약 당신에게도, 의식인지 무의식인지도 모호한 채로 한사코 붙들려, 당신을 일그러뜨린 어떤 폭력에 대해 되풀이해 증언해야만 하는 과거가 있다면, 그렇다면 당신도 또 과거로 들어가야 하고 또 물어야만 한다. 오늘밤에도 "디엔이 꾸었던 꿈속으로 들어"(같은 쪽)가는 데런처럼. 아무리 오래전 일이라도, 지금껏 꿈쩍도 하지 않았던 편견이어도, 수십 번 고쳐 생각할 때마다 격심해지는 고통이라면. 「희박한 마음」이 데런과 디엔을 평생 움츠러뜨렸던 편견과 혐오를 되묻는 이야기라면, 앞에서 읽은 「손톱」「너머」「친구」에 대해서는 이렇게 말하면 되겠다. 가난한 사람, 어린 사람, 힘없는 사람 들이 일상적으로 겪는 차별을 되묻는 이야기라고. 그러고 보니 이 책엔 되묻는 이야기가 많은 것 같다. 원래 그런 거라는 생각, 흔해빠진 장면, 평범한 대우, 나아가 타고난 불행, 근원적 슬픔 등으로까지 비약했던 어떤 합의들의 맥락과 전제에 대해서 말이다. 이어서 「송추의 가을」을 읽어보면 더 잘 보일 것 같다.

「송추의 가을」은, 아버지 무덤의 뼈를 수습해 화장하여 다시 평묘를 만드는 가족행사에 모인 사 남매가 이 일을 두고 왈가왈부하며 언성을 높이는 어느 가을날의 이야기다. 아직 살아 계신 어머니의 뜻은 무시하고 감행된 이 행사에 대해서는 "언제 해도 할 일"(큰형, 186쪽), "이게 무슨 난리굿"(누나, 182쪽), "일만 다 내차지"(작은형, 176쪽) 등으로 의견이 나뉘어 서로 "니가 뭘 몰라서 그러는데"(190쪽)라며 저마다 "자기 얘기만"(188쪽) 한다. 얼마 전 이혼하고 실직한 막내는 영문도 모르고 행사에 동원된 것인데, "난데없는 역정"과 "적반하장"(170쪽), "난 참, 이해를 못하겠다"(174쪽)는 말, "이제 대답을 좀 해보려무나 하는 표정"(175쪽)들 속에서 "얘기를 들을수록 그는 도대체 뭘 어떻게 한다는 건지 종잡을 수가 없"(187쪽)어지고 마침내 폭발하고 만다. "자식새끼들이 돼가지고 씨발! 울 엄마는 자유롭고 싶다는데!"(191쪽)

모두 중장년 이상인 이 형제자매들 중 누구도 늙으신 어머니를 진정 위할 방법을 찾지는 않고, 저마다 "형제들의 생각이 뭔지 알 수 없"(184쪽)는 채 '가족'의 이름으로 만나서 싸우고 욕하고 미워하는 중이다. 허울만 남은 효도를 근거로 근근이 인연을 이어가는 형제자매들이 껍데기 같은 말로 서로의 근황을 걱정(하는 척)하며 저 혼자 내세우는 가족의 뜻을 고집할 때, 가족은 위계와 완력을 친밀함으로 위장하는 명분이 될 뿐이다. 특히나 안하무인 맏형이 아무렇지도 않게 누나에게 퍼붓는 "저거 저거 뭐라는 거

냐?"(187쪽) "기집애가 아주 말하는 게 재수가 없네"(189쪽) "주
둥이가 그렇게 싸가지고서는"(185쪽) 등의 악담은, 가족 내 연령,
성별에 따른 권력구조를 여실히 드러내어 그 야만성과 폭력성을
절감케 한다. 아버지가 돌아가셨을 때 여덟 살이었던 막내에게는
이 일이 가족 내 소외감을 더욱 커지게 했고, 끝내 '가족'이란 그
에게 서글픔 이상의 의미가 될 수 없었을 것이다. "식구들 모두 장
의차를 타고 떠나고 혼자 방구석에서 낮잠을 깼던 어린 시절처럼
그는 손등으로 눈을 비비며 울"(192쪽)고 만다.

4. 사는 동안은 감사

지금까지 이 책의 소설들을 따라 읽으며 곤궁, 고독, 아픔, 공
포, 절망, 소외 등의 고통이 당신에게로 전해질 때, 그 고통은 당
신을 안타까움에 빠져들게 하고 슬픔에 젖게 할 뿐만 아니라 당신
이 그런 안타까움과 슬픔을 느껴야 하는 까닭에 대해, 즉 그런 고
통을 있게 한 전제와 맥락의 합리와 윤리에 대해서까지 사유하지
않을 수 없게 만들었으리라는 이야기를 했다. 누군가의 비극에 대
해 당신은 분노를 느끼고 차별을 헤아리고 혐오와 편견을 응시하
며 야만성과 폭력성을 규탄하기도 했으리라. 당신은 누군가의 비
극을 특정 개인에게 부과된 우연한 (불)운으로 바라볼 수도, 모든

인간에게 열려 있는 장난 같은 운명으로 치환할 수도 없었을 것이다. 그럼으로써 어쩌면 타인의 고통에 대해, 그 슬픔에 대해 더 잘 알게 되었다고도 할 수 있다. 그런데, 그렇다고 해도, 고통과 슬픔이 사라지는 것은 아니지 않은가. 고통을 바로 보고 슬픔을 응시한다고 해도, 생은 우리를 아무데나 데려다놓고 아무때나 "지독한 염증"(42쪽)에 시달리게 하지 않던가. 삶은 아무래도 "무채색 배경 속의 정물화"(214쪽) 같기만 하고 매일매일 마모되고 흐려지는 것만 같다. 당신이 이미 인생의 중간 지점을 지났다면 공감하시려나. 「재」와 「모르는 영역」의 중년들을 어떻게 보셨는지 같이 얘기해보고 싶다.

「재」의 주인공은 조만간 병원에 입원해서 가망 없는 수술을 받아야 하고, 돌봐줄 가족이 없으니 회복 기간 내내 낯선 간병인의 손에 몸을 내맡겨야 하는 불안 속에 놓여 있다. 오래전에 말없이 딸을 데리고 떠난 아내는 죽은 지 한참 되었고, 아내의 당부로 처형이 키운 딸은 외국 여행 가이드로 일하며 연락도 드문 상태다(그의 과거가 중요한 건 아니지만, 처형과의 대화를 통해 짐작할 때 그의 아내는 자기 삶이 얼마 남지 않은 것을 알고 먼저 그를 떠나 딸을 언니에게 맡겼고, 부모의 보살핌을 대신한 이모와 성격이 맞지 않았을 딸은 일찍 독립했다. 이들 사이에 "무엇을 잘못했는지, 무엇이 잘못되었는지"(207쪽)는 한 번도 공유되지 않았고, 현재로서 결론은 "이해하려고 애쓰면 애쓸수록 내가 뭘 잘못했나, 내가 이상한 사람인가, 그렇게 자꾸 날 의심하는 일, 그만하고 싶어요"(208쪽) 정도가 될 것이다. "고단해요 나도. 이제 늙었기도 하고"(같은 쪽)라는 처형의 말은 주인공의 심정을 나타내는 것이기도 하리라). 그의 삶은 "회색의 불모지나 돌의 바다 또는 자갈밭과 다를 바 없는 것"(214쪽)처럼 보인다.

그러던 어느 날 그는 우연히 카프카의 「변신」 속 '그레고르'에 대해 '벌레'가 아니라 '해충'이라고 말하는 사람들의 얘기를 듣고 「변신」을 읽다가 "─그것은 병원이었다"(201쪽)라는 문장에 눈이 멈추게 된다. 이후 제발트의 『토성의 고리』에서 "작가가 거의 온몸이 마비된 상태로 노리치 병원에 입원하는"(212쪽) 대목을 읽게 되자, 「변신」과 『토성의 고리』의 문장들이 그에게서 섞이기 시작한다. 그는 제발트와 함께 "부지불식간에 자신이 내려다본 황량한 풍경 속에서 무엇인가를 찾아내려 애쓰"는 행위로써 "아직 벌레가 아니고 아무리 황량한 폐허 속에서도 무언가를 찾아낼 수 있고 찾아낼 수밖에 없는 존재"(214쪽)가 되고자 한다. 현실은 오히려 누군가 그려놓은 허구 같기만 하고, 삶에 그를 생생하게 붙잡아두는 것은 오직 "어떤 상상, 어떤 사색"(215쪽)이라고 해도 좋다. 현재 자신의 불안한 처지를 딸에게 다 말해준다면 어떨까 하는 "공상"(200쪽), "처형에게서 들은 얘기 중 한 장면이 실제로 본 것처럼 선명하게 떠오르는"(204쪽) 허상, 이십오 년 전 살던 집에 아직도 아내와 딸이 있을 것만 같은 망상, 다른 건 다 잊혔는데 이물스럽도록 생생하게 기억나는 "초록빛 파김치"(211쪽)의 심상, 퇴원 후 제발트가 그레고르의 집을 찾아갔을 거라는 "환상"(217쪽). 이런 것들이 "창밖으로 보이는 현실이 실제로 얼마나 다채롭고 역동적인지"(213~214쪽)와는 무관하다고 폄하될 수 있을까? 그럴 리가. 이런 상상과 사색 속에서만 그는 "돌연한 생기"(199쪽)를 얻고 "격한 기쁨"(217쪽)을 맛보며, "비로소 겉돌던 세상의 틀 속에 겨우 들어앉게 된 듯한 느낌"(221쪽)을 갖는 것이다. 그러니까 소설 「재」는 생이 재災와 같아서 다 타버린 재灰처럼 존재在해온 그에게 다시再 생의 감각이 모이는 순간의 이야기로 읽힌다.

「모르는 영역」의 주인공인 갱년기의 화가는 어떤가. "괜히 멋있어 보일 거 같"(11쪽)은 일을 주로 하고 "무엇무엇을, 잘 못한다, 그렇게 인정하는 말"(44쪽)은 거의 안 하는 타입 같고, 새벽부터 라운딩하고 낮술로 보드카 마시고 갑작스레 딸과 그녀의 동료들에게 고기를 사주겠다고 나선 것을 보자니, 지금까지 꽤 정력적인 활동으로 인생을 채워온 사람인 듯하다. 오랜만에 만난 딸과 건이 아웅다웅하는 것도, "꽝꽝 얼고 절절 끓고 하는"(27쪽) 거나 "저렇게 제멋대로 생겨먹"(45쪽)은 성격이 둘이 똑같아서일 터인데, 그 자신은 전혀 모르는 것 같다. 이런 성정의 사람에게, 이제부터 삶은 "더는 세지지 말"아야 하고, "지워질 듯 아슬해"질 것이며, "겨우 간신"(10쪽)히 이어질 것이라는 예감은 우울하기만 하다. "아무 일도 없는데 눈물이 날 것 같은 슬픔과 피로"(35쪽)

에 휘말려 "요즘 그는 종종 힘이 들었고 시도 때도 없이 눈물이 났다"(36쪽). "희망이 없어"라는 생각에 "차라리 단칼에 끊어내고 싶다, 증발하고 싶다(……)"(같은 쪽)라고 생각하는 걸 보면 여전히 격정적이고 다혈질인 그에게, 힘을 뺀다는 건 언제나 삶의 반대 의미로만 다가왔을 것이다. 그러다 그는, 어쩌면 그의 여생을 좌우할 무언가 '엄청난 것'을 경험한다.

어디선가 새가 날아와 나뭇가지에 내려앉았다. 날갯짓의 급격한 감속, 날개를 접고 사뿐히 가지에 착지하는 모습, 가지의 흔들림과 정지…… 그런 정물적인 상태가 얼마나 지속되었을까. 새는 돌연 가지를 박차고 날아갔고 그 바람에 연한 잎을 소복하게 매단 나뭇가지는 다시 흔들리다 멈추었다. 멍하니 서서 새가 몰고 온 작은 파문과 고요의 회복을 지켜보던 그는 지금 무언가 자신의 내부에서 엄청난 것이 살짝 벌어졌다 다물렸다는 걸 깨달았다. 그는 새가 날아와 앉는 순간부터 나뭇가지가 느꼈을 흥분과 불길한 예감을 고스란히 맛보았다. 새여, 너의 작은 고리 같은 두 발이 나를 움켜잡는 착지로 이만큼 흔들렸으니 네가 나를 놓고 떠나는 순간 나는 또 그만큼 흔들려야 하리. 그 찰나의 감정이 비현실적일 정도로 생생해 그는 거의 고통스러울 지경이었다.(28~29쪽)

짙고, 쨍하고, 선연하게 빛나는 화풍의 소유자일 그에게 생의 감각이란 연하고, 묽고, 겨우 간신한 것과는 거리가 멀었을 것이다. 하지만 새의 작은 두 발이 가지를 움켰다 놓을 때의 그 파문을, "이미 사라져버렸고 다시 반복되지 않을 것이고 영영 지울 수도 없"(29쪽)을 그 순간을 경험한 그로선, 이제 어떤 짙음, 강함, 독함보다도 강렬한 '단 한 번'을 믿지 않을 수 없게 되었다. 당장 이 '단 한 번'의 경험으로, 식당의 바가지 수법에 대해 "왜 해도 됩니까, 한 번은?"(27쪽)이라며 버럭 화냈던 딸을 이해해버리고 만 것이다. 힘주어 움직이고 여기저기 채우고 어떻게든 알아내고, 그런 식으로만 생이 나아가는 것이 아님을, "흐릿하게 멀어지는"(44쪽) 시선으로나 겨우, '모르는 영역'에서나 간신히, 늘 낮달만 만나는 해의 입장이 아니라 해는 전혀 모르는 밤에 뜨는 달의 모양으로도, 생은 더없이 강렬하게 지속된다는 것을, 그렇게 힘 빼는 법을, 여기까지 그를 데려다놓은 생은 이번에도 그에게 알려준 것이리라. 아마도 교만했었을 그에게 이제 "그만 살 준비를"(36쪽) 하라는 뜻이 아니라 이제부터 살 준비를 하라는 뜻으로.

원인과 증상은 달라도 가혹하지 않은 삶은 없을 것이고 그 이유를 빤히 본다고 벗어날 길도 밝지 않을 것이지만, 어쩌면 바로 그렇기에, 생을 부정하거나 포기할 이유도 목적도 없는 거라고 생각하게 된다. 살아 있다는 것은 곧 무엇으로나 어떻게나 이 세계에 내가 연루되어 있다는 것인데, 그것이 현존의 물성에 한하지 않고, 형상도 질료도 갖추지 않았다 해도, 그러니까 어떤 사색이거나 상상이거나 단 한 번 현현했다 사라진 감각이라 해도, 그것이 나를 붙잡았기 때문에, 생은 우리를 지탱하고 우리는 삶 속에 존재하는 것이 아닐까. 그러니 우리가 어떤 심원한 고통에 붙들렸다 해도, 어떤 말도 안 되는 악폐에 몸부림치는 중이라 해도, 그조차 살아 있음의 의미로서 여전히 아름다워야 할 생의 몫이라 해야 할지 모른다. 그것은 어쩌면 "그냥 공기만 가득, 둥둥"(218쪽)의 상태일 것이어서, 충만하다고도 공허하다고도 할 수 없는 그런 느낌의 지속일 테지만, 우리의 생이 지금도 죽음으로 다가간다고 하든 죽는 순간까지 예비된 삶의 길을 간다고 하든, '아직 멀었다는 말'로밖에는 가리킬 수 없는 것이리라. 그 고단함과 불확실함에 기쁘게 충실하라는 역설이야말로, 살아 있는 내가, 나를 이 세계에 연루시킨 생에게 감사를 표할 유일한 길인지도 모르겠다.

5. 순순히 따라가게 된다

소설을 읽고 또 읽고, 다 읽은 책은 책장에 꽂고 새로 나온 책을 또 산다. 소설이 드러내준 사연들, 남긴 의미들은 점점 불어나고 차곡차곡 쌓인다. 이 과정은 오래도록, 언제까지나 계속될 것인데, 그러면 이 세상은 이렇게 드러나고 알려진 너무 많은 의미들로 웅성웅성 와글와글 아수라장이 되지는 않을까. 이 책을 손에 든 당신도 이런 생각을 해본 적이 있을 것이다. 그런데 이상한 건, 새로운 소설을 읽을 때, 또다른 사연과 의미를 만날 때, 우리는 "무엇인가가 드러나기보다 사라진다는 느낌"(250쪽)도 받는다는 것이다. 읽는 행위 속에서, 전에는 또렷했던 무언가가 희미해진다. "그렇다고 완전히 사라지지는 않는다."(같은 쪽) "무언가 희미하게 점멸하며 살아 있다."(같은 쪽) 그러니까 점점 쌓이고 넘치는 게 아니라 희미한 것들이 깜빡이다 사라지고 또 나타나는 것이겠다. 몰랐던 세계를 찾는 것과 알았던 세상을 떠나는 것은 함께 일어나는 일인 것 같다. 이 책을 읽을 때의 깜빡임에 대해 말하기 전에 "묵언의 시간"(225쪽)을 보내고 완전히 다른 말을 하게 된 한 언어 능력자의 얘기를 들어보자.

「전갱이의 맛」에서, 성대 낭종 수술로 한동안 '응'도 말하지 못하는 시간을 보내야 했던 이 남자는 처음엔 남들에게 해명할 수 없어서 답답한 마음이 컸지만 그보다 정작 힘든 건 "내가 지금 이걸 느낀다, 하는 걸 나에게 알려주지 못"(241쪽)한다는 데 있었다고 한다. 말이란 근본적으로 자기와 대화하기 위한 것이라 생각하게 된 그는 "나와의 소통"(243쪽)을 위해 수화도 써보았지만 여전히 "나를 향한 말"(241쪽)이 간절했다고, 급기야 "나만의 말"(244쪽)이란 걸 만들어냈는데, 그건 사실 "만들어지는 게 아니라 기억되거나 발견되는"(245쪽) 것이고, "말 속에 삶이 깃드는"(246쪽) 것이라고도 했다. 그런 시간을 보내고 나니 그의 말은 "나직하다 할까 침착하다 할까. 그러면서도 풍성하다 할까"(230쪽) 싶게 묵직해져서 "순순히 따르는 게 순리라는 생각"(231쪽)까지 들게 하는 말이 되었다.

그런데 이 변화의 과정은 '말'을 한다는 사실뿐 아니라 말로 하는 다른 일들에 대한 이야기로도 들린다. 그는 본래도 말을 아주 잘하는 사람이었으니, "그의 말은 묘한 활기와 확신에 차 있어서 그가 말을 시작하면 누구나 기대를 품고 경청할 준비를 했고 그 또한 그것을 알고 즐겼다. 그는 말의 강약과 리듬을 조절할 줄 알았다. 세고 독하면서 어딘가 유쾌하고 허풍스러운 데가 있는 그의 말은 좌중을 즐겁게 했고, 풍자나 비판 심지어 인신공격일 때조차 의외로 관대하게 수용되도록 만드는 매력이 있었다"(235쪽)고 했다. 이런 매력은 곧 다른 산문과 비교되는 소설의 매력이 아닌가? 활기와 확신, 흐름과 리듬, 유쾌함과 관대함 등은 당신이 소설을 읽고 또 읽게 만드는 바로 그 이유들과 크게 다르지 않을 것이다. 나아가, '묵언의 시간' 이후 달라진 그가 전보다 더 멋진, "부드러운 놀람을 선사하는"(230쪽) 말을 하게 된 까닭은 저 보통의 매력들이 아닌 '자기만의 말'을 구사하는 데 있듯이, 당신이 지금 이 책에서 선사받은 것이 있다면 그것 역시 이 책에만 있는, 이 소설들만의 말이라는 데 그 까닭이 있다고 할 것이다.

말이 "순수히 타인만 향한 게 아니라 나를 향한 것"(241쪽)이기도 하다면 작가가 소설을 쓸 때도 마찬가지, 어쩌면 더욱 당연한 일일 터이다. "타인을 향한 말은 그럭저럭 포기가 되는데 나를 향한 말은, 그건 절대 포기가 안 되"(같은 쪽)니까, 그래서 무엇보다도 "내가 알 수 있게!"(같은 쪽) 쓰는 것이 중요하다는 생각, 그 생각이 이 책의 소설들마다 배어 있는 게 느껴진다. 단 한 문장도 그것을 쓴 이의 앎과 삶에서 소외되지 않았다는 확신을 준다. 확신은 대개 불안한 것이니 금세 거두고 싶은데, 각 편의 인물과 이야기가 생겨난 순간의 간절함이 저마다 생생하면서도 서로 겹치지 않고 등지지 않고 기준 없이 조화로워서, 그럴 수가 없다. 전보다 더욱 한 편 한 편이 단단해진 이번 소설집은 "위압적인 구석이 없는데도"(231쪽) 거부하기 어려운 '순리'처럼 우리를 이끌리게 한다. 이전에 읽은 그의 소설들에 이 책의 소설들이 쌓이는 방식이 아니라 희미해져가는 지난 소설들 속에서 무언가가 다시 드러나는 방식으로. 이전에 밝혔던 세상에 휘황한 불빛을 더하는 방식이 아니라 어두워져가는 그 불빛들 사이에서 어떤 불빛이 환하게 켜지며 깜빡거리는 방식으로. 지금은 이 방식이 충분하다는 생각이 든다.

작가의 말

고갈되었다. 소설은 한 편 한 편, 작가의 말은 한 책 한 책인데, 내 경우엔 작가의 말이 먼저 고갈되었다. 소설은 쓰다보면 관성이라도 붙는데, 작가의 말은 내가 왜 이런 소설들을 쓰나, 그 물음에 코 걸려 제자리에서 맴돈다.

바로 전 책을 낼 때 작가의 말 없이 가려 했는데 작가의 말로 쓰지 않은 말이 작가의 말로 둔갑되어, 좋게 말하면 변주되어 실리는 바람에 실패했다. 이번에도 작가의 말 없이 가고 싶다고 생각했지만, 자발적으로 실패한다. 이번이 마지막 작가의 말이면 좋겠다.

오래전, 언제인지는 나만 아는 그 시절, 작가의 말이 쓰고 싶어 미칠 것 같던 때가 있었다. 소설보다 작가의 말이 더 쓰고 싶었던 때가. 눈시울을 붉히며 독자에게, 내 글을 읽는 당신에게 눈물겹게 말을 건네고 싶었던 때가. 이제는 안 그런가.

모르겠다.

요즘 모르겠다는 말을 많이 한다.
때로 어긋나고 싶고 종종 가로지르고 싶고 옆도 뒤도 안 돌아보고 한 번은 치달리고 싶은데
못 그러니까,
깊은 모름 가파른 모름 두터운 모름까지 못 가고
어설픈 모름 속에서,
잔바람에도 진저리치며 더럽고 질긴 깃털만 떨구는 늙고 병든 새처럼,
다 떨구고 내 앙상한 모름의 뼈가 드러날 때까지
그때까지만 쓸 것인가.

모르겠다.

그래도 독자여 나의 눈물겨운 독자여 내가 더는 아무것도 쓸 수 없는 그날이 오면 부디 우리 다시 만날까 작가의 말도 모르겠다는

말도 아직 멀었다는 말도 하지 말고 나는 식어 차고 당신의 손은
따뜻할 그날에

2020년 2월
권여선

| 수록 작품 발표 지면 |

모르는 영역 ······ 『악스트』 2017년 7/8월호

손톱 ······ 『문학과사회』 2017년 봄호

희박한 마음 ······ 『자음과모음』 2018년 여름호

너머 ······ 『문학동네』 2018년 봄호

친구 ······ 『문학3』 2017년 3호

송추의 가을 ······ 『현대문학』 2017년 11월호

재 ······ 『작가세계』 2016년 가을호

전갱이의 맛 ······ 『21세기문학』 2017년 겨울호

문학동네 소설집
아직 멀었다는 말
ⓒ권여선 2020

1판 1쇄 2020년 2월 14일
1판 9쇄 2024년 3월 29일

지은이 권여선
책임편집 김내리 | 편집 권순영 정은진 이성근 이상술
디자인 고은이 유현아 | 저작권 박지영 형소진 최은진 서연주 오서영
마케팅 정민호 서지화 한민아 이민경 안남영 왕지경 정경주 김수인 김혜원 김하연 김예진
브랜딩 함유지 함근아 고보미 박민재 김희숙 박다솔 조다현 정승민 배진성
제작 강신은 김동욱 이순호 | 제작처 한영문화사

펴낸곳 (주)문학동네 | 펴낸이 김소영
출판등록 1993년 10월 22일 제2003-000045호
주소 10881 경기도 파주시 회동길 210
전자우편 editor@munhak.com | 대표전화 031) 955-8888 | 팩스 031) 955-8855
문의전화 031) 955-2696(마케팅) 031) 955-8864(편집)
문학동네카페 http://cafe.naver.com/mhdn
인스타그램 @munhakdongne | 트위터 @munhakdongne
북클럽문학동네 http://bookclubmunhak.com

ISBN 978-89-546-7063-0
* 이 책의 판권은 지은이와 문학동네에 있습니다.
  이 책 내용의 전부 또는 일부를 재사용하려면 반드시 양측의 서면 동의를 받아야 합니다.

잘못된 책은 구입하신 서점에서 교환해드립니다.
기타 교환 문의: 031-955-2661, 3580

www.munhak.com